U0450455

温儒敏 著

师友感旧录

河南文艺出版社
·郑州·

图书在版编目(CIP)数据

师友感旧录/温儒敏著. --郑州:河南文艺出版社,
2024.6
ISBN 978-7-5559-1689-5

Ⅰ.①师… Ⅱ.①温… Ⅲ.①散文集-中国-当代
Ⅳ.①I267

中国国家版本馆 CIP 数据核字(2024)第 065502 号

策　　划	许华伟　萧梦麟	
责任编辑	肖　泓	
责任校对	殷现堂	
美术编辑	吴　月	
装帧设计	刘运来工作室	
辑封插画	郭　歌	

出版发行	河南文艺出版社	印　张	12	
社　　址	郑州市郑东新区祥盛街 27 号 C 座 5 楼	字　数	235 000	
承印单位	郑州印之星印务有限公司	版　次	2024 年 6 月第 1 版	
经销单位	新华书店	印　次	2024 年 6 月第 1 次印刷	
开　　本	890 毫米×1240 毫米　1/32	定　价	65.00 元	

版权所有　盗版必究

图书如有印装错误,请寄回印厂调换。

印厂地址　郑州市高新区冬青西街 101 号
邮政编码　450001　电话　0371-63330696

弁 言

笔者在学术撰著之余，不时也写些随笔小品之类，有的发表在报刊上，有的则随写随弃，丛残多失。近得河南文艺出版社垂爱，要给我出个随笔集，我不揣谫陋，选其 61 篇，缀辑为一册。

收在本集的文字大部分是"写人"的，写亲人、老师、同事、友朋，等等。其中写到四十多位学界人物，主要是北大学者，是我曾聆教或共事过的。写作和编辑这些篇札，总会想起许多旧事，不免感怀，所以起名《师友感旧录》。

年岁大了，记性又不好，对故旧的回想难免零星而模糊，亦限闻见所及，最其要略，写出来也只是印象式的短制，并非全人的评说。许多篇目又都是即兴之作，并无预定的计划。最早的写于 1990 年；最晚的，写于几天前，本书即将交付出版之时。选择写谁，怎么排列，也没有一定标准。不过所写的人物大都是我所敬佩，让我感怀，或觉得有情趣的。其中写到的许多老师和亲友都已经过世，收编这些文字，颇有时光流逝、日月其除之感。

因为所写人物大都是北大中文系的学者，编集时又补充了几篇与北大及中文系有关的史述性文章。这些文章有的是根据讲座整理的，还有的是十多年前主编《北京大学中文系百年图史》时所写，收进本书时做了些许修改和补充。这些"记事"和"写人"配合，也许能呈现数十年来学界与北大的某些光影。

还有几篇自叙，别次于后。这几篇收进本书时有过犹疑，我本人的经历很普通，实在没有什么可以称道的。但文中写到我的成长，以及我向前辈学人请益求教的一些情形，庶几符合"感旧录"的题中之义。

我学识荒漏，这些文字也未必多么好，却也自勉无须汗颜，写作过程自有怀想、感恩、寄托或抒情，所谓负日之暄，自足之外，亦可作闲聊之谈资吧。

本书多篇文字曾在一些报刊发表，少数篇章曾收在《书香五院》和《燕园困学记》两集中，收进本书时有改动。若读者已经读过，有炒冷饭之嫌，那我是要表示歉意的。

2023 年 11 月 29 日

目　录

辑一

林庚：仙风道骨一诗家 —— 3

坦诚傲气的小说家吴组缃 —— 7

名士派陈贻焮 —— 11

语言学大师王力 —— 16

中文系的"老主任"杨晦 —— 21

"甩手掌柜"季镇淮 —— 27

写出与写不出的 —— 31

王瑶先生的三大贡献 —— 36

语言学领域的"通才"岑麒祥 —— 41

朱德熙与北大古文字学"三剑客" —— 44

古代音乐研究的翘楚阴法鲁 —— 50

林焘：语言学家与昆曲"票友" —— 54

"学术警察"吴小如 —— 59

语文教学研究的元老冯钟芸 —— 63

樊骏：一个"有故事"时代的消歇 —— 67

九十沧桑乐黛云 —— 72

"严上加严"的严家炎 —— 78

"可爱的老头"谢冕 —— 84

袁行霈学问的气度与格局 —— 88

飘逸才子褚斌杰 —— 92

"王门"大弟子孙玉石 —— 97

费振刚："一史三皮"成佳话 —— 102

"跨界"学问家金开诚 —— 108

钱理群的脾气与学问 —— 114

吴福辉：犹念旧日芳满庭 —— 124

周先慎教授二三事 —— 135

妙趣横生的"跬步斋主"严绍璗 —— 139

蒋绍愚与《古汉语常用字字典》 —— 145

曹文轩的"古典追求" —— 148

龚鹏程真是"读书种子" —— 154

有清介"高士"气的李零 —— 158

陈平原的学者人间情怀 —— 161

孟二冬：虽不能偃仰啸歌，心亦陶然 —— 170

"课比天大"的李小凡 —— 176

杨义：身居学术重镇，却又总在学术圈外 —— 181

陈新与《全宋诗》 —————— 187
作为"第二代学者"的张恩和 —————— 192
朱德发与山师的学术团队 —————— 198
王富仁的"独往" —————— 202
也斯：城市人的感怀、恋情与困惑 —————— 208
批评家萧殷的锐气和胆识 —————— 212
一位教语文的乡村诗人 —————— 216
怀念我的中学校长叶启青 —————— 220

辑二

北大中文系诞生一百年撷谈 —————— 227
书香五院 —————— 238
北大初期的桐城派与章门学派 —————— 249
北大中文系的"系格" —————— 255
北大清华人大三校比较论 —————— 259
北大为何没有校训？ —————— 268
北大语文研究所的二十年 —————— 278

辑三

我的"阿嬰" —— 287
星花碎影少年时 —— 293
难忘的北大研究生三年 —— 298
北大"三窟" —— 310
今夜清辉"师门"聚 —— 319
我当北大出版社总编辑 —— 324
我与人教社的三度合作 —— 334
《中国现代文学三十年》出版往事 —— 340
我的现代文学研究之旅 —— 349
编教材是我一生做过最难的事 —— 357
我在山东大学的这些年 —— 363

辑一

林庚：仙风道骨一诗家

林庚先生住在燕南园，老式平房，外观优雅，可是内里很阴暗，客厅里永远是那几个旧式书架，一张八仙桌，还有一个沙发，茶几上总是堆着他外孙的复习资料之类，一切都那样简朴。每次去看先生，总担心天花板上那块石灰块就要掉下来，建议找修建处来修一修。可是林先生说打从他搬来后不久就是这样了，劝我不必担心。

我想办法找些让老人高兴的话来说，比如，看到街边小摊有卖他《中国文学简史》盗版的，我知道先生不爱钱，这消息倒是说明他的书至今影响大，甚至能进入平常百姓家。先生果然有些兴奋，便说起五十多年前他在厦门等地一边教课一边写书的情景。

有时发现先生更感兴趣的是那些和文学不搭界的话题。我不止一次听他讲到年轻时在清华学过物理，还听他讲观看足球或篮

＊林庚（1910—2006），福建福州人，生于北京。著名现代诗人，古代文学学者，文学史家，曾任北京大学教授。

林庚

球国际比赛的"心得"(可惜我不通此道)。先生是诗人,有些仙风道骨似的,对功名利禄很超然,也很低调,与世无争,反而健康长寿,返老还童。早些年每到春天,天空晴朗而又有一点风时,还能看见这位八九十岁的长者,在五院门口的草坪放风筝呢。

  2000年,林庚先生要过九十大寿了。北大中文系历来能上九十岁的好像不多,他就是我们系的老寿星了。系里想给老人搞一场比较像样的祝寿活动。古代文学教研室的老师说这是需要"动员"的。我和教研室一些老师便到燕南园去,先生不是很乐意,但最终还是答应了。祝寿会在勺园,开得很成功,来了二百多人,真是群贤毕至,学校的书记闵维方等领导也到场了。

我们向学校介绍说林先生和季羡林先生是同学,当年林先生在文坛的名气比季先生还大,领导就很重视。与会者大都是文坛与学界的耆宿,合影时连袁行霈教授这样的名人(他可称得上是林先生的入室弟子了),都"不敢"坐到第一排,可见规格之高。记得我在会上代表中文系发言,称先生"由诗人而学者,在文学史研究方面所达到的具有典范性的地位,是不可替代的。北大中文系为拥有这样出色的学者而自豪"。我还说先生诞生的1910年,正好是北大中文系正式建立的一年,先生是专门为着北大中文系而生的,中文系感谢林先生几十年辛劳和智慧所建树的卓越的业绩。

那一天先生气色极好,还吃了蛋糕。

再有一次,是诗人兼企业家黄怒波先生捐款,促成北大诗歌中心成立,大家希望能邀请林庚先生出任中心主任。但先生多少年都是"无官一身轻"的,他能答应当这个主任吗?不是很有把握。那天我和谢冕、孙玉石、张鸣等几位老师一起,专门到林庚先生府上拜谒,向先生说明来意,没有想到先生说这件事"有意义",很痛快就答应担任中心主任。诗歌中心成立后,扎扎实实做了许多事情,活跃了当代诗坛创作与评论,原因之一便是有林庚先生这棵"大树"。

先生是2006年10月4日傍晚过世的。我接到他家人电话马上赶到燕南园。先生已经躺在床上,身上盖着白布。家人说晚饭前还和人说话,感谢多年照顾他生活的小保姆,一下子就走了,那样平静。

  我看看先生,感觉他只是睡着了,甚至不相信这是一种不幸:诗人是很潇洒地到另外一个世界去了。

2006 年 11 月

坦诚傲气的小说家吴组缃

吴组缃教授的小说写得很好。美国夏志清先生的《中国现代小说史》用笔非常吝啬，可是给了吴组缃专章的论述，认为其作品观察敏锐，简洁清晰，是"左翼作家中最优秀的农村小说家"，甚至设想如果换一种环境，吴是可能成为"真正伟大的作家"的。1978年我还在读研究生，看到夏的评论，很新奇，就找吴先生的作品来看，果然功力深厚，笔法老辣，很是佩服。

一次在王瑶先生家里聆教，王说吴组缃不但小说写得好，对现代文学的研究也往往眼光独具。比如对茅盾《春蚕》的评价，吴先生认为老通宝这个人物塑造有破绽，虽然这看法还可以讨论，但吴先生是从生活实际出发去评论的，也令人信服。据说北大中文系曾邀请茅盾先生来系里讲学，茅盾说，"吴组缃讲我的小说比我自己讲要强，不用去讲了"。我开始关注吴先生，在王瑶家里也有过一两次照面，印象中的吴先生是很傲气的，我听着

---

* 吴组缃（1908—1994），安徽泾县人。著名作家，曾任北京大学教授、全国《红楼梦》研究会会长。

吴组缃

他们说话，自然也不敢插嘴。

倒是听过先生的一次课，是讲《红楼梦》的，在北大西门老化学楼教室。听课的人很多，教室坐不下，过道都挤满了。同学有意见，希望外来"蹭课"的把位子让一让。吴先生说没有必要，北大的传统就是容许自由听课。吴先生几乎不看稿子（只有一片纸），也没有什么理论架构，分析红楼人物头头是道，新意迭出。我们都慨叹：小说家讲小说又是另外一道风景！

同学们喜欢传闻老师的故事。吴组缃先生就是有故事的。先生性格耿介，敢于直言。据说当年在清华读研究生期间，就因不愿意改变自己的观点，而被教六朝文学课的刘文典教授判了不及格，失去了奖学金，不得不中断学业。吴先生对人对事有自己独到的分析和见解，从不人云亦云。

还听说吴组缃先生讲课不拘一格，喜欢从常见的生活现象入手提出问题，启发思考。有一回上课给同学提两个问题要求回答，"问题一：吴组缃是人。问题二：吴组缃是狗"。学生愕然，不知何意。先生说，第一个问题当然正确，但毫无意义。第二问题肯定错误，但你就得想一想，为什么有人会提出这种问题？吴组缃为人到底如何？这问题虽然错误，却让人深思，还可能深究，就有点意思。其实这也是在教学生如何思考和写作吧。

再说一件趣事。和我同一届的研究生张国风，原来是学工科的，"文革"后考研究生，读的是古代文学。他的论文题目我记不得了，只记得他用了一些刚从国外传进来的新的研究方法去阐释古代作家作品。答辩时，就遭到吴组缃先生的批判，说这好像用一根没有钓钩的绳子去钓鱼，毫无收获。张国风很不服气，决定硕士毕业后再考博士生，就考吴组缃门下。而吴先生居然也就收了这位没有"钓钩"的年轻人为徒。后来，张国风同学成为古代小说研究的大专家。

我与吴组缃先生的交集很少。真正与吴组缃教授有正面接触，是在我的博士论文答辩上。那是1987年春，在五院二楼总支会议室。除了导师王瑶，参与答辩的有吕德申、钱中文、樊骏和吴组缃等先生，都是文学史或文学理论研究方面的大家。王瑶先生叼着烟斗，三言两语介绍了我的学习情况，接着就是我做研究陈述，说明是如何思考《新文学现实主义的流变》这一选题的。不料，还没有等进入下一程序，吴组缃教授就发言了，大意是作家写作不会考虑这个"主义"那个"主义"的，论文写这些东西的意义不是很大。

吴先生就是这样不给"面子"。我一下子"傻了"：这等于是当头一炮，把题目都给否了嘛。我非常泄气。王瑶作为导师，自然要"辩护"几句，我都没有听进去，晕头晕脑出去等消息了。半个多小时之后，我进去等待判决。想不到论文居然通过了，还得到很好的评价。后来听说，吴先生表示他其实并没有细看我的论文，不过临时翻了几页，听了诸位的介绍，觉得还是可以的，又说了几句鼓励的话。这就是"批判从严，处理从宽"吧。

不过事后想想，吴先生的批判不是没有道理的。研究思潮、理论，必须切合创作实际，否则可能就是无聊的理论"滚动"，"意义"的确不大。多少年后，我都记着答辩的那一身"冷汗"，让我学到许多东西。

据说吴组缃先生晚年是寂寞的，那时师母已过世，他跟前只有一个义女照顾，家里冷冷清清的。有学生看望，吴先生会很兴奋，自说自话，滔滔不绝，说的多是《红楼梦》，也不容人插嘴。大概也就是寂寞情绪的宣泄吧。偶尔在未名湖畔遇见吴老先生散步，我没有张国风的勇气，有点怕吴先生，不敢趋谒问候，只是远远鞠躬打个招呼就过去了。现在回想，有些后悔。

初稿 2008 年春，2023 年 11 月 18 日修改

名士派陈贻焮

陈贻焮先生没有教授的架子,胖墩墩的身材,很随意的夹克衫,鸭舌帽,有时戴一副茶镜,一位很普通的老人模样,如北京街头常常可以见到的。不过和先生接触,会感觉到他的心性真淳,一口带湖南口音的北京话,频频和人招呼时的那种爽朗和诙谐,瞬间拉近和你的距离。

先生有点名士派,我行我素,落落大方,见不到一般读书人的那种拘谨。谢冕教授回忆这位大师兄总是骑着自行车来找他,在院子外面喊他的名字,必定是又作了一首满意的诗,或是写了一幅得意的字,要来和他分享了。一般不进屋,留下要谢冕看的东西,就匆匆骑车走了,颇有《世说新语》中所说"乘兴而行,兴尽而返"的神韵。

我也有同感。1980年代末,陈先生从镜春园82号搬出,到了朗润园,我住进的就是他住过的东厢房。陈先生很念旧,三天

---

* 陈贻焮(1924—2000),湖南新宁人。古典文学研究学者,诗人,擅长旧体诗创作。

陈贻焮

两头回 82 号看看。也是院墙外就开始大声喊叫"老温、老温",推门进来,坐下就喝茶聊天。我是学生辈,起初听到陈先生叫"老温",有点不习惯,但几回之后也就随他了,虽然"没大没小"的,反而觉得亲切。

　　陈先生擅长作诗填词,在诗词界颇有名气。有一年他从湖南老家探亲归来,写下多首七律,很工整地抄在一个宣纸小本子上,到了镜春园,就从兜里掏出来和我分享。还不止一次说他的诗就要出版了,一定会送我一册。我很感谢。知道先生喜好吟诗,这在北大中文系也是有名的,就请先生吟诵。先生没有推辞,马上就摇头晃脑,用带着湖南乡音的古调大声吟诵起来。我也模仿陈先生,用我的客家话(可能是带点古音的)吟唱一遍,先生连连称赞说"是这个味"。后来每到镜春园,他都要"逗"我吟唱,我知道是他自己喜欢吟唱,要找个伴,他好"发挥发挥"就是了。我妻子也是听众,很感慨地说,陈先生真是性情中人。

陈贻焮先生不做作,常常就像孩子一样真实,有时那种真实会让人震撼。据比我年纪大的老师回忆,"文革"中北大教师下放江西"五七"干校。一个雨天,干校学员几十人,乘汽车顺着围湖造田的堤坝外出参加教改实习,明知路滑非常危险,却谁都不敢阻拦外出,怕被扣上"活命哲学"的罪名。结果一辆汽车翻到了大堤下,有一位老师和一位同学遇难。陈贻焮本人也是被扣在车底下的,当他爬出来时,看见同伴遇难,竟面对着茫茫鄱阳湖,哇的一声大哭起来。没有顾忌,没有节制,那情景,真像是一个失去亲人的孩子。他哭得那么动情,那么真挚,那么富于感染力,直到如今,那哭声犹萦绕耳际。还有一件事,也是说明陈先生的坦诚与真实。到了晚年,陈贻焮的诗词集要出版,嘱其弟子葛晓音作序。葛晓音没有直接评论先生的创作艺术,而主要描述她所了解的先生的人品和性情。大概她是懂得先生一些心事的。当葛晓音把序文念给陈贻焮听时,先生竟像孩子一样哭出声来。葛晓音感慨:"先生心里的积郁,其实很深。"

陈贻焮先生是一位有广泛影响的文学史家,长期从事魏晋南北朝隋唐五代文学史的研究和教学工作,在这个领域作出了重大的贡献。他的相关研究著作主要有《王维诗选》《唐诗论丛》《孟浩然诗选》《杜甫评传》《论诗杂著》,等等。尤其是《杜甫评传》,按照古典文学家傅璇琮先生的说法,就是冲破了宋以来诸多杜诗注家的包围圈,脱去陈词滥调或谬论妄说,独辟一家之言。

我对杜甫没有研究,拜读陈著时,只是佩服其对材料的繁富征引,又不至于淹没观点,特别是对杜诗作那种行云流水般的讲解,是需要相当深厚的功力的。在我和陈先生接触中,没有聆教过杜甫的问题。(他反而喜欢和我谈些郭沫若、徐志摩等)但有时我会想:先生为何选择这样一个难题来做?是否如他的弟子所言心里有很深的积郁?一个人一生如果能写出一本像样的甚至能流传下去的书,多不容易呀!先生对自己的学术成就显然有信心,但付出确实太多了。

来镜春园82号聊天喝茶,在他的兴致中也隐约能感到一丝感伤。我知道陈先生正是在82号东厢这个书房里,花了多年的心血,写出《杜甫评传》,大书成就,而一只眼睛也瞎了。在旧居中座谈,先生总是左顾右盼,看那窗前的翠竹,听那古柏上的鸟叫,他一定是在回想当初写作的情形,在咀嚼许多学问人生的甘苦。

我在镜春园住时,经常看到陈贻焮先生在未名湖边散步,偶尔他会停下来看孩子们游戏,很认真地和孩子交谈。先生毕竟豁达洒脱,永远对生活充满热情。万万没有想到,2000年他从美国游历归来,竟然患了脑瘤。他在病床上躺了两年,受的苦可想而知。他再也没有力气来镜春园82号喝茶谈诗了。

病重之时,我多次到朗润园寓所去看望。他说话已经很艰难，可是还从枕头边上抽出一根箫来给我看，轻轻地抚摸着。他原来是喜欢这种乐器的，吹得也不错，可惜，现在只能抚摸一下了。

我想先生过去之时，一定也是带着他的箫去的吧。

2008 年春

语言学大师王力

王力先生的大名如雷贯耳,我读本科时,古代汉语课用的教材就是王力的四卷本《古代汉语》。教我们这门课的老师赵遐秋,也是北大中文系毕业的,曾亲炙王力先生门下。我每到上古代汉语课,开头十多分钟要抽查背诵,总是很紧张,生怕点到自己。但后来证明,这门课最受益。六十年过去了,我上学时翻烂了的《古代汉语》仍然包着书皮,珍藏在书架上,有时还会拿出来摩挲翻阅,想起当年上课的情形。

一生能有几本书是百读不厌的?王力《古代汉语》就是其中一种。

上世纪七八十年代之交,我在北大中文系读研究生,王力先生还健在,没听过先生的课,那时他已经不上课了,但感觉与王力先生很熟悉的。每天晚上在图书馆自习后,回29楼宿舍,那时可以穿过燕南园的,有时就会看到王力、林庚等老先生住屋的

---

* 王力(1900—1986),字了一,广西博白人。著名语言学家,翻译家,散文作家,中国现代语言学奠基人之一。

王力

灯光。这种感觉也就是学术氛围吧：有大师和名家在，年轻人自己也好像挺来劲的。

王力先生指导的研究生曹宝麟，现在是著名书法家，那时他就住在我宿舍对过儿一间，有时我们也会聊起王力先生。后来我毕业了，留校任教，接触王力先生的机会多了一些。曾有一两回去他燕南园寓所拜访，或者请教他老人家什么问题。王力先生很是平和客气，而我则有些诚惶诚恐。谈过些什么话都已经模糊了，似乎他曾对我的客家话口音有过兴趣，而我印象深的则是他家墙上挂着一幅康有为写的条幅。

那时王力先生的助手是张双棣，和我是邻居，都住北大南门21楼筒子楼。我刚读过王力先生的散文集《龙虫并雕斋琐语》，曾建议张双棣征求先生意见，把该书重新整理出版。那是王力先生1941年至1946年间在《中央日报》副刊发表的小品文汇集，部分于1949年1月由上海观察社结集出版。后来《王力文集》也收有《龙虫并雕斋琐语》，增加了一些篇札，恐怕仍有遗珠。王力先生的散文善用平易、晓畅而又隐含寓意的笔触描写生活现象，传达文史知识，是独特有味的学者散文。

写这篇短文时，我又找出《龙虫并雕斋琐语》翻阅，随便翻到王力先生和沈从文先生商榷的文章《关于胡子的问题》，是答复沈从文在《从文物谈谈古人胡子的问题》文中对王力《逻辑和语言》一文的质疑。王力先生说："我在《逻辑和语言》一文中，措词有欠斟酌的地方……我和沈先生的分歧，就在刮胡子这个问题上。我认为古代的汉人是没有刮胡子的风俗的，刮胡子都只是特殊情况。"接着说自己的观点和依据。结尾写道："沈先生主张从文物来证明古代文化，这一点应该肯定下来。至于怎样证明才算合适，大家可以讨论。我对于文物学是外行，需要向文物专家们学习许多东西，这里所说的是否有当，还请沈先生指教。"现在读了，感兴趣的不只是"胡子"问题，还在于讨论问题的文字与风度，那种切磋商榷，温文尔雅的感觉。对比一下当下某些动不动就恶语相向的文风，真感叹斯文安在？

我也曾想专门撰写一篇文章来欣赏评论《龙虫并雕斋琐语》，可是材料收集阙如，未能如愿。在撰写《中国现代文学三十年》时，论及1940年代"小品散文的多样风致"，我才终于把王力的散文成就写进去。这大概也是在现代文学史中第一次写到作为文学家的王力先生："学者型散文家王了一（王力）写了一本《龙虫并雕斋琐语》，批评时政及社会习俗，能做到学问、趣味上的两重统制，琐事琐议，设喻巧妙。作者有很深的中外文化上的修养，语言学家驾驭语言，朴雅的风格自备一格。"

王力先生，字了一，1900年生于广西博白县一个书香世家。在王先生少年时代，家境已败落，高小毕业后即无力再读中学。后在亲友资助下到上海，先后就读南方大学与上海国民大学。1926年考入清华学校国学研究院，受赵元任先生影响，走上研究语言学的道路。赵元任先生为其毕业论文所写评语"言有易，言无难"，成为王力先生终生的座右铭。记得王瑶先生和我谈话时，也曾引用过这句话，要求做学问重视实证，言之有据。我记得很牢。但当时还不知道此话系赵元任先生给王力的评语。

1927年，王力先生到法国巴黎大学留学，专攻实验语音学，以《博白方音实验录》的论文获博士学位。博白方言属于客家话。客家人是汉唐以来躲避战乱从中原迁徙到南方的，其语言保留有中原古汉语的音韵，是中古音韵的活化石。据王力先生说，博白方言中所谓"新民话"，应该就是客家话，"新民"多自福建汀州来，或者从广东嘉应州来。王力先生以此做博士论文，我感到有趣而且亲切。我也是客家人。

1932年秋，王力先生归国后即应聘到清华大学任教，1935年转为教授。1938年到昆明西南联合大学。抗战胜利后，任中山大学教授兼文学院院长，并创办语言学系。1954年，中山大学语言学系并入北大，王先生北上燕园，自此耕耘于北大讲坛，直至去世。

　　王力先生是大师级学者。1956年首次评定一级教授,全国共评出175名一级教授,包括文理科,北大最多,28名,中文系有4名,王力先生是其中之一。先生在语言学方面的专著有40多种,内容几乎涉及语言学各个领域,许多都具有开创性意义。王力先生主持并建设北大中文系语言学科,培养了一大批优秀的语言学人才,在北大的就有唐作藩、郭锡良、何九盈、张双棣等,他们也都成为知名学者,使北大的汉语史学科在全国处于领先位置。

中文系的"老主任"杨晦

杨晦先生个子矮矮的，略瘦，一头花白浓发，一身好像从来不换的蓝色中山装，走在校园里，是再普通不过的老头。但在20世纪50年代，他可是北大的风云人物，一位曾有过很大影响的学者。1978年我到北大读研究生时，先生还健在，常听到这位"老主任"的故事，比如他"五四"游行时参与"火烧赵家楼"，等等，可惜没有听过他讲课。近日（时间为2019年）北京大学中文系举行"杨晦先生诞辰120周年纪念会"，据说参加者不多，他直接教过的学生起码都八十岁以上了，而现在的学生对杨晦这个名字可能是陌生的。我也因故未能参加他的纪念会，只能写篇文字寄托我的思念。

1948年12月，北平和平解放前夕，北大校长兼中文系主任胡适离校往台湾。一个多月后，北平军事管制委员会接管北大，指定音韵学家魏建功先生临时担任中文系主任，维持"过渡时期"的工作。魏建功做了一年多，苦不堪言，便由杨晦先生接

---

* 杨晦（1899—1983），辽宁辽阳人。著名文艺理论家，1950—1966年担任北京大学中文系主任。

任,那是1950年7月,可谓百废待兴的时期,教学很不正常。他当系主任后即遇上培养目标和课程设置的大调整,那是新政权的要求。中文系的任务确定为"培养学生充分掌握中国语文的能力和为人民服务的文艺思想,使成为文艺工作和一般文教工作的干部"。为此北大中文系就精简了小一半的课程,诸如校勘、音韵、训诂等一类比较偏的课,都停了,增设了现代文学、中学国文教学法、新文学概论和时事学习等新课。这不是杨晦先生本人的想法,而是那个时代的要求。其实杨晦还是主张北大要培养比较专门学问的人才的。1953年,全社会都向苏联"老大哥"学习,大学实行所谓"专门化",也就是加强专业分工,于是杨晦便顺势借这个"名堂",建立了中国文学和中国语言学两个"专门化",并成立了古典文学、现代文学、文艺理论、汉语、语言学和写作等教研室。别小看这个举措,如今北大中文系的专业体制仍在承续此格局,只是后来略有增补。1959年增加了古典文献专业,和文学、语言两个专业构成了北大中文系"三足鼎立"的专业体系。这其中,杨晦无疑是起了大作用的。

杨晦先生被学界记住的,还有他致力于文艺理论学科的建设,这在20世纪50年代也是新事物。1954年,杨晦率先在北大主持开办"文艺理论研究班"。当时邀请了苏联文艺理论专家、基辅大学副教授毕达科夫(苏联著名理论家季莫维耶夫的学生)来研究班上课,帮助建设文艺理论学科。虽然"学习苏联"的课程带有浓厚的机械论和教条主义色彩,但总归激励了学生读书,古今中外的经典都读，成效显著。这个班开办三年，培养学员15人，更多的是来自全国的进修教师，他们一边旁听，一边把笔记寄回各自所在的大学，也都陆续开设相关课程。研究班和进修教师中很多后来成为文艺理论界的领军人物，包括胡经之、蒋孔阳、霍松林、王文生，等等。后来中文系又开始招收"副博士研究生"，杨晦先生是全国最早带研究生的少数导师之一，其门下果然出了一批杰出人才，比如文学史家严家炎、美学家胡经之等。杨晦先生后期治学的重点转向中国古典文论，讲授"中国文艺思想史"和《礼记·乐记》专题课，指导年轻老师开设"中国古代文论选"。如今"中国古代文论"跨越"古代文学"和"文艺学"，成为一门重要的二级学科，不该忘了杨晦先生的开拓之功。

在那个政治化的年代，杨晦先生主持系政，诸多掣肘。1952年8月，燕京和清华的中文系合并到北大。1954年，原中山大学语言学系主任王力也调入北大。北大中文系师资队伍空前强大，但人事矛盾也多了，系主任杨晦要做许多平衡，承受的压力是大的。而他始终在想办法维持北大自由开放的学术传统，使中文系有相对良好的学术氛围，使教学走向正轨。

在他的主持下，1962年6月，北大中文系再次调整充实了课程。除了加强古代汉语这一重头课，还逐步恢复了文字学、音韵学、汉语史一类课程，增设了古代诗词、古代散文等全系通选课。要求学生多读书，一些基本的书比如《诗经》《楚辞》《论语》《孟子》《左传》《战国策》等，是要通读或者背诵的。还组

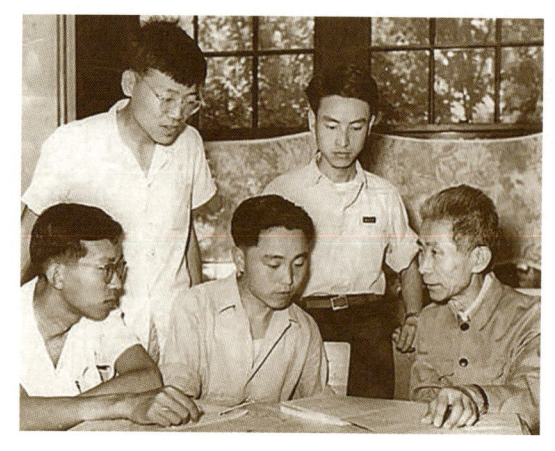

杨晦（右）与学生们

织学生到各地做方言调查与民歌采集。当时刚刚从"困难时期"缓过来，人们注意总结"左"的教训，杨晦先生主持的课程调整往"务实"努力，在当时全国高校中文学科中，是带有示范作用的。其中注重多读书、打基础这个经验，对于当今的中文学科教学，仍然富于启示。可惜不久便爆发"文革"，课程建设的推进便化为乌有。

我读研究生时曾找过杨晦先生的一些论文来读，知道他是偏重用马克思主义观点解释文学的，这是第一代文艺理论家的共同点。他在1940年代写过一些颇有影响的评论，后来结集为《文艺与社会》（上海中兴出版社1949年出版），其中对文艺思潮和现象的解释，就是马克思主义的"社会论"。杨晦认为文学不是孤立的，只有从社会关联和文化背景中才看得清楚。他将文艺与社会的关系比作地球与太阳的关系：地球有自转律，又有公转律，文艺有自己的发展规律，但文艺的发展又要受到社会发展的制约。这就是文艺的自转律和公转律，文艺要健康发展，必须处理好文艺和社会的"自转"和"公转"的关系。这的确是很实在的比喻。杨晦先生多述少作，甚至述而不作。他生前出版专著不多，他的文艺思想更多地体现在课堂上和讲义中，体现在他所建立的文艺学学科和学生培养上。他给学生讲授"文艺学""文学概论""文艺理论专题"等课，问题意识强，重点研究"文艺理论，解决文艺上的各种难题"，很注重从"文艺与社会基础""文艺实践与社会实践"等角度去解释文学现象。据孙绍振先生回忆，杨晦教授讲中国文艺思想史，出入经史、小学、钟鼎艺术，其广度、深度非同小可，常有思想灵光，一语惊人，令人终生难忘。其批评郭绍虞新版《中国文学批评史》曰：用现实主义的原则去修改，还不如解放前那本有实实在在的资料。

杨晦先生从1950年起任北大中文系主任，一直到1966年"文革"爆发，有十六年之久，是历届系主任中任期最长的，他的办学理念对中文系的建设和发展有重要影响。很多老学长回忆，杨晦总是强调大学期间学好基础知识，不急于求成，不着急发表文章；他强调做学问要有开阔的视野，坚持语言、文学不分家；他的那句"名言"："中文系不是培养作家的系，是培养语言文字工作者的系。"曾经给许多报考中文系的文学爱好者泼一头冷水，虽然此观念至今仍会引起争议，但他对中文系教学的定位显然是有过深思熟虑的。1954年，作家刘绍棠在中文系刚读了一年就要求退学专门从事写作，杨晦先生批评他说，你写了几本小说只算是个小作家，如果想取得更大的成就，必须同时又是一个学者。在那个政治化的年代，杨晦先生有"紧跟"的一面，但他毕竟是学问中人，具体到教学，他还是尽量坚持让学生打好基础，扎实问学。

"老主任"杨晦的经历颇有些传奇。1899年，杨晦出生在东北辽阳小营盘村一个贫苦的农民家庭，小时候只读过几年私塾和小学，便到当地邮局当学徒。他很刻苦，边工作边学习，1917年居然考入北大哲学系。五四运动时，血气方刚的杨晦曾是"火烧赵家楼"的"干将"之一。1925年，他又和冯至等人创办文学社团"沉钟社"，那是被鲁迅称为"确是中国的最坚韧，最诚实，挣扎得最久的团体"。北大毕业后，杨晦先后在西北大学、中央大学等30多所高校教过书。新中国成立后，就一直在北大中文系任教，直到1983年去世。20世纪50年代中期，教授分三级、二、三级多，一级相当于现在的院士，数量极少。北大中文系当时很骄傲地拥有4位"一级教授"，杨晦便是其中之一（另3位是王力、游国恩和魏建功）。杨晦先生的著作不多，他评上一级教授时，据说还有些老师不服气。但先生资格老，德高望重，对学科建设影响大，也是很多学者所不及的。

2019年11月初

"甩手掌柜"季镇淮

季镇淮这个大名,我上中学时就接触过,是读那本蓝皮本《中国文学史》留下的一点印象。到我上研究生时,对季先生就格外注意,因为听说他曾和我的导师王瑶教授同学过,都出自朱自清先生的门下。按辈分总觉得我们算是朱自清先生的"徒孙",那么季教授就是我们的"师伯"了。

1978年,季先生还给本科生上过古代文学史必修课,稍后又开设"近代文学研究"专题研究,比较冷僻,据说选课者也不多。很可惜,我一直没有去听过季先生的课。我在五院或是去五院的路上常见到季先生,他满头白发,老是一套蓝色中山装,提着一个布兜书袋,动作有些迟缓,身板却还硬朗。偶尔也到我们研究生住宿的29楼来,大概是有事找他的学生吧。我见到季先生不好打扰,只是点点头表示尊敬,然后又会想象当年他和王瑶俩人共选朱自清先生一门课的传奇。

后来季先生接替杨晦教授担任中文系主任,那时我已经留校

---

* 季镇淮(1913—1997),江苏淮安人。文学史家,近代文学研究学者。

季镇淮

任教了。季先生这个主任当得非常超脱，很少过问系里的事情，连开会也不太见得到他老人家，等于是"甩手掌柜"。无为而治，学术自由，也是一种风格吧。

我只去过季先生家里一次，在朗润园，冬天，那时先生身体已经不好，家里有些寒意，他躺在椅子上烤电炉。记得是谁托我给季先生转交一样礼品。我顺便向先生请教了一些关于晚清学界的问题。先生说"材料很重要"，是做学问的基础，让我记住了。

我与季镇淮先生很少接触，但有一事印象极深，终生难忘。

1981年夏天，北大中文系"文革"后招收的第一届研究生要毕业了，我们都在进行紧张的论文答辩。同学中有一位是做"南社"的，是季先生指导的学生。此君住在我宿舍隔壁，文才出众，读书极多，有点"名士派"味道。我们过从甚密，常在一起聊天，许多问题都向此君请教。季先生与他这位学生的关系也挺融洽的。可是这位同学的"南社研究"准备得比较仓促，大概也单薄一些吧,季先生很不满意,时间不够了,那时没有延期答辩一说,怎么办?要是现在,可能凑合过去算了。可是季先生不想凑合,又必须尊重程序,便打算邀请中国社科院的杨某做答辩委员。

杨某专攻近代史,对南社很有研究,但当时还没有高级职称,只相当于讲师,按说不能参与答辩。大概季先生认为懂"南社"的行家难找,而随便找一位专家又怕提不出具体意见,就亲自到学校研究生处询问,看能否破格让杨某参与答辩。研究生处的回答也挺"北大",说:您认为可以就可以了。答辩时杨某果然提出许多尖锐而中肯的意见,并投了反对票,结果差 2 票论文没有通过。事后那位同学有些委屈,说杨某反对也就罢了,为何导师也是反对票?我实在也有些同情。此事在同学中引起了震动。

多年后,我看到黄修己老师在一篇文章中谈到此事,说事后有人提及这次否决性的答辩,季先生对杨某投反对票还是很赞赏的。有意思的是,杨某也是季先生的学生,1955 年上海地区 1000 人报考北大中文系,季先生负责招生,从中挑选了 10 人,就有杨某。对杨某来说,季先生有知遇之恩了,如今被恩师请来做答辩委员,却又投恩师学生的反对票。而季先生呢,也不会因为师生关系不错,或者其他非学术因素,就放宽论文答辩评介的尺码。

当然还有另外一个"版本",说反对票两张之一是王瑶先生投的。这就难以考证了。无论如何,那时答辩还是比较严格的。

1981年，我们那一届中文系研究生（6个专业）19人答辩，居然有3人没有通过，确实非常严格。这种事情大概也只有在秉承学术尊严的环境中，才能得到理解。

顺便说一下，我那位没有拿到学位的同学，也尊重这种严格的学术裁决，并不自暴自弃，后来到南方一所大学任教，兢兢业业，终成正果，成为近代文学研究的一个名家。

2008年春初稿，2023年11月14日修改

写出与写不出的

现在想来，对王瑶师*的死，我多少是有些预感的。

1989年春天，我搬家到镜春园，离王先生的76号寓所只二三百米，可是去先生家反而不如以前远住时那么勤了。我发现先生老了，一下子变老的，我怕见这突然的老态。人老了变得格外温情，听不到以前那样的严格直率的批评，边抽烟斗边幽默地大声说笑也少了，坐在他跟前不再总是谈学问，而是问长问短说一些生活琐事，有时则是沉默。这真使我很不习惯。

我怕见先生这突然的老态。

最后一面是在先生死前的一个多月。我陪一位国外的学者去拜见先生。告别时，这位外国学者希望先生有机会到她的国家去访学，先生慢声细语地说，只怕不可能了，眼神中隐隐闪现一点不易觉察的凄然。先生是爱活动的，年过七十还很硬朗，每年总要南下北上，开会、旅游好几趟。前些年还兴致勃勃飞往日本、

---

* 王瑶（1914—1989），山西平遥人。曾任北京大学中文系教授，著名文学史家，现代文学研究学科奠基人之一。

王瑶先生

法国、中国香港等地访学。现在却一下子老了,自感再也没有力气跑动了。

这次告别我的心往下沉,隐约有某种不祥之感,但万万没想到竟是与先生永别。

先生的死来得突然。对于死,先生怕也是有预感的。

1989年下半年,先生因病住院,此后元气大伤,时好时坏,身体大不如前了,情绪变得很郁闷。大概是九、十月间吧,我两次到镜春园76号,都听他谈到过死。他显然为自己的突然衰迈感到难过,说恐怕活不过三五年了。我连忙打断他的话,说先生七十五岁还耳聪目明,又没有什么大的病,活上九十、一百都没有问题。先生自然知道这不过是一种宽慰。他并不怕死,半开玩笑说,活到七十就已经是"大赚"了,只是遗憾有些事情还没有做完,恐怕再也做不完了。

先生是非常好强的，他毕生精力贡献于文学研究与教育事业，再多困难的时候都挺过来了，做出那么大的成绩。对于所从事的学业，他一直是很自信的，晚年也还有自己一套一套的研究计划，还牵头承担国家"七五"重点科研项目，一批一批带博士生，指导全国现代文学研究会的工作……现在突然发现自己衰迈，预感到许多事情都不可能做了，那种失望和痛苦是可想而知的。如果一个人老了又能超然于世，颐养天年，对于死大概是会比较坦然的。但像王先生这样一直没有退休感，事业心又很强的老人，突然的衰迈和死的预感，就难免会受到巨大的精神斫伤。

但即使在最后痛苦的日子里，王先生还是坚强地与衰老和死神抗争，这在许多师友的悼念文字中已经谈过。作为一个纯粹的学者，先生至死不会忘记留给人们对事业的热忱和对生活的信念。他始终不愿以自己的感伤忧郁去传染别人，不愿意让坏情绪影响我们这些后生小辈。

去年有一段时间，我因病心情挺不好，怀疑自己得了中年忧郁症。原来为了赶一部书，或准备一门课，可以接连几个月躲在斗室里干，劲头十足。这一阵却怎么也打不起精神来。先生虽然自己身心不佳，却还要来开导我，让我养好身体，振作起来。他说既然不会干别的，总还是要做点学问，写点东西。搞学问不必东张西望，埋头下功夫，就能出些对国家、对社会有用的成果。他谈到王朝闻当年在干校那种环境中潜心研究《红楼梦》的例子，又谈到为何"文革"刚结束那几届研究生、本科生中人才济济，说做学问不能太急功近利，讲究的就是"潜心"。

这些话很平实，不是什么大道理，但此时道来，对我触动极大，我很能体会并感激老师对学生的一片苦心。

于是我想起鲁迅。鲁迅是很入世的人，但也常常对人生做形而上的思索，在《野草》等许多作品中不难体味到他的深刻之中的抑郁。鲁迅是很不愿将这抑郁传染给人的。也许和鲁迅一样，在那最后的一段日子里，先生对人生、对死有过许多形而上的思索，他并没有因此感到生命的虚妄，因为他也是很入世的，是富于社会责任感的。即使已经预感死神将到，先生也还是对事业的发展、青年的进步抱着信心。他同样不愿将自己的恶劣情绪传染给别人。

据陪同王先生最后一次南下开会的一些友人说，先生在最后的一段日子是那样竭力抗击消沉，拖着病体开会，游园登山都要像年轻人那样尽兴。这是生的意志力。先生终于倒下了，直到死，还要在亲友和学生面前显得那样坚强，有信心。现在我们能理解先生的用心。可是，先生，这反而使人们对您的逝世感到突然，更添悲恸。

先生离去三个多月了，几次提笔想写篇悼文，都百感交集，思绪混乱，终不成篇。这次师友们要编印先生的纪念集，总要写点什么，就拉杂写下这些琐忆。

我突然记起某位现代作家似乎说过，写得出的文章大抵都是可有可无的，真的深切的感情只有靠以心传心。有如世尊拈花，迦叶微笑，或者一声"且道"，如棒敲头，顿然明了，才是正理。人的深密的情思很难真的于金石竹帛上留下痕迹。

但我还是只能写这可有可无的文字。

王先生和我们的合影就摆在案头。那是一年前我们祝贺先生七五大秩时在镜春园寓所照的。先生满头银发，拿着烟斗，眼神中闪现着学者的睿智，正和弟子们谈笑风生。这种场景永远不会出现了，但又将永远留在我的心头。我竭力不再去想先生死前那几个月的衰老和忧伤，但愿这篇琐忆，能就此打发内心的积痛。

我将照先生所希望的那样振作起来，更好地为养育我们的祖国和人民尽心尽力工作。

1990年3月20日于镜春园

王瑶先生的三大贡献

王瑶先生 75 岁（1988 年）时突然离我们而去，在当代而言，不算高寿，而且他一生历经坎坷，有无休止的各种打压与束缚，真正留给他做学问的时间不是很多，但王先生达人达观，才华焕发，在学术和教学方面做出了巨大贡献，成为 20 世纪学术史上标志性的学者。王瑶先生业绩丰厚，概括起来，主要有三大贡献。

第一大贡献，是"中古文学三论"。先生在 20 世纪四五十年代出版的《中古文人生活》《中古文学思想》《中古文人创作》三部书，在魏晋汉魏六朝文学研究领域，具有里程碑意义。古代文学界对此是有公论的。最近我又读一遍"三论"，连带读了刘师培的《中国中古文学史讲义》和鲁迅的《魏晋风度及文章与药及酒之关系》。比较之下，更发现各自的精彩。如果说刘师培的讲义是中古文学断代史研究的奠基性著述，鲁迅的经典论述为这方面研究树立了方法论的高度，王瑶的"中古三论"则又推

---

* 本文据笔者 2014 年 5 月 7 日纪念王瑶先生百年诞辰会上发言整理。

进一步，论述范围更广、更具体，材料更翔实，对魏晋文人及文学风貌的把握更确切。王瑶的"中古三论"足以和刘师培、鲁迅的相关论著构成三足鼎立，对后世的学术影响是巨大的。

记得我上中学时，第一次见到王瑶这个名字，是读《陶渊明集》，那是王先生的选注本。那时就知道先生是古典文学名家。因为先生在新文学研究方面的巨大影响，可能把在古典文学方面的成就掩盖了。1949年还在清华时，先生开始写新文学史稿，但是他说自己本想"好好埋头做一个中国古典文学方面的第一流的专家"，他对自己转向研究新文学，是有些遗憾的。我觉得先生不用遗憾。从学术史看，先生就凭"中古三论"，足以奠定最杰出的古典文学家的地位了，何况他又在现代文学领域领了"头功"呢。

第二大贡献，就是《中国新文学史稿》（下称《史稿》）。这本书命运多舛，"体制内"和"体制外"都有很多批评。直到现今，仍然有学者以为王瑶先生在新文学史方面多费工夫是种"浪费"，他们对这部《史稿》不以为然。有些海外学者对王瑶的评价也是偏低的，也是因为他们看不到这部《史稿》独有的价值。而王先生自己呢，也说过《史稿》是类似"唐人选唐诗"的"急就章"。其实，如果对这部著作的出现及其时代特征有一种了解的同情，就会承认这是一部非常大气的著作。《史稿》虽然受到特定时代学术生产体制的制约，但毕竟有属于自己的学术追求与文学史构想，既满足了时代的要求，又不是简单地执行意识形态的指令,在试图对自己充满矛盾的历史感受与文学体验进行整合表述的过程中,尽可能体现出历史的多元复杂性。在历史急转弯的阶段,在充满了各种可能性和不确定因素的学科创建时期,《史稿》的种种纰漏或可议之处,它的明显的时代性的缺陷,与它那些极富才华的可贵的探求一起,昭显着现代文学学科往后发展的多样途径。《史稿》在学科史上突出的地位,是其他同类著作所不可代替的。当然,王瑶先生在现代文学方面的贡献不限于《史稿》,他在鲁迅研究、现代文学思潮研究等方面的精彩的论著,以及他强调史料、史识与史论结合的治学方法,对"文革"后现代文学学科的复苏与建设,都起到了先导的决定性的作用。今天还会有学者就此专论,这里我就不多说了。

第三大贡献,是人才培养。通常评价王瑶先生都只是关注学术,而作为教师,王瑶先生也是最杰出的。王先生不只是在学术上传道授业,还在人格和精神上给学生极大的影响与熏陶。王先生先在清华,后到北大,从教四十多年,按说当年北大中文系藏龙卧虎,王先生资历不算深,级别也不算高(20世纪50年代定为三级教授),但是在学生中和社会上的影响都远远超过一般教授,真正是"著名教授",甚至官方也要格外注意的。王瑶先生培养了很多硕士生、博士生,还有本科生、进修教师,等等,无论及门或是私淑,在各类弟子中如果做个调查,学生们大概都会异口同声感叹先生的人格魅力。学界有所谓"王门弟子"一说,也许不一定确切,但那种由王瑶先生人格精神所感染而形成的人际氛围和学术风尚，的确是存在而且是突出的。我们在充分赞赏王瑶先生作为大学者的成就的同时，不会忘了他又是非常杰出的教育家。

前几天我在博客上写到了王瑶先生，随后新浪微博头条推荐并广为转发，有数十万点击量。其中有一句话就是对王先生作为教育家的"点赞"：

> 先生是有些魏晋风度的，把学问做活了，可以知人论世，可贵的是那种犀利的批判眼光。先生的名言是不说白不说，说了也白说，白说也要说，其意是知识分子总要有独特的功能。这种入世的和批判的精神，对我们做人做学问都有潜移默化的影响。

中古文学和新文学研究都有奠基之作，加上独特而光辉的人格操守、精神气度，王瑶先生留给我们的遗产实在是太丰富、太宝贵了。在这个浮躁的世界，我们一定会倍加珍惜。

最后，特别要说说王瑶先生与学会及丛刊。

1979年初，在教育部一次教材审稿会上，与会代表倡议成立"全国高校现代文学研究会"，选举王瑶先生任会长，后来他当了三届会长。1980年学会更名为中国现代文学研究会。与此同时，决定创办学术刊物《中国现代文学研究丛刊》，主编是王瑶先生。王先生以身作则，和唐弢、严家炎、樊骏等众多前辈学者一起，倡导实事求是的优良学风，坚守认真、严正而稳健的"持重"风格，开展多元开放的学术交流，使现代文学这个学科始终具有比较团结、纯正的风气。

如今学会和丛刊都进入而立之年。随着时代的变化，整个学术生态因功利化、技术化而失衡，学风浮泛，学会与丛刊也受到很大冲击。我们一定会发扬王瑶先生那一辈学者创建的优良传统，尽力维护学术尊严，促进学术健康发展。

2014 年 5 月 7 日

语言学领域的"通才"岑麒祥

20世纪80年代初,岑麒祥先生已年届八秩。他住在燕东园,经常见他步行到校园里来。他虽已有些驼背,仍可见魁梧的身板,方脸,戴一副宽边的圆眼镜,鲁迅式八字胡子,一身蓝色中山装,两个衣袋鼓鼓的,还要拿一个布袋,走路慢吞吞的。

有时候,岑先生就推门到我们的宿舍来。我们住29楼,舍友中有任瑚琏,学语言理论的,岑麒祥不是他的导师,来宿舍是找学生聊天,说一些关于语言学研究方面的话题。岑麒祥是广西合浦人,但说话很少带廉州方言口音。早年老一代学者是外地人多,说普通话不标准,地方口音重。像王瑶先生的山西平遥话,很多学生就听不懂。但岑先生的普通话说得好,我有点好奇。和他一接上话,才知道他研究过方言,自然有语言沟通方面的优势。当他听说我是客家人时,也略微有点诧异。我说,你们做方言调查需要客家话的语料,找我好了。先生就甚为客气地点点头。

---

* 岑麒祥(1903—1989),祖籍河南南阳,1903年7月15日生于广西合浦。曾任中山大学语言学系教授、北京大学中文系教授。著名语言学家。

岑麒祥

我从他们聊天中得知，岑麒祥先生正在做一部外来语的辞典，那时还没有电脑与互联网，每个语词的来源和演变都要一一搜寻，用卡片记录。而岑先生那么高龄还要做这种极其琐碎而枯燥的工作，让我心生几分敬佩。

后来更多地知道岑麒祥先生的学术经历。他早年就读上海印书馆附设函授学校英语科，1922年考入广东高等师范学校，1928年赴法留学，师从房德里耶斯、梅耶、科恩、傅合等法国语言学家学习语言学、历史比较语言学、语言调查和语音学等课程。在巴黎留学期间，和后来成为著名音乐家的冼星海是挚友，他们同住一处公寓，岑麒祥经常照顾当时穷困的冼星海。1933年岑麒祥获法国文科硕士学位和语言学高等研究文凭。1934年回国，在广东中山大学文学院当教授，1946年任语言学系主任。估计那是全国独一份的"语言学系"。王力先生也在中大语言学系当教授。1954年中大语言学系并入北大中文系，王力先生带来了包括岑麒祥、唐作藩等几位语言学家。后来岑先生就一直在北大任教。

岑先生是最早在我国引进普通语言学理论的学者之一，他的用力涉及语言学史、历史比较语言学、方言及少数民族语言调查等方面，是语言学领域的"通才"。他留下来的主要著作有：《语音学概论》《普通语言学》《语法理论基本知识》《语言学史概要》《方言调查方法》，以及译作《历史语言学中的比较方法》（［法］梅耶著）。我和他认识时他正在编写《汉语外来语词典》，1990年由商务印书馆出版，那时岑先生已经离世，很可惜，他未能在生前见到自己付出那么多心血的著作。

2023年11月

朱德熙与北大古文字学"三剑客"

20世纪50年代,我还在读初中,就知道朱德熙的大名,那是读了他和吕叔湘(1904—1998)合写的小册子《语法修辞讲话》。这本书原是一篇谈话风的论文,1951年在《人民日报》连载,同时由中央人民广播电台广播,深入浅出地普及语法知识。后结集出版,风行全国。连我这样的中学生都能读懂,而且喜欢,几十年不忘,也可见这篇普及性的读物有过多么大的影响。近年来,我主持全国中小学语文统编教材编写,涉及编写语言,希望能平易清通,不纠缠概念,而又讲清楚必备的知识,让学生能够接受,这是个难题。我曾多次建议编写组参考朱德熙的《语法修辞讲话》。

该书1951年由开明书店结集出版,多次印刷。朱先生和吕先生得到稿费应当不少,据说大部分都捐给了抗美援朝买飞机了。也可见老一辈学者的拳拳爱国之心。

---

* 朱德熙(1920—1992),江苏苏州人,曾任北京大学中文系教授、北京大学副校长。著名古文字学家、语言学家、教育家。

朱德熙

朱德熙是江苏苏州人。1939年考取西南联合大学物理系，比杨振宁低一届。他的数学、物理成绩都很好，后来觉得更喜欢古文字和古音韵学，便从物理系转到中文系，师从唐兰、闻一多等名家。著名小说家汪曾祺是朱德熙的同学，很要好的，俩人性格不同，却都有某些士大夫超然的气质，彼此成为终生信赖的朋友。20世纪七八十年代，朱德熙与汪曾祺过从甚密，有什么憋闷的事情，汪曾祺都会来朱德熙家里喝点小酒，彼此取暖宽慰。这是后话。

大学毕业后，朱德熙曾任教清华大学五年，他在学术上崭露头角，是1950年代发表的《寿县出土楚器铭文初步研究》和《战国记容铜器刻辞考释四篇》，纠正之前一些误译，奠定了在战国文字研究领域中的突出地位。而影响更大的《语法修辞讲话》也在这一时期写成,那时他年纪才三十出头。初出茅庐,便得到学界与社会的认可。这在现在,也是难以想象的。1952年院系调整,清华中文系并入北大中文系,朱德熙也跟随调入北大。不久,受国家委派赴保加利亚索非亚大学任教,1955年回国。后一直在北大中文系当老师。

朱德熙在北大四十年,主要从事现代汉语研究。据语言学家汪峰说,这个领域的学者一般多做语料的调查、分析和归纳,而朱德熙更进一步,注重方法论的创新与论证,视野更为开阔。他1956年发表的《现代汉语形容词研究》,以及后来的《说"的"》等系列文章,都是吸收结构主义的方法来研究汉语问题的。到1962年,朱德熙在《论句法结构》一文中提出了"变换分析法",揭示隐含在句子里边的语义结构关系,对于汉语语法研究是个突破。

"文革"中大部分学者都被迫中断了研究,朱德熙是个"有心人",仍然尽可能利用一些空间思考研究汉语语言现象,做一点战国文字的考释。那纯粹是一种兴趣爱好,并非什么"项目",或者为了什么功利目的,却也做了学术的筹备和积累。"文革"后他的学术论著便陆续问世。如《"的"字结构和判断句》《"在黑板上写字"及相关句式》《与动词"给"相关的句法问题》,等等。重视语法研究中形式和意义的结合,是朱先生独特的贡献。

我没有听过朱德熙先生的课。据说朱先生非常严肃、正经,他上课的风格也是这样，绝不多讲一句学术以外的事情。他上课受欢迎，是因为常常就一些极普通的语法现象，引出一些有趣的问题，激发学生去探索与发现，往往恍然大悟，再深入堂奥。这是非常高超的教学方法。

朱先生的主业是现代汉语语法研究，但是他不满足于只是耕耘这块自留地，希望把汉语语法研究拓展出去，他在古文字研究方面也"出道"较早，造诣很深。前面说过，他在1951年便发表战国文字考释的重要论文。1970年代，他又参加过许多考古发掘的古文字整理研究，包括马王堆、银雀山等汉墓出土的帛书、竹书，以及望山楚墓竹简、平山中山王墓的铜器铭文等。他常结合自己擅长的语法分析来进行古文字的考释，在战国文字研究上多有创见。

朱德熙先生是伯乐，识才，也爱才。他总是非常热情帮助青年学者成才。文史学界现在都知道大名鼎鼎的裘锡圭先生，他是现今古文字研究领域的翘楚。还有一位战国文字研究专家李家浩，也是一流学者。他们的成才都曾依仗朱德熙的指导帮助。

据裘锡圭先生回忆，1962年前后他经常去朱德熙家里请教和讨论古文字的破译，那时，这都是"死学问"，不被重视的。裘锡圭跟先生说，像我们这样搞学问是"穷开心"。先生心领神会，后来多次谈话中重复这句话。也就在那个时候，他们合写了《战国铜器铭文中的食官》，发表在《文物》杂志上。

和我同届的研究生李家浩，我戏称他"湖北佬"，中学都没有读完，英语完全不懂，连普通话都说不利索，可是对于考古和古文字很入迷。朱德熙先生在考古现场发现了这个有天赋的青年，便建议北大破格录取他为研究生。我和李家浩是研究生同学，毕业后都留校，还曾经同住一间宿舍。常见朱德熙先生来宿舍找李家浩，他们"没大没小"地讨论学问。后来李家浩也成为全国著名的古文字学家。朱、裘、李三位，是20世纪八九十年代北大古文字学的"三剑客"，对北大古文字学科的创建功莫大焉。

朱德熙先生过世，裘锡圭先生去了复旦，接着李家浩先生退休，北大古文字学便星散凋零了。顺便一提的是，裘锡圭离开北大并非外界所传的"北大不留人"，当时裘先生已经是北大的"资深教授"，很受尊重的，因考虑家庭、年岁等实际原因，他坚持要离开北大，回上海，叶落归根。可是他这一去，还带走了好几位年轻的古文字学家。最近几年古文字研究非常"吃香"，几乎成为"显学"，许多大学纷纷把古文字学作为"强基"项目，想以此显现文科的成果。近时，北大中文系还成立了古文字专业，"待从头收拾旧山河"，这可就难了。但愿这个学科不搞"花架子"，后继有人。

再说朱德熙先生的为人。他曾经担任北大副校长，却毫无当官的样子。年纪不小了，还跑跑颠颠给本科生上课，还特别注重扶持年轻学人。

1984年我考取了王瑶先生指导的博士生，为了集中精力，希望能脱产学习。可是脱产就意味着离职，而离职便要交回当时住的筒子楼宿舍，我们一家就没有地方住了。这真是麻烦事。再三思量，打算放弃读博士了。一天在五院的系办公室见到王瑶先生，我诉说了自己的难处。王瑶先生二话不说，抄起电话就找朱德熙先生（他们是西南联大同学），转述了我的困难。朱德熙先生说青年教师的培养很重要，立马答应和人事部门商议，让我在职脱产读书。对此我是非常感激的。

后来，为了教学方面一些琐事，我曾几次到过朱德熙先生的家。是在中关村的一栋楼房，小三间，有些拥挤，墙上挂着作家汪曾祺的书法条幅。每次去，朱德熙先生都热心地开门接待，端一杯清茶，细听我的述说。他的话不多，出主意解决问题，干脆利落。我爱人当时在人民大学新闻系进修，要采访实习，还专门做过朱德熙先生的一次专访。

朱德熙先生敦质儒雅，道德文章堪称楷模，很多接触过他的人大概都会这样认为的。

2024年2月11日

古代音乐研究的翘楚阴法鲁

我和阴法鲁先生不太熟悉,但对他印象很深。1981年我住在北大南门21楼筒子楼,那时古典文献教研室在隔壁20楼,常见到古文献老师在那里进进出出,其中就有阴法鲁先生。他那时还没有退休,个子高高的,略瘦,常戴一顶五角帽,穿一身中山装,不苟言笑。七十多岁的老人了,还能想见他年轻时的英俊。

我们不是一个专业,见面也就点点头,没有什么话题要和他搭讪,对他是有些敬畏的。后来我到北大出版社当总编辑,有几次见他从中关园走路来到出版社,上三楼办公室找过我。大概是为《中国古代文化史》和《古文观止译注》这两本书出版的事情,细节记不清了,但老先生慢声细气说话,那种专注和细致,现在还留在我脑海里。老一代学人往往这样,学问越大,越是谦恭实在。

现在一般读者也就知道阴法鲁先生主编的《中国古代文化

---

* 阴法鲁(1915—2002),山东人,曾任北京大学中文系教授,著名古典文献专家,音乐史、舞蹈史专家。

史》和《古文观止译注》，都是长销的书。然而阴法鲁先生学术上的"绝活"，是中国古代音乐文化研究。这是冷门的学问，阴法鲁先生是这个领域当之无愧的翘楚。

阴法鲁

阴法鲁 1935 年入北京大学中文系学习，1937 年就爆发"七七事变"，北大、清华、南开三校联合南迁，成立西南联合大学，阴先生也随着到西南联大就读。他成名早，本科期间就发表《先汉乐律初探》，一炮打响，曾获得当时教育部的嘉奖。1942 年研究生毕业后，他的主要精力就用于古代音乐的研究，探讨古代音乐的源流、外来影响，以及古代音乐与舞蹈的关系。我不懂他的这些研究，只知道他根据敦煌壁画研究唐代的音乐和舞蹈，重现唐代的"剑器舞""浑脱舞"，曾令业内振奋。

由音乐舞蹈的研究导向对古典诗、词、曲的研究，也是阴法鲁的一个创造。包括《大曲唐宋之来源及其组织》《考古资料与中国古代音乐史》《历史上中国和东方诸国音乐文化的交流》等，都得到学界的赞誉。我比较感兴趣的是他对于宋代词人姜白石的研究。阴法鲁先生和杨荫浏先生合作，破解了姜白石留给后人的歌曲旁谱,让现代人也能欣赏到七八百年前的音乐。阴法鲁先生的论文不很多,但出来一篇就是一篇,每一篇都立得住,有独特的发现和学术推进。

在古代音乐舞蹈研究领域一提阴法鲁,自然都会伸出大拇指。可是在北大,他不属于显山露水的教授,不求闻达,始终很低调。他是1959年北大创建古典文献专业时,才调回到北大中文系的,此前,他先后在北京政法学院、中科院历史研究所当副研究员,学术成就显然未能得到应有的重视。回到北大之后,又因为这里大专家很多,如魏建功、周祖谟等,都在同一个教研室,阴法鲁先生的学术地位也不那么突出了。阴法鲁先生丝毫不感到屈才,还是一如既往做他的学问。

阴法鲁先生的研究大都是凭着自己的兴趣与学术专长去做,如同许多科学家也是由好奇心和求真的目的去探究一样,并非为了什么项目或者效益去写文章。他们那一代学者坐得了冷板凳,不用赶时潮,每一篇论文的出手都那样认真。阴法鲁的研究注重文献、考古资料及田野调查的结合,经过扎实的考证,反复修改,放一段时间沉淀一下,再发表。据他的学生杨牧之说,阴法鲁先生有些论文初稿出来后,要亲自刻写蜡纸油印多份,征求各方面专家的意见。20世纪90年代,商务印书馆要给阴先生出一部论文集。谈了多次,先生终于答应了,把自己的文章再三筛选,反复斟酌,编好送出。但阴先生总担心论文集中还有什么不妥之处,送出不久,又把书稿从出版社要回来,再审核修改。先生一年比一年衰老,在他 87 岁去世前,终未能将书稿送去出版社。他遗稿出版时,责任编辑发现阴先生又做过很多加工。可惜先生未能在生前看到自己文集的出版。

关于阴法鲁先生在学问上"较真"的事,我还听严绍璗先生讲过一回。1974 年,严绍璗访问日本归来,在教研室介绍访日情况。他讲到京都有一座万福寺,是日本佛教禅宗黄檗宗的寺院。严绍璗把黄檗(bò)念成黄檗(bì)。第二天,阴先生见到严绍璗,把他叫住说:"老严,你说的京都那个寺庙,应该叫黄檗(bò)宗,不叫黄檗(bì)宗。有一种树就叫黄檗(bò)。"阴先生还说:"古文献出身的人,这个字要认识。"严绍璗脸红了。阴先生也很体谅学生,便说:"不过,陌生的字很多,都记住也难,平时留心就可以了。"

老先生做学问的"较真",对学生的严格和宽厚,的确很感人。

2023 年 11 月

林焘：语言学家与昆曲"票友"

　　林焘先生住燕南园，那里有十多栋别墅式的西式小楼，浓荫覆盖，是北大资深教授的住地。1999年到2008年，我担任中文系主任那时，逢年过节慰问老先生，都会到燕南园看望林庚、林焘等几位教授。

　　林焘先生那时的编制不在中文系，他是对外汉语学院院长，后来退休了。林焘先生是从中文系转去对外汉语学院的，他在中文系还带博士生，和中文系语言专业的老师也来往密切。我们一点都不见外，还是把他看作中文系的老师。

　　印象中的林焘先生，已经八十多岁，还身材挺拔，西装革履，颇有绅士的风度。林焘先生和夫人杜荣老师都是燕京大学毕业的，俩人是同学，杜荣读西语系，林焘是国文系。1952年院系调整，燕京国文系合并到北大中文系，林焘先生夫妇都转到北大任教。杜荣老师就分配去教外国留学生的现代汉语课。

　　＊林焘（1921—2006），福建长乐人。曾任北京大学中文系教授、北大对外汉语中心主任。著名语言学家，研究范围涉及音韵、语音、语音与语法的关系及实验语音学等。

林焘

1984年，林焘先生也从中文系转去对外汉语中心，担任中心的主任。

据赵燕皎教授回忆，林焘先生对语音有特别的专业敏感，他教学也格外关注学生的语言状况。20世纪50年代那会儿，同学们来自五湖四海，各说各的方言，先生就要求必须说普通话。他还针对不同地区的学生不同的发音特点，编写歌谣，以纠正发音。当时给湖南的同学编的是，"真冷，真正冷，突然一阵风，真冷"。语言学的课本向来比较枯燥，许多学生考中文系是奔着文学来的，分配到语言专业，可能有些不乐意。但上林先生的课，同学们很快被唤起兴趣，不知不觉间就喜欢上了语言学。

林焘先生做学问很严谨，但做人潇洒自得。在中文系传为佳话的是，林焘先生夫妇都喜欢昆曲，每天闲暇都唱昆曲，吹笛子，可谓夫唱妇随。林先生去世后，同人、学生编了一本纪念集,书名就叫《燕园远去的笛声》,读来颇带一点忧伤。

我和林焘先生不同专业,与他很少交集。但知道林焘先生是著名的语言学家,主攻语音学,资历很老。据说在燕京大学读研究生,他师从享誉国际的语言学大师李方桂先生,又曾在陆志韦先生指导下从事传统音韵学的研究。而高名凯先生对他的影响也很大。读林焘先生的《浮生散记》,其中有个细节给我印象颇深。林焘那时还在燕京读书,有一次在镜春园燕京大学高名凯先生家里聊天。那时高名凯刚从法国回来,谈到欧洲汉学家如法国的马伯乐、瑞典的高本汉在汉语研究方面的成就。高名凯先生说:"汉语是我们的母语,研究汉语本来是我们自己应该做得好的事情,我们缺的是方法,应当有志气超越汉学家。"当时还年轻的林焘先生便暗自立下志向,要用现代语言理论方法研究汉语,以此作为自己终生的事业。

林焘先生的资格很老,1946年就是燕京大学的讲师了,差不多过了十年,才在北大评上副教授;又熬了二十一年,到1981年,才评上教授。真是有些怠慢这位老先生了。当然其间有"文革"的耽搁,亦可能有人事关系的阻碍,院系调整,燕京和清华中文系并入北大后,北大学术阵容强大,但多少也会有些"派系"人事纠葛的。比如评一级教授,若论学术成就与影响之大,语言学界的高名凯可能是与赵元任、王力、吕叔湘齐名的,但高名凯并没有评上一级教授。北大中文系四大一级教授中没有从燕京过来的。我对语言学没有发言权,这无非是后来旁观者的郢书燕说罢了。不过我知道从燕京过来的林焘先生对功名利禄很看得开，不以为意，还是做他的学问，过他的日子，唱他的昆曲，挺潇洒的。

林焘先生的教学与研究涉及语音学、现代汉语与对外汉语等多个领域，在语音学与实验语音学方面尤显建树。我外行，又有些好奇，林先生是福建人，却说一口字正腔圆的北京话。后来听说林焘的曾祖父曾当过同治皇帝的老师，他出身书香世家，是在北京出生长大的。林先生的代表性论文是研究北京话的，包括《北京官话溯源》和《北京官话区的划分》，都是运用现代语音学方法，通过田野调查获取语料，然后科学论证。这有点类似理科的方法。我记得在20世纪80年代初，林焘先生曾带领中文系汉语专业的部分师生，在北京城区和郊区进行过大规模的北京话调查，向语言专业老师请教，做语言调查时，精心设计了语言量表，对北京不同区域的口语进行了系统的录音和笔记，获取第一手语料。林焘先生就根据录音资料分析语音现象，比如去声连读变调、阴阳平调、儿化韵的语音，等等，再结合传统的音韵学提供的线索，对北京话语音做详尽的分析判断。现在北京的人口流动变化很大，北京话已经不"纯粹"了，林焘先生他们当年的调查资料已成为珍贵的历史材料。

北大中文系有三个专业，即文学、语言学与古典文献学，虽然互相交叠，但彼此的学术方法区别还是挺大的。语言学有些部分，比如音韵学、实验语音学，就很接近理科。北大中文系甚至还有一个语音实验室,最早是在20世纪20年代由刘半农先生创建的,一度中断。1978年,林焘先生提议并着手在北大中文系恢复建立语音实验室,培养实验语音学方向的研究生。

如今,北大语音实验室已经成为中文系把文科与理科打通的一个科研亮点。

2023年11月

"学术警察"吴小如

从报上得知吴小如先生去世，很是悲痛，虽知先生已是高寿而去，心里还是若有所失。北大文科中"20后"或者比"20后"更年长的一代学者，已先后离去，像吴先生这样极少数称得上"大师"的，几乎全都谢幕了。

吴小如先生是"杂家"，专著不多，可是面广，古典文学、文献学、戏剧学都有很高造诣。现今学术分工极细，搞先秦的不一定熟悉唐宋，搞小说的也许不懂诗词，可是吴先生教文学史能从"诗经"讲到梁启超，且大都有其心得，学生自然也喜欢他的课。先生还有"绝活"，就是京剧，八十多岁还登台唱戏，是京城有名的"高级票友"。何谓"高级"，他既有京剧的艺术修养，又精通古典戏剧史，能进能出，常有戏剧评论发表。他的评论不是高头讲章，不见得能登载"核心期刊"（那时也没有这名堂），却能叫梨园诚服。如此兼通的学者，现在到哪里去找？

---

* 吴小如（1922—2014），原名吴同宝，安徽泾县人，曾任北京大学中文系教授、北大中古史研究中心教授，研究领域涉及古代文学史、古文献学、俗文学、戏曲学、书法艺术等。

吴小如书法

说来有些可惜，吴先生在北大是受了委屈的。他的学生孙绍振先生就曾经写文章为老师抱屈，痛批北大中文系不给吴小如提升教授，让他当了三十年讲师。其实，据我后来听知内情的老师说，这又有点委屈中文系了。事实上，"文革"结束后北大重新评定职称，当时"积压"的人才多，像吴先生这样年过半百的"老讲师"不少，都等着晋升。据说吴先生虽然是"杂家"，但也还是被"看好"的，在中文系的评审会上就给他"破格"提升教授了。名单报上去，不料教育部临时减少了北大的名额，校方就把吴先生给"卡"下来了。因此吴先生愤而离开中文系，要去中华书局。校方出面挽留，把他留在了历史系的中古史研究中心。吴先生在历史系是很寂寞的。每当中文系的老学生回校聚会，都会把吴先生请来，他兴致很高，说起往事来滔滔不绝。先生在历史系没有当上博导，也没有文学史、戏剧史方面的及门弟子。这的确是遗憾的事情。

不过吴先生始终活跃在北大文科。他对学术是有些苛严的，遇到不良学风，比如古籍校勘出了差错，"明星学者"信口雌黄，或者抄袭剽窃，等等，他都会"多管闲事"，不留情面提出批评。

有一回学校评定职称，提升教授的预备名单中有钱理群，可能老钱在组织王瑶先生的纪念文集时不慎遗漏了吴小如的文章，"得罪"了吴小如。吴先生就对老钱耿耿于怀，硬是从老钱的著作中找到一处硬伤，以此为例证明钱理群不合格，还在会前复印了材料散发给评委。此事做得的确有点"过"，但也可见吴小如先生性格一侧面。在这个日益浮泛的环境中，吴小如直言不讳的批评声音会显得格外"刺耳"。但吴先生我行我素，对于学界之虚浮硬伤，横扫凌厉，毫不手软。于是一顶"学术警察"的帽子便落到他头上。吴先生说："有人称我'学术警察'，我不在乎。"

也许吴小如先生也意识到有些苛严，曾给自己"自画像"这样说："惟我平生情性褊急易怒，且每以直言嫉恶贾祸，不能认真做到动心忍性、以仁厚之心对待横逆之来侵。"吴先生容易受挤兑碰钉子，可能也与此有关吧。但无论如何，"学术警察"还是有益于学术生态的，现在像吴先生这样认真、严格的学者是越来越稀罕了。

2008年北大中文系纪念吴组缃先生百年诞辰，在勺园召开一个纪念会，来了很多学界名流。我主持会议，把吴小如先生请到主席台。吴先生发言时突然离开会议主旨，痛批中文系的学风，让人有点坐不住了。我知道先生的批评是对的,况且他对中文系也的确"有气",就由他说个痛快吧。果然说完了,他也就谈笑风生了。

最后一次见到吴先生,是去年,在校医院。见他老人家颤颤巍巍,怕打搅他,我在犹疑是否该上前请安。他却几步之外一眼就认出了我,问我"听说去了山东大学"?老先生90岁高龄,病痛缠身,还那样耳聪目明,信息灵通,不时关注着中文系和后辈学生。现在想来,心里还是酸酸的。

2014年5月16日

语文教学研究的元老冯钟芸

冯钟芸教授给人的印象特别随和,没有什么架子。年岁大了,系里有活动,什么政治学习呀,教研室或党支部开会呀,也都不辞辛劳从城里赶来学校参加。冯钟芸是很资深的教授,我们对她都很景仰。冯钟芸是河南唐河人,出生于一个显赫的学术家族:父亲冯景兰是著名地质学家。大伯冯友兰是著名的哲学家,姑姑冯沅君是文学史家,山东大学一级教授。堂妹冯钟璞(宗璞)是著名女作家。著名哲学家张岱年是她的堂姑父。据不完全统计,冯家三代在科技、文化界,教授级的人物就有三十多人。冯钟芸的丈夫是著名哲学家任继愈,他们夫妻之间相敬如宾,育有一女一子。

1941年,冯钟芸毕业于昆明西南联合大学中文系。在校期间,曾在西南联大附设中学任语文教师。当时西南联大很多老师都在中学兼课,这也是为了补贴生活。现在很少人知道西南联大

---

* 冯钟芸(1919—2005),河南唐河人,曾任北京大学中文系教授,文学史家,语文教育家。

冯钟芸（左二）与任继愈（右一）

曾有两个中文系，一个就是大家熟知的联大中文系，还有一个是西南联大师范学院的中文系，沈从文就曾在那个中文系任教。

当时西南联大重视学生的语文素养教育，开设过"大一国文"。这是全校（包括文、理、法、工各系）学生的必修课，大一国文不过关，就不能升级。1943年夏，冯钟芸任西南联合大学的助教，就教过"大一国文"。冯先生在《芸叶集·自序》中回忆："当时大一国文的教师很多，阵容很大。如余冠英、李广田、李嘉言等和后来的名教授邢庆兰、刘禹昌，都在西南联大教过大一国文。与现在相比，这是一个好制度。早年的大学毕业生文章写不通的比较少见。"

联想到十多年前，我也曾经力推在北大开设面向全校的"大一语文"，还主持编写过几种大学语文教材。学校也支持，召开过全校理科院系负责人会议，征求意见。院长们都说现在学生语文水平堪忧，有些连实验报告的文字都写不通，就都赞成开设语文课。可是因为学分限制,"大一语文"只是作为选修,学生并不重视,这门课也就始终上得温温吞吞。不知道现在这门课是否好些了。

1946年底,西南联大教师复员回京津,冯钟芸受聘于清华,任中文系讲师、副教授,开设过"写作实习""中国语文教学法"等课程。1952年院系调整后,冯钟芸任北京大学中文系副教授、教授,后一直就在北大教书。冯先生讲授古代文学,主要是魏晋南北朝那一段,还开设过专题课"杜诗研究"。冯钟芸主要著作有《杜甫研究论文集》,人物传记《庄周》《屈原评传》《杜甫评传》《关汉卿评传》《贯云石》,等等,还有自选集《芸叶集》。

2005年一天早晨,冯钟芸先生外出散步,突然病逝,享年76岁。我接到噩耗,随即与中文系党委书记李小凡赶往城里冯钟芸先生的寓所悼念。只见任继愈先生端坐在屋里,两眼直视发呆,不言不语。伴随自己几十年的挚亲突然离去,这位深通佛学的大哲学家,此刻在思考什么?我们也都只好静默,此时说什么都好像有点多余。冯钟芸先生本来身体不错,说走就走了,也算善终。

不久前,北大语文教育研究所现任所长汪锋跟我说,为了庆祝语文所成立20周年,打算举办几次有关语文教学的研讨会,还想为北大关注语文教育的学术前辈出一本语文论集。我说这很好,不要忘了选收冯钟芸先生的文章,她可是最早在清华开设

"语文教学法"课程的元老,又曾任全国中小学教材审定委员会中学语文教材审定委员。我很后悔,当初北大语文教育研究所成立,冯钟芸先生还健在,何以未能向冯先生请益?

2023 年 12 月

樊骏：一个"有故事"时代的消歇

樊骏同志——在这个称呼混乱的时代，我还是喜欢称他为"同志"——生前很低调，死后却得到如此之多的赞誉。这赞誉不止是对于逝者的尊敬，更多还是打心底升腾起来的感佩，还可能有某种失落感。樊骏同志数十年执着于学问，有许多近"迂"的行为，每每被善意地传说着，颇具"世说新语"的情味。他生活清苦，却默默捐赠百万设立王瑶学术奖，不愿留名；他公私分明，连写封私信都约束自己不能用单位的信封；学界均以博导为荣，他却谢绝这个名分，一边又在不遗余力地培养青年……他克己严苛，似乎不近人情，然而又有真实、坦诚、温暖的一面，和他接触能感到纯净。樊骏是 20 世纪五六十年代成长起来的学人，身上有那个年代拘谨的烙印，但骨子里更像一个清流。这样的学者，现在是极罕见了，他的死，多少意味着一个"有故事"时代的消歇。

---

* 樊骏（1930—2011），浙江镇海人，中国社科院文学研究所原研究员，全国政协原委员。著名文学史家，主要研究中国现代文学史。

樊骏

樊骏同志著作不多,甚至没有专著,那些不同时期发表的论文汇集出版,就那么不算厚的两本。但我想很多治现代文学的学者都会很看重这两本论集,这是我们的案头书之一。樊骏20世纪80年代对老舍的研究,特别是关于老舍现实主义创作特征,以及《骆驼祥子》悲剧内涵的论述,代表了当年这方面研究的学术高度。他关于现代文学史料的整体研究,在系统性和深度方面所达到的水准,至今无出其右者。他提出的现代文学研究的"当代性"问题,把握住了这个学科的性格与命运,具有相当的前瞻性。还可以列数樊骏同志很多论文的贡献,他的文章出手很慢,一篇就是一篇。他是一个学术上严谨的、以少胜多的卓越的学者。和现在到处快速生产学术泡沫的现状比起来,樊骏是有些怪异却不能不让人肃然起敬的。

尤为我所敬重的,是樊骏同志那些评述总结现代文学研究状况的文章。他始终关注这个学科研究的趋向与得失，像一位严峻的质量检查员，也有人称他为"学术警察"。他及时梳理学科进展的状态，肯定那些出色的成果，分析研究的动向，也会提出应当避免的某些偏向与问题。一般学者可能不屑于写这种"述评"，但樊骏偏偏在这方面投入如此之多的热情和心血。回头看，这些述评"性的文字绝不是简单的梳理介绍，而总是有高屋建瓴的眼光，坚实的方法导向，对学科发展悉心的指导，也有对学风偏至的警醒。记得当年我们还较年轻，学术研究刚上路，是很注意樊骏这些文章的。他每一篇述评发表，我都找来认真读过，顺着他的指点去思考学术的路径，也真的从中获益匪浅。有时看到自己的某些研究能在樊骏的评述中得到一点点肯定，那就很惊喜，这是最大的鼓励了。难怪我们这一代学人往往都把樊骏看作自己的老师，或自认是樊骏的私淑弟子。我在想，樊骏靠什么"立身"，为何能得到学界那么高的评价？靠的是他对学科建设的无私奉献。很幸运能有他这样一位始终关心和呵护现代文学这个学科的人，一位有卓识的学科评论家与指导者。有他存在，学科圈子里的人会感到某种温暖，还有实在。可惜现在他去了。

现代文学研究领域历来思想活跃，名家多，人才众，照说容易文人相轻，产生矛盾，但事实上我们这个学科包括现代文学研究会，是团结的，风气也比较正的。这跟现代文学研究的传统有关。第一、二代学者，特别是建立与主持现代文学研究会的那些核心的学者，他们的为人为文，都影响这个学科的性格。想当年，现代文学研究会独树一帜，在社会上常发出声音；而《中国现代文学研究丛刊》则殷实持重，得到学界广泛好评。这自然依靠王瑶先生的通达睿智，还有众多同人的支持，他们个性不同却都把主要心思放在学问上；但我们不会忘记，很重要的，还有樊骏这个"秘书长"，他的大量无私的贡献。他始终在兢兢业业地维护与建设这个学科。我很赞同有些朋友说的：樊骏是我们现代文学学界的"魂"。我主编《北京大学中文系百年图史》时，要从百年来上万名校友中挑选出代表性的100位知名校友，征求各方面意见，毫无疑义地，大家都推举了樊骏。他也是北大中文系的骄傲。

我从20世纪80年代起认识樊骏同志，那时常在北大镜春园76号王瑶先生的客厅里见到他的身影；我博士论文答辩时，樊骏严格的评审让我生畏又佩服；是他写推荐信让我首次获得社科基金项目（得到3500元支持），让我完成了《中国现代文学批评史》；我和钱理群、吴福辉合作修订《中国现代文学三十年》，他在《人民日报》撰文评价和肯定；他还曾邀我参加社科院的《中华文学通史》编写，使我得以有更多机会向他求教……许多事情当时并不觉得怎样特别，如今回想，才更体味到那种沉甸甸的分量与价值。真的非常感谢樊骏同志，我的学术成长过程中得到他许多关怀与帮助。

2010年秋一个夜晚，在北大博雅酒店大厅，北大中文系百年系庆的酒会就要开始。我突然看到坐在后排的樊骏同志，忙上前问候，问他是否还认得我。他笑笑回答："是温儒敏嘛！"这让我很感安慰。因为当时樊骏同志是中风所致的重病，意识不是很清楚的，他居然还来参加系庆的酒会，还能来到大家身边。我心里暗暗祈祷他能多活几年。不料这是和他最后一次见面。

樊骏同志离开我们快两年了。有时我会突然想到他，想起他的那间书屋——有些阴暗，简陋的家具影影绰绰，他枯坐在椅子上，彼此说话不多。他总是那样慢声细气的，有时开点笨拙的玩笑，似乎想活跃一些气氛。我怎么也想不起他说过些什么，但至今能感触到那种气氛，他的样子，他的声调与口气。不用使劲回忆，其实很多都已融化在我的生命感觉之中了。

2012 年 10 月 14 日于济南历下南院

九十沧桑乐黛云

很久未能去拜望恩师乐黛云教授了，想见，又怕打扰。近日有老同学从香港来，约我一起去见乐老师。老师的保姆说，几天前有人来访，老师大概说话多，就很累了。乐老师还是喜欢热闹，有学生、朋友来，自然高兴。但毕竟93岁的老人了，愿她安静独处，在朗润园多享受秋日的阳光。我们便遗憾地放弃了这次拜访。今天，特地从书架上找到乐老师的传记来看，是2021年出版的，里头大部分文章早已读过，现在想念老师，再翻阅一遍。合上书，感慨万端，目光久久停留在封面的书名上——《九十年沧桑》。

乐黛云教授的学术生涯的确用得上"沧桑"二字，她生命每一个环节的变化大起大落，挺传奇的。1931年，乐黛云出生于贵阳一个大户人家，父母开明，给她良好的教育，虽遭逢战乱，亦享有比较富足而快乐的童年；1948年考入北京大学中文

---

* 乐黛云，1931年1月生，贵州贵阳人，北京大学中文系教授，曾任北京大学比较文学研究所所长、中国比较文学研究会会长。中国比较文学研究学科奠基人之一。

乐黛云与汤一介

系，是当时北大学生中的风云人物，曾作为学生代表赴布拉格参加世界学生代表大会；毕业后留校任教，担任系教师党支部书记；和汤一介先生结婚，嫁入国学大师、北大副校长汤用彤的"豪门"；1957年因策划同人文学刊物《当代英雄》，被打成"右派"，开除党籍，发配山区劳动；"文革"中再受冲击，但随后恢复公职，在江西鲤鱼洲的北大"草棚大学"教工农兵学员；"文革"结束后，当讲师，重新开始教学研究；1981年赴美国哈佛和伯克利大学访学两年，回国后在北大开设比较文学课程；1985年主持成立中国比较文学学会，担任副会长；之后主要精力用于这一领域的研究，出版多种相关的研究论著，长期担任北大比较文学研究所所长，推进该学科的建立与发展。

从这极简"履历"可以看到,乐老师的九十生涯有很"顺"的、令人羡慕的一面,那是充满鲜花、阳光、理想与自信的日子;也曾被诬陷、批判,当过猪倌、伙夫,坠入生命谷底,但她都走过来了。无论顺境逆境,乐老师绝不放弃理想追求,始终在奋斗、学习、开拓。用她一本英文自传的书名 To the Storm 来说,她乐于"向风而行",勇敢地接受命运的挑战,选择属于自己的学术之路。

乐黛云年轻时读过苏联小说《库页岛的早晨》,其中有一句话,"生命应该燃起火焰,而不只是冒烟",让乐黛云终生不忘,成为她的座右铭。我读研究生时,上乐老师的课,不止一次听她引用这句格言。"燃烧",还是"冒烟"?是人生观的选择。在被开除党籍,当猪倌、伙夫时,乐黛云不消极,选择"沉潜";20世纪80年代赶上改革开放的时期,她抓住时机,选择从头开始做学问;她很快取得现代文学研究的成果,发展势头很好,却又转向尚未开垦的比较文学;五十多岁了,她选择学英语(原来学的是俄语),背负行囊到美国访学;她的比较文学研究得到国际学界的赞赏,又选择"跨文化研究"这更开阔的课题,朝新的目标迈进。这一切"选择",都是为了让生命"燃烧",迸发光华。

乐老师闲不住,也不愿抱住一块"自留地"皓首穷经耕作做文章。她的学问是立足现实,面向未来的,问题意识强,有使命感,做得活,不全是循规蹈矩、"填补空白";她习惯从司空见惯的学术生态中把握某些现象,紧紧抓住,深入探究,"生长"出新鲜的题目。我不止一次听她说过一个"故事",早年她给留学生上课,讨论赵树理的《小二黑结婚》,分析其中的三仙姑,都是中年女人了,还那样爱打扮,认为这是反常落后的行为。赵树理对这个人物显然用了讽刺,而一般读者也把三仙姑看作"反面人物"。然而有些外国学生却大惑不解,认为三仙姑爱美并没有错,是正常的人性,不明白赵树理为何这样讽刺女人。这种分歧让乐老师大受启发:原来中外文化的不同,会直接影响到文学阅读评论的立场。这就引起乐老师对比较文学的兴趣了。

乐老师写文章有特别的敏感,她总是顺着自己的感受去探究,形成有价值的话题。比如,刘半农曾赠给鲁迅一副联语"托尼学说,魏晋文章",人们都赞赏其精辟,可是学界又罕见深究。这就引起乐老师的兴趣:鲁迅到底和托尔斯泰、尼采有什么关系?就从这里入手,乐老师"跨界"去研究托尔斯泰和尼采,回头再看这些外国作家对鲁迅的影响,比较他们的异同。进而形成比较研究和影响研究的方法,推展到其他现代作家的研究上。顺着这种思路,乐老师从文化比较中看问题,越来越坚定去开拓比较文学研究的路子,带动了这一学科在中国的建立。她的《比较文学与中国现代文学》、《比较文学原理》、《跨文化之桥》、《中国小说中的知识分子》(英文版)等书在学界产生很大影响,有的还翻译到国外。说乐黛云是中国比较文学学科的奠基者,是没有异议的。

乐老师为人很热情,快人快语,风风火火,做什么事情都有决断。她是杰出的学者，又是颇有亲和力的学术活动组织者。成立比较文学研究所，召开比较文学大会，开展国际学术合作，出版《跨文化研究辑刊》，等等，做那么多实实在在的事情，也都依仗她的担当，以及善于用人、团结人的本事。乐老师的文章也带有她的个性、风格，凡有论点的提出，除了缜密的论证，还总有鲜明泼辣的气势。我进北大读研究生时，导师是王瑶和严家炎两位先生，乐老师则协助王瑶先生，负责组织与辅导我们学习，等于是副导师。我研究生毕业留校后，也在乐老师鼓励下参加过筹建北大比较文学研究中心的工作，还和张隆溪合作编过《比较文学论文集》等书。乐老师曾建议我从现代文学教研室转去比较文学所。可惜我的外语水平低，终究不敢把比较文学当作自己的主业。但我的许多论作都有比较文学的意识和方法，很大程度上是受到乐老师的影响。

乐老师的夫君汤一介先生，我也是相熟与敬佩的。"文革"中他们被逐出燕南园后，一度住中关园平房，后来搬到楼房，我是常去登门请教的。再后来，他们又搬回到校内的朗润园，和季羡林先生的居室是上下楼，我就去得少了。这对夫妻很有意思。汤一介先生是哲学家、《儒藏》主编，以国学研究为己任，为人为学都谦和严肃；乐老师是文学家，以比较文学为使命，思想开放浪漫，总让人感到她的精气神如涌泉般跳着、溅着。他们俩性格一个内敛，一个放达，却珠联璧合，互为映衬，相濡以沫几十年，成了"同行在未名湖畔的两只小鸟"。

九十多年过去了，老人家还能在她的传记中动情地写出她童年时反复听过的"七姊妹"的凄美故事。姊妹七人的命运各不相同，而悲苦的小七妹最终化为了一座美丽的山，有一种朦胧神秘的青黛色。九十多岁的老人能那么清晰地记得她幼年的故事，甚至还有色彩感，这大概是返老还童吧。我却在这叙事中，体会到老人对于自身坎坷而又美丽的学术生涯的"归总"。乐老师曾说："生活的道路有千万种可能，转化为现实的，却只是其中之一。转化的关键是选择。"她的学术生涯虽然"沧桑"，却始终坚毅前行，努力"选择"得当，尽管有很多坎坷，却也迎来许多幸运。这位可敬可爱的"沧桑"老人，其实又是挺充实和幸福的。

2023年11月9日

"严上加严"的严家炎

1960年代初,我还在上高中,就约略知道"严家炎"这个大名。严家炎发表关于《创业史》的文章,对主人公梁生宝的评价不那么高,反而认为梁三老汉写得真实,不概念化,因此还引起争论。对照一下自己的阅读感受,觉得严家炎的见解有根据,敢于说真话,就记住了他的名字。后来上大学,学《创业史》,也讨论过严老师的观点,不过那时开始批判"中间人物论"了,严老师的观点也连带受到批判。私下里同学们还是比较赞同严老师的独立见解,听说严家炎还是挺年轻的北大教师,就愈加佩服。想不到若干年后,自己能成为严老师的学生。

我读研究生和严老师的促助有关。1977年"文革"后恢复招考研究生,我当时还在广东韶关地委工作,因为妻子家在北京,家里需要照顾,就决定报考研究生回北京。起初想考社科院,他们也曾回信表示欢迎。老同学刘梦溪得知我要考研究生,

---

* 严家炎,1933年出生于上海市宝山区杨行镇。著名文学史家,主要研究中国现当代文学,北京大学资深教授,曾任中国现代文学研究会会长。

劝我还是改考北大，说社科院不是学校，缺少氛围。我这才改报北大王瑶先生。很快就收到北大的来信，一看是严家炎老师写的，很是激动。他话不多，就说王瑶先生和他都欢迎我报考。这样，我就一门心思考上了北大的研究生。如果没有严老师那封回信，也许我就和北大擦肩而过了。

当时现代文学有七八百人报考，最后录取了6人，包括钱理群、凌宇、赵园、吴福辉、陈山和我。还有一位从阿根廷回来的华侨留学女生张枚珊，即后来黄子平的夫人，也是那一届同班同学。另外又临时扩招了2位，刘蓓蓓和李复威，给了刚从现代文学教研室分出去的当代室。我们5位现代文学研究生的导师都是王瑶，副导师就是严家炎。

严老师那时正和唐弢先生合编那本《中国现代文学史》，任务非常重，经常进城，但仍然花许多精力给研究生上课、辅导。《中国现代文学史》本来"文革"前就上马了，是周扬直接抓的高校教材之一，动员了唐弢、刘绥松、王瑶、刘泮溪、路坎等一批专家参与编写，严家炎也是主要成员。后来赶上"文革"，编写工作停下来了。一直到1978年9月，重新恢复组成编写组。因为主编唐弢身体欠佳，实际的编写组织工作是由严家炎主持的。1979年出版了这套三卷本文学史的第一卷，署名唐弢主编。到1981年，第三卷也出版了，封面上改为唐弢与严家炎两位并列主编。这套文学史当时影响巨大，第一卷发行量就达11万册。我从这套书中也获益甚多。那时几乎百废待兴，文学的基础研究非常薄弱，严老师他们编这套文学史，几乎样样都从头做起，要查阅大量第一手史料，阅读大量作品与评论，然后得出自己的评判，不像现在，可参考的材料多，东拼西凑也可以成文。我当时读这套教材总感觉含量非常丰富，处处都有可供开掘的题目，特别是它的史料功夫扎实，为自己树立了治学的样本。该书又增添了大量过去不能入史的作家作品，例如张恨水、胡风、路翎，等等，我都按图索骥，找相关作品与评论来读。

严老师果然是严上加严的。有一回我写了一篇关于郁达夫小说的论文，要投给新创刊的《中国现代文学研究丛刊》，请严老师指教。他花许多时间非常认真地做了批改，教我如何突出问题，甚至连错别字也仔细改过。严老师叫我到他家里去。那时他还住在蔚秀园，很小的一套单元房，书太多，去了只能站着说说话。严老师说，你把"醇酒"错写为"酗酒"了，这一错，意思也拧了。那情节过去三十多年了，还历历在目。

毕业前安排教学实习，每位研究生都要给本科生讲一两节课。老钱、老吴、赵园、凌宇和陈山都是中学或者中专教师出身，自然有经验，只有我是头一回上讲台，无从下手。我负责讲授曹禺话剧一课，两个学时，写了两万字的讲稿，想把所有掌握的研究信息都搬运给学生。这肯定讲不完，而且效果也不会好。严老师就认真为我删节批改讲稿，让我懂得基础课应当怎样上。后来我当讲师了，还常常去听严老师的课，逐步提高教学水平。

20世纪90年代初，严老师在北大讲授现代小说流派的课，

严家炎

几乎每一讲都是独立研究的成果,如"社会剖析派"是他命名的,淹没多年的"新感觉派",也是他发掘出来的。他注重史料,又有很好的审美体悟力,善于从大量作品的阅读中,去梳理勾勒不同流派的创作风格。后来根据讲稿整理加工成《中国现代小说流派史》,影响极大,开启了后来的思潮流派研究的风气。有一天严老师突然来到我住的镜春园家里,给我一本书,就是新出的《中国现代小说流派史》。我受宠若惊,认真拜读后,还专门写过一篇书评《现代小说"群落"的开拓性研究》,刊登在《文艺报》上。

严家炎为学精审,不苟言笑,连小组会上发言都要先准备提纲,言必有据。他的同辈人赐其"老过"的绰号,意指特别认真却过于执着,有时简直是"认死理"。不过我们当学生的从来不敢叫这个绰号,尽管都领略过他的严厉,何况严老师的认真不见得是"认死理"。举个例子,20 世纪 80 年代中文系招收很多留学生，不像现在是专设留学生班上课的，而是让留学生和中国学生混合编班上课。有些留学生跟不上，老师一般会手下留情，多给点照顾。严老师却一视同仁，结果有许多选他课的留学生都不及格，甚至给了零分。

有一种传说是严老师一度被推举做北大副校长人选，这未能证实，但严老师的确非常认真地担任过四年的中文系主任。那是在1990年代中后期。我印象深的是他一上任，就要求"实权在握"。以往中文系主任大都是荣誉性职务，"实权"长期在一位专职副主任（其实也还是比较公道且有魄力的干部，后来调任学校教务部）的手上，人事、财务全由他管，系主任也乐得当"甩手掌柜"。但严老师要当有权力且能办事的系主任，自己能说了算，而且老师们也可以参与管理。他在任几年，的确为中文系的教学及学科建设做了许多实事，中文系也变得更加有学术民主了。

还有一事也说明严老师的认真。入住蓝旗营后，发现住房质量差，卫生间的下水做得不好，老是泛臭味。一般住户自己换个地漏也就解决了。严老师却非得找专业机构来检测室内空气，以证明房屋建造质量有问题。又连带做了许多调查，走访搬迁户和建筑商，发现学校主持基建的部门有可能存在的"猫腻"，然后报告给上级领导。有没有后文就不知道了，但大家都相信严老师的调查是真实的，他很早就以学者的认真，介入了反腐。

其实，严老师不只是严谨认真，亦有"狂放"的一面。他喜欢独立思考，或辟新境，或纠错谬，认准某一点，就力排众议，不顾一切去做。如1980年代对姚雪垠小说《李自成》的高度肯定，1990年代高度评价金庸的武侠小说之文学史地位，以及最近几年把现代文学史的源头上溯到晚清，等等，无一不是别开生面，在学界掀起不小的波澜。严老师一谈到学问，总是那样认真投入，一丝不苟，又那样热情冲动，有时一条史料的发现都会让他兴奋不已，津津乐道；而碰到他所反对的观点，就绝不苟同，立马会出手去纠正或争辩，特别当真，有时说话就有些激动，声音沙哑，手微微哆嗦。这也是难得的学人本色吧。难怪有些"刻板"的严老师，能在学界拥有崇高的声望。

2017年6月

"可爱的老头"谢冕

谢冕教授性格爽朗,声音洪亮,上课西装革履,讲到自己感动的时候,忘乎所以,手舞足蹈,学生极喜欢,称之为"可爱的老头"。谢老师年轻时当过兵,身体敦实,八十多岁还跑步,九十多岁腰板还直直的,精神头很好。他宣称"从来不体检",自然有他的道理,起码是乐观人生,顺其自然。听说最近住过一次医院,很快就痊愈回家,又继续读书、写字、做饭、洗衣,还不时出差做演讲。谢冕特别喜欢和学生没大没小地"打成一片"。他门下的一些学生每年聚会,起个诨名"大饼会",就是大家一起比赛吃大饼。据说谢冕的食量还超过年轻人。我没有参加过,但很向往。

谢冕在北大的知名度高,新生入学的迎新会上常常会朗诵他的散文诗《永远的校园》:"北大是一片圣地","绵延着不熄的火种","也是青春时代永远的记忆"……那昂扬的旋律,能让

---

* 谢冕,1932年生,福建福州人。著名文艺评论家、诗人、作家,北京大学中文系教授,北大诗歌研究院院长、《诗探索》杂志主编。

许多北大学子终生难忘。

谢冕以诗人、诗歌评论家称著。1955年谢冕考入北大中文系，开始诗歌活动，参与创办学生刊物《红楼》。1998年北大百年校庆，我和李宪瑜合作编过一本《北大风》，收集百年来北大学生的诗作，其中就有谢冕的诗歌《1956年骑着骏马飞奔而来》。

谢冕

谢冕在评论界和文学界声名大振，是因为率先替"朦胧诗"正名。1978年，同人杂志《今天》发表一些陌生的人写的陌生的诗歌，有些还张贴到西单街道的屋墙上。我还记得，在北大的"三角地"和小南门的学生宿舍墙上，也常贴有这类诗歌，读来很是惊奇。这些诗歌以特异的艺术语言表达复杂的感觉，似乎要摆脱僵化的套式，进行变革。可是有人批评这种诗歌"古怪""看不懂"，斥之为"朦胧诗"。这就引起争议。1980年在南宁一次新诗讨论会上，就围绕这种诗歌爆发了激烈的论争。会后谢冕回到北京，一气呵成，写了三千多字的《在新的崛起面前》，发表在1980年5月7日的《光明日报》上。该文从诗歌史角度评论这一类新异诗歌，充分肯定了"朦胧诗"的创新价值与"合法性"。谢冕用有些激动的语言评说：

"黑夜给了我黑色的眼睛，我却用它来寻找光明"，这个在当时很多人"看不懂"的诗，是一个时代的声音，是全中国人都在寻找的光明，是时代的诗。

谢冕的文章引起更热烈的讨论，有人给他扣上"精神污染"的帽子。事实证明，谢冕的观点是正确的，是思想解放的"崛起"。本来"朦胧诗"是贬义词，得到谢冕的肯定和众多读者的认可后，赋予新的含义，反而成为文学史上一个特有的"命名"，代表"新诗潮"。这个事件已经写到当代文学史上。

谢冕1932年1月6日生，祖籍福建福州。1960年毕业于北京大学中文系，此后一直在北大中文系任教，曾任北大中国语言文学研究所所长，兼任《诗探索》主编等。1982年起为本科生开设"中国新诗研究""当代诗歌思潮研究""中国诗歌研究""中国当代新诗问题""新诗潮研究""中国当代文学"等课程。1986年，谢冕成为本学科最早获得培养博士研究生资格的博士生导师。

"批评家周末"也是谢冕的一个创举。1989年下半年，他在中文系建立了这个周末学术沙龙，在静园五院，每周一次，每次一个讨论话题。先由一人主讲，大家讨论，然后整理成文章发表。参与者是流动的，有学者、作家、老师、学生、进修教师，等等，林庚、金克木、王蒙、刘心武等都曾被邀请过。这种自由宽松的学术探究方式，打破沉寂的氛围，为许多未来的学人与评论家提供了"起点"。谢冕是当代诗歌评论的领军人物，一直以饱满的热情推动当代诗歌的发展，提携年轻诗人和诗评家。

谢冕还写过许多诗论和诗人论，汇合成集的包括《共和国的星光》《中国现代诗人论》《文学的绿色革命》《地火依然运行》《新世纪的太阳》等。他的评论多在反思"五四"以来的新诗发展，通过具体的诗人研究，找到新诗生长的内在动力。

谢冕的诗评不同于那种正经八百的论文，在论评诗人诗作时，他总是调动自己的直觉思维与想象力，看作品能否触动自己，有无新鲜的表述。他的理论分析注重引导读者去吟味和评判，其本身就是美文。

91岁的谢冕老师最近出版了一本《觅食记》，小开本，很精致漂亮，托高秀芹送给我一本。其中记述了各地各种食物，如灌肠、卤煮火烧、炒肝、面茶、门钉肉饼、煎饼果子，以及豆汁、焦圈、萨其马、爆肚粉肠、豌豆黄，等等，还有他家乡福建的鱼丸、肉燕、光饼、牡蛎、虾酥等。作者用简洁有趣的语言记述享用每种食物的过程，以及食物的形态、历史、材料、做法，等等，连我这样食欲不旺的人读了都津津有味。

谢老师就这样可爱，性情中人，有他在，气氛就立马活跃。

2023年11月14日

袁行霈学问的气度与格局

十多年前,我住蓝旗营,和袁行霈教授是邻居,经常见到袁先生。他总是那样谦恭有礼,慢声细气,笑眯眯地和人打招呼。袁先生的谈吐气象,很温和清雅,也让人感到义脉汩汩,斯文在兹。袁老师的课上得好,平时寡言的他,一站到讲台上,就意气风发,每当讲到他对诗歌特别的感受时,便滔滔不绝,许多诗意盎然的词句便突然冒了出来。袁行霈常引用陶渊明的一句诗:"虽未量岁功,即事多所欣。"师生间切磋琢磨,教学相长,让他从教书中得到许多人生的乐趣。

我和袁行霈先生交往不算多,但有一件事情让我得到许多向他请益的机会。2001 年,人教社编审顾之川先生找我,希望我能与人教社合作,根据当时新颁布的课程标准编一套高中语文(不是后来的部编本)。我表示赞同,建议请袁行霈先生担任主编,顾之川和我任执行主编。我们找到袁先生,他二话不说,非

---

* 袁行霈,1936 年生,原籍江苏武进。著名古典文学专家。北京大学中文系教授、北大国学研究院院长、中国传统文化研究中心主任、中央文史研究馆馆长。并曾任全国政协常委、全国人大常委、第八届民盟中央副主席。

常爽快地答应下来，说这是服务于社会的大事，而且出了许多很好的主意。后来从编写大纲、样章、初稿、送审，每个环节他都积极参加，指导编写组工作。这套教材出版后得到一线老师欢迎，全国有半数以上高中都使用这套教材，一直用到2018年。与袁行霈先生一起，能感到人文学者所具有的淑世情怀。

袁行霈

袁行霈先生的课上得很好，很受学生欢迎。这似乎传承了林庚先生诗性灵动的讲授艺术——我没有听过林庚先生讲课，但曾多次到林府问候请教，能感受林庚先生诗家的风度。袁行霈先生的课并不满足于知识性的灌输，而格外注重调动诗性的感悟，是真正有审美意味的文学课；他也不用PPT，就是板书，一笔一画，那认真写字的过程，本身就给人美的享受。

袁行霈先生讲标准的普通话，我原以为他是北京人，后来才知道他1936年生于山东济南，原籍江苏武进。他的学术生涯比较顺，没有很多波折。1953年考入北京大学中文系，毕业留校，一直就在北大任教。1960年代初，他协助林庚先生主编《魏晋南北朝文学史参考资料》，等于经过一番严格的学术训练，得林庚先生"真传"。

袁先生1970年代末开始发表论文,包括《陶渊明崇尚自然的思想与陶诗的自然美》《〈山海经〉初探》《〈汉书·艺文志〉小说家考辨》《魏晋玄学中的言意之辨与中国古代文艺理论》等,涉及神话学、文学史、古代文论等各个方面,为学界所瞩目。此后,很长一段时间,他把精力集中到古代诗歌研究方面,开设有"中国诗歌艺术研究""陶渊明研究""唐诗研究""李贺研究""唐宋词研究"等专题课。袁行霈先生的办法是,为了开课,做专题研究,课讲过几遍,反复打磨,论义也出来了。

在古典文学研究领域,唐诗宋词研究是"硬通货",做的人多,要创新难,但真有学术推进,影响也会很大。袁行霈《中国诗歌艺术研究》一书我是读过几遍的。其中最精妙的,是抓住中国古典诗学中"言""意""象""境"几个范畴进行细致的考辨,以及对屈原、温庭筠、周邦彦等人的研究,均是横通与纵通兼备,博采与妙悟结合。读袁先生的论文,我就联想,现在中文系缺少"文气",论文的架势和概念往往彼此雷同,让人生厌,而像袁行霈先生这样有作者(诗家)感悟的投入的文章反而罕见了。

此外,他还著有《陶渊明研究》《中国文学概论》《唐诗风神及其他》等论著。其中《中国文学概论》是他在日本讲学时讲稿的基础上写的,提纲挈领,深入浅出,有讲课的"现场感",很适合普通读者阅读。

袁行霈于1992年兼任北大中国传统文化研究中心主任、《国学研究》主编，2001年任北大国学研究院院长，他还是中央文史馆馆长。袁先生并非只是待在书斋里的书生，他很关注社会，善于团结人，有气魄也有能力组织团队做一些大的文化建设项目。

他在1990年代后期主编的《中国文学史》，就是他组织的团队写成的。这套文学史的编法贯彻了袁行霈的设计思想，即"文学本位、史学思维、文化学视角"的理论，以及"三古七段"的文学史分期。这对文学史的研究与书写是个突破。此书于1999年出版后被许多高校用为教材。

特别值得提到的，还有由袁先生领衔、多学科权威学者参与编写的《中华文明史》，全面而又比较细致地叙述中华文明发展的历史脉络，以及各个时期的特点、亮点与做出过重大贡献的人物，揭示了文明发展的规律与历史经验。这是一部厚重的大书。袁行霈老师说做学问要有胸襟、气度与格局，主编《中华文明史》这样的大工程，也体现了袁行霈先生治学之大气的一面。

北大文科没有院士，有极少的代表性学者被评为资深教授。中文系的资深教授有袁行霈和裘锡圭，是最早评上的，后来又有严家炎。

袁行霈先生耄耋之年，仍致力于兴诗教，厚风俗，为复兴中国文化而奔走呼号。

2023年11月

飘逸才子褚斌杰

有一张照片给人印象特深，就是北大中文系的褚斌杰与社科院的曹道衡两位老先生合照，他们似乎正在放言高论，笑得前仰后合，忘乎所以。我和曹道衡先生有过一次交游，是2000年前后，在苏州参加一个会议，一起去游览拙政园。他给我的印象比较古板，寡言，何以会与褚斌杰老师如此放怀大笑？原来曹道衡与褚斌杰都是1950年代前期北大中文系毕业，曹比褚高二届，是前后同学好友，两人一见面就借北京人打招呼习惯戏称"褚爷""曹爷"。

我和褚斌杰先生接触不多。在我的印象中，褚老师瘦高个，面孔清癯，几道皱纹如同粗放的木刻，总是一边有滋有味吸烟，一边沉思什么似的，有飘逸之气。他烟瘾非常大，据说早起穿戴好了，第一件事就是抽烟喝浓茶。读书、写文章没有烟是不行的，那灵感就出不来。他的学生黄凤显讲过一个有趣的故事，说

---

* 褚斌杰（1933—2006），北京市人，著名文学史家。曾任北京大学中文系教授、中国屈原学会会长、诗经学会副会长。主要研究诗经、楚辞、古代文体学。

褚斌杰（右）与曹道衡

一天夜里褚先生正写作呢，发现没有烟了，就下楼到小卖部买。但小卖部关门了，无奈，只好站在街上拦住行人买烟，无果。那一夜不知怎么挺过来的。

褚先生比较清高，才子气，不善应酬，话不多，语调不温不火的。他住在畅春园时，我去过他家里一两次，记不清是请教什么了。那时老师住的房子都比较窄小，到2000年，北大、清华建起了蓝旗营宿舍，条件好一点，按资历褚先生可以入住，可是要交十多万，分期付款，就这点钱他也交不起，放弃了。那时老师可也真穷。

褚斌杰先生生于1933年，出身中医世家，极聪慧，擅诗文。1950年从山东大学转入燕京大学中文系，两年后，院系调整，燕京大学被撤销，他又转入北京大学中文系。在大学期间，褚先生就崭露才华，写了《白居易评传》，还有关于诗经、楚辞的一些论文，以及《中国古代神话》一书，引起学界的注意。这是很不容易的。1954年毕业后，褚斌杰就留校，担任游国恩先生的助教。他意气风发，本来可以在学术上大展才华了，可是命运不济。1957年，褚斌杰和乐黛云、金申熊、叶蜚声、沈玉成等年轻教师筹办同人学术刊物《当代英雄》，老成的王瑶先生听说此事，立马制止。可是来不及了，刊物虽未问世，他们却被打成"右派"集团。褚斌杰先生被勒令调离北大。他去了中华书局做编辑，又曾下放到湖北咸宁干校劳动。褚先生后来感叹：他们就像小蝴蝶刚破茧，翅膀还没有长成呢，暴风雨就降临了。坎坷二十多载，直到1979年，褚先生才重新回到北京大学执教。

褚斌杰他们那一代学者，大都是1980年代初才重拾旧业做学问的，那时的说法是"把失去的时间抢回来"。褚先生成名早，学术起点比较高，也有他自己的一套学问规划，非常用功，很快就写出一些让同行赞佩的论著。

褚斌杰先生首先做先秦两汉文学史的研究，1983年出版了《中国文学史纲要（先秦、秦汉）》。本是为中央广播电视大学编的教材，对复杂的文学史现象做提纲挈领的精辟梳理，很适合教学，影响很大。在此基础上，后来他又编写了《先秦文学史》，是迄今最完整的关于先秦文学的文学史专著。

与此同时，褚斌杰先生还在诗经和楚辞研究方面下功夫。这是古典文学研究的"高地"，历来阐释的论著汗牛充栋，哪怕要做出一点学术推进，都很难。而褚先生就专啃这块硬骨头。他果然有一些独特的发现和新鲜的见解。褚先生的《诗经全注》对诗经305篇作品进行精到的诠释，《楚辞要论》探讨了有关楚辞的某些重要问题，对作品也有新训解。我虽然对这些研究不熟悉，但褚先生的书我也是读过一些的，对他的学问心存敬意。学界有人赞赏褚斌杰老师的学问是汉学与宋学并重。我理解汉学大体是指"乾嘉学派"，即朴学，以注疏考据为实学。中文系许多研究古典文学的老先生都看重这一传统。褚斌杰老师的诗经、楚辞和文体学研究，也依赖文字训诂、辑佚辨伪、考据注释等，但又不泥古，不烦琐，总能在扎实考证基础上提出新训解，对于作品则往往采用多角度的分析与鉴赏。这又比较接近宋学。褚先生尽可能消融门户之见，而各取所长，这是通达的治学之道。

褚斌杰先生另一部名作是《中国古代文体概论》，专业性很强，我这外行也拜读过的。全书讲诗赋词曲及骈体、散体，每种体裁大致按照起源、流变和体制特点这几个方面来讲。又将古代散文重新整合为十个大类（论说、杂记、序跋、赠序、书牍、箴铭、哀祭、传状、碑志、公牍），另外附带了四种特殊的文体（笔记、语录、巴谷、连珠），逐一列举若干代表作加以讲解。其对中国古代文体的分类辨析，对我做现代文学研究也有很大启发。我指导博士生读书，也提议参考这本书。《中国古代文体概论》初版于1984年，六年之内印了二十万册。1990年褚先生又对全书做了较大的修订和增补。一本学术性专著能成为许多同行的案头书，同时又是普通读者喜欢的畅销书，也可见其深入浅出的学术根底。

褚斌杰先生的研究不拘一格，所论涉的范围很广。比如所撰论文《司马迁的史学与文学》《司马迁的漫游与史记的写作》《诗经与周代文化》《诗经中周代天命观及其发展变化》等，都采用了文学与历史、文学研究与文化研究结合的多维视角。晚年出版的《古典新论》，收入他有关古代文学的其他一些精到的篇什。

在游国恩先生的弟子中，褚斌杰大概是最有才华与潜力的一位。他20岁出头就成名了，但顺风的日子不过二三年，24岁就被当头棒喝，打成"右派"，此后中断学问二十多年。年近50岁才回到北大，重上讲台，做学问。他富于创见的几种论著，大都出产于八九十年代，那个相对宽松的时期。若天假以年，褚斌杰也许能做出更多更精的学问。到2006年过世，褚斌杰先生才73岁，他真正能沉下心读书写文章，也就十多年。真是可惜！

在中文系，都知道褚斌杰先生才华横溢，淡泊名利，飘逸放达；文章写得漂亮，还能做有味道的新诗和旧体诗，很受学生爱戴。

但我不知道，褚斌杰先生那"浓茶烈酒猛抽烟"背后，是否有郁郁不得志的苦情。

2023年12月

"王门"大弟子孙玉石

我认识孙玉石老师将近四十年。1978年我考研究生时,第一次见王瑶先生,就是孙老师带着我去的。那晚有零星细雨,孙老师用自行车载着我,从北大西门进入,经过弯弯曲曲的小路到镜春园王瑶先生寓所。王先生不怎么说话,我亦颇拘束,是孙老师在"调节气氛"。

读研究生期间,我们这些"老学生"和本科生一起,挤在二教的阶梯教室听现代文学课,听了一年,主讲老师之一,是孙老师。孙老师也是"文革"荒废学业多年后刚上讲台,没有现成的教科书,每一课都得从头来准备。他的课细腻绵密,每一条史料出处都有清楚的交代,可想他要付出多大的精力。当时的师生关系是融洽的,我至今清楚记得,我和钱理群、凌宇等同学到燕东园孙老师家里看电视的情景。

王瑶先生是我们的导师,"王门弟子"很多,孙玉石是大弟

---

* 孙玉石(1935—2024),辽宁海城人,曾任北京大学中文系教授、北京大学中文系主任。著名文学史家,主要从事中国现代文学史、鲁迅与中国现代诗歌研究。

子,最得先生真传的弟子。孙玉石几十年投身学术与教学,对学问有一种类似宗教的真诚,容不得半点掺假或差错。他写文章,一个论点,一条史料,甚至一个注解,都要反复斟酌,毫不马虎。有学生要出书,请孙老师作序,几十万字书稿,他要仔细通读,才决定是否值得作序,如何作序。他参加博士论文答辩,学生会很紧张,因为孙老师可能会当面指出某个硬伤或者错漏,连哪一页有错别字、哪一段引文不该转引二手材料,等等,都给你一一指明,让你心服口服,又有点下不来台。但事后一想,又会特别感谢孙老师的细致和认真,为他治学的严谨而感动。孙玉石平时话不多,不爱应酬,低调处事,尤其反感媒体的张扬,要求他的学生也"远离媒体"。他要的就是安静读书、思考与写作,这就是他几十年始终追求的生活方式。

孙玉石老师是现代文学最杰出的学者之一,他是20世纪70

孙玉石

年代末80年代初开始学术著述的，迄今近四十年，写了十七本书（包括一些论集），大约500万字。孙老师的著作我没有全读，但大部分都认真学习过，对我的帮助很大，我上课也常参考他的研究成果。这里我重点说说读孙老师其中五本书的体会。

第一本是《〈野草〉研究》。关于鲁迅《野草》的研究论文很多，但在孙老师这本书之前，专著只有卫俊秀的《鲁迅"野草"探索》（1954）一本，另外，有吴奔星的《鲁迅作品研究》（1957），其中有部分论涉《野草》。多数关于《野草》的评论，都偏重思想意义的解释，或者是鉴赏导读之类，对《野草》艺术特质的探究不够深入。孙老师非常精细而且系统地探究了《野草》的艺术思维特质，在此基础上去理解《野草》所体现的鲁迅复杂的精神世界，是开拓性的贡献，代表了1980年代鲁迅研究的水平。

与此相关的第二本书，是《现实的与哲学的》。这本书写于1990年代，也研究鲁迅的《野草》，和前一本不同，是对《野草》逐篇做精细的考释，更注重作品的细读，可以看作《〈野草〉研究》的姊妹篇。这本书写作时，有关鲁迅的研究专著陡然增加了许多，普遍都在强调鲁迅的思想意义，甚至把鲁迅当作哲学家，在哲学史和思想史上去"提拔"鲁迅的意义，这是有些走偏的。其实鲁迅主要还是文人、诗人和作家，他的思想包括某些哲思，主要也是通过文学性的感受去表现，《野草》里边的哲思，也是文学性的感受，和一般专注于思想体系建构的思想家、哲学家毕竟有别。孙老师的书就注意到这个分寸。孙老师所贡献的两本《野草》研究著作，在现代鲁迅研究中具有经典地位。

第三本是《中国初期象征诗派研究》。该书第一次系统论述象征诗派和李金发等诗人，给予文学史的观察和地位的确认。该书更加鲜明地显示孙老师文学史研究的特色——详细占有第一手材料，注重文学史脉络的梳理，不拘泥旧说，敢于提出新见。该书精彩的部分是李金发研究，孙老师对这位复杂的诗人诗作的探讨已经相当深入。不过，我在读这本书时，也引发了一些思考，需要向孙老师请教的。

第四本书是《中国现代主义诗潮史论》。该书实际上是由前几部书的研究顺势而来的。从初期象征诗派、1930年代现代派，到40年代冯至及中国新诗派，一一探讨他们与传统的历史联系、艺术借鉴及渊源关系，在艺术发展的历史链条中观察与确定各自的位置与走向。这本书对现代主义诗歌思潮的梳理，具有强烈的历史意识，也体现了孙老师的文学史观——他是非常关注文学发展的链条与现象的，他的许多创造性的发现也主要在这种历史的叙述中。

第五本书是《中国现代解释学的理论与实践》。这本书的价值在于提出"现代解释学"这一概念与方法。孙老师认为现代诗歌理论中存在着一种宝贵的诗学理论传统，他首先从朱自清《新诗杂话》中得到启示，并引入课堂教学。他认为1930年代后，现代诗学重视接受分析，挖掘语言意义和潜意识，从安诺德、瑞恰慈到叶公超，都非常注重诗歌分析的方法，孙老师希望能把这些经验勾勒出来，变成可以把握的某些原则，再付诸诗歌批评及鉴赏的实践。

孙老师从《野草》研究、初期象征诗派研究，到现代主义诗歌研究，一路走来，最后希望上升到理论方法层面，提出"解诗学"的概念，可以看到其中一条前后紧密衔接、层层推进的线索，构成了孙玉石诗学研究的体系。这是孙玉石老师的重大贡献。

> 2015年11月16日，在北大中文系举办孙玉石教授八十寿辰庆祝会上的发言

费振刚:"一史三皮"成佳话

2021年3月22日,费振刚先生在他的老家辽宁鞍山过世。当天我在微博上发了挽联,表示沉痛的哀悼:

> 四十年燕园教习,喜饮酒,喜交游,升平变乱历经,一史三皮成佳话
> 八六载人生弹指,不附势,不争功,刚正落拓做事,自有美赋留后生

费振刚先生生于1935年,1955年9月考入北京大学中文系,1960年9月留校,此后一直在北大任教,到2000年退休,刚好四十年燕园"教习"。

费老师为人朴厚,略有些口吃,有什么说什么,口无遮拦。费老师喜欢交游应酬,若有朋友的饭局,是常去的,酒量不大,

＊费振刚(1935—2021),辽宁辽阳人。著名文学史家,原北大中文系教授。曾任北大中文系主任。主要研究领域为中国文学史、汉赋等。

爱喝，一喝就半醉，满脸通红。认识费老师的人都喜欢他的直爽，他的朋友很多。

所谓"一史三皮"，指1958年北大中文系师生（1955级为主）响应号召，向科学进军，实现科研"大跃进"。他们一边大炼钢铁，一边大批判，在文史楼加班加点，只用了暑假三十多天时间，突击编写了一部七十多万字的《中国文学史》。出版后因封面是红色的，观点又非常"革命"，被称为"红色文学史"。这本是极左风气下的产物，北大也不能幸免，但从另一方面看，学生也借此得到锻炼。当初参与这部书编写的一些同学，包括费振刚、张炯、谢冕、孙玉石、孙绍振等，二十多年后都成为几个学科领域的顶尖学者。

费振刚

该书后来又进行两回大修订，封面也变换两次。费振刚亲历了《中国文学史》由"红皮"到"黄皮"，再到"蓝皮"的全过程。这部《中国文学史》原是北大科研"大跃进"的"代表作"，成为当时全国文教战线标志性作品。当时读大学三年级的费振刚作为编写这部文学史的骨干，还代表年级出席全国建设社会主义积极分子大会。北大是社会风云变幻的焦点，费振刚大半辈子都在北大校园里过，并不平静，这就是"升平变乱历经"了。

后人很难理解当年运动频繁的那种"变乱"。富于戏剧性的是，原来"红皮本"是"拔白旗，插红旗，批权威"的产物，后生小子向自己的老师发起批判，像游国恩、林庚、吴组缃等"学术权威"，当时都是批判的对象。尽管学生编"红色"文学史时，仍然参照了他们的老师游国恩编的《中国文学史教学大纲》，但叙史改为以阶级分析和所谓人民文艺为主线，增加了许多极左的机械的内容。随后，这本文学史极左的倾向又受到周扬、何其芳等人的善意批评，费振刚他们自己也觉得太过粗糙，要将"红皮本"修改为"黄皮本"，又不得不把游国恩等"批判对象"请出来，指导修改。1961年形势变了，中宣部和教育部决定编写高校文科教材，指定游国恩、王起、萧涤非、季镇淮等全国知名的大专家为主编，费振刚作为年轻的学生代表也忝列其中，五人共同编写《中国文学史》。该书与"黄皮本"多少也还有些关联的，出版时封面改为蓝色，也就是"蓝皮本"文学史。这就是1960年代以来最有代表性、影响巨大的文学史教材。

费振刚与游、王、萧、季四位老先生并列主编，很多人以为费振刚也是老教授，有的在书信中还以"费老"相称。其实，费振刚当时只有二十七八岁。之后"费老"的称呼就叫开了，我们平时都叫他"费老"，而不是"费老师"。

说费振刚"不附势，不争功，刚正落拓做事"，也是人们对他的评价。他长期做中文系的行政工作，1977年至1988年任系副主任，1994年至1999年任系主任，不趋炎附势，不唯上，不搞花架子，也从不利用职权谋取私利。这与他的名字"振刚"相合。费振刚可是北大的知名人物，也为系里做了很大贡献，可是直到1992年，57岁才评上教授。这固然有"文革"的耽误，也因他从不居功自傲，在涉及个人利益问题上都是不争不抢的。

费振刚当系主任，是颇有些"老派"作风的，只要教学能正常运转，就不搞那么多新名堂，凡是形式主义的活动，能推就推，虚与委蛇，免得干扰自由民主的风气。老师不会因为他是系主任，就另眼相看，我从来没有听过有人称他"费主任"。在一些会上，倒是见有老师当场对费振刚的意见驳议，他也不以为忤，从善如流。记得当年老师们的工资低，生活比较困难，系里派一些老师去日本、韩国、中国澳门等地讲学，规定回来后把在外讲课的收入按比例上交给系里一部分，留作系里照顾其他老师的资助。有个别教师硬是不交，费振刚也无奈，不加追索，息事宁人。

但碰到原则问题，费振刚也会很"刚"的。1990年代反对"精神污染"时，哲学系某位教员说话犯忌，被上头知道了，作为案例，要求北大处理，把这位教员调离。这事本来和费老无关，他却路见不平，"动怒"了。在一次全系大会上，老师们在五院走廊站着、蹲着听会，只听到费振刚颇为激动地大声说话，表示对这种以言获罪的做法不赞同。这是相当需要勇气的。

费老有一句名言，是"以不变应万变"。1990年代教育界开始被商业潮流裹挟，学校南墙被推倒，建起一长排商店，浮躁的空气充溢校园。许多高校和院系纷纷"升级"改名,学院改为大学,系改为学院,还开办许多赚钱的专业和培训班。费振刚老师对此表示反对,在中文系坚持不改名、不扩招、不办赚钱的培训班。

我在挽联中说的"美赋",指费振刚与胡双宝、宗明华合作辑校的《全汉赋》,是迄今为止收录最完整的汉赋校勘本,也是费振刚学术上的一大贡献,"美赋"亦指费老耿直善良的美德。我们私下里开玩笑说,费老长期"当官",虽然不过是"生产队长",但也算是"老革命"了,若不是过于耿直,也许他早就官运亨通,飞黄腾达。

我和费老师交往很多。1995年他担任中文系主任,把我"提拔"为副主任,分管研究生和科研工作,几乎每个星期都要碰头开会。他只抓"大事",不管具体,完全放任我们去做,在背后给予支持就是了。那时我发起"孑民学术论坛",邀请许多校外的著名学者、作家来系里讲课,报酬极少,也就是请一顿饭。费老师的"面子"大,他出面去请专家,陪专家,从不推让。论坛一度成为北大的学术风景,还上了《人民日报》。

最难忘的是1999年7月,我接替费老担任北大中文系主任。他把我叫去静园五院他的办公室。十多平方米的小屋,只有一张破旧的办公桌,上面凌乱堆放着书报文件,还有一张简陋的靠背椅子。我们只能站着说话。他交代我要好好维护中文系的传统,坚持宽松自由的学风。三句两句,没有任何官腔空话,就这样交班了。

退休之后的费老,从没有要求过系里任何照顾。他和师母去了广西梧州,帮助那个偏远的山区办好师院的中文系。

后来费老更老了,就叶落归根,回到故乡鞍山,在那里终老。

2023 年 12 月

"跨界"学问家金开诚

我在北大读研究生时,听过金开诚先生讲"文艺心理学",那是1979年前后。一个古典文献学专业的老师讲文艺心理学,而且当时还是前卫的学问,格外引人注目。

记得金开诚的课多在当时二教的阶梯大教室上,人挤得满满的,连过道都坐满了。我也挤进去听过几回。先生讲课没有很多概念,体系似乎也不明显,但能够结合人们阅读欣赏中的感觉来引发理论思考。比如,讲美感是什么,怎么生成,他举了书法和绘画等例子,说"美感"的"感觉"很微妙复杂,因人而异,但比较共同的是"惊喜",是突然发现了什么陌生而特别的东西,让人眼前一亮,很痛快,又惊异,甚至还有某种冲击力。这就是审美愉悦。他用"惊异"来说明审美的效应,是很到位的,虽然没有用概念转来转去阐释。有点类似朱光潜谈论美学,那种深入浅出。也许金开诚确实受到过朱光潜的影响吧。金开诚的课

---

* 金开诚(1932—2008),原名金申熊,江苏无锡人。著名古典文献学家、书法家、文学理论家。原北京大学中文系教授,曾任北大书法研究所所长,九三学社第七届中央委员、宣传部部长,第七届全国政协常委。

没有很清晰的条理，有些枝蔓，但不时引出精辟的"说法"，让人去琢磨。很快，金开诚根据讲课稿整理出版了《文艺心理学论稿》，一时洛阳纸贵，带动了这个学科的创建。

这也可见当时北大的自由学风。要开什么课，老师可以自己定，也可以跨专业开课，无须得到批准。只要课讲得好，自然会受到学生欢迎。讲得不好，学生就翘课，甚至无人问津。

印象中的金开诚先生一张国字脸，一副宽边圆眼镜，一身对襟中式衣服，飘飘然，颇有些"五四"味道。他原名金申熊，老师们都叫他的原名，不叫他金开诚。我那时住在北大南门21楼宿舍，而古典文献教研室在19楼，有四五间宿舍当办公室，常见金开诚先生去那里。我与金先生不相熟，对他很景仰，不记得是否主动和他说过话。金开诚先生1951年考入北大中文系，五年后毕业留校，不到一年，就因参与创办同人刊物被打成"右派"。后来被安排到资料室工作，再后来，转到古典文献专业任教。1980年代初，我听他讲课时，他还不是教授，大概是副教授。他显然是才子，不受拘束的学人，往往我行我素，"跨界"做学问。他对于文献、文学、书法、绘画、京剧、评弹、相声等各种传统学问，都有精深的研究，并且融会贯通，有通达的见地。他的路子让我想起比他年龄更长的吴小如先生，都是性情中人，不愿意把自己围困在某个领域皓首穷经，他们才情四溢，"不安分"。系里有些老师也许并不欣赏这种学问路子，认为不精专，有点"野"。但金开诚先生不管不顾，喜欢什么就研究什么。据说金先生自制一方石印，上刻"票友人生"四字。人们都赞赏金先生的治学路子宽阔，他自认为哪方面都只是个"票友"。

金开诚先生毕竟栖身于古典文献学专业，在其"本业"也还是有"本钱"的。他最具功力的是楚辞研究。1970年代末，金开诚选注了楚辞，1990年代他又和高路明等人做了屈原集校注，1990年代末出了《屈原选集》（人民文学出版社2021年再版更名为《楚辞选》）。我读过此书一些章节，因不在行，不好评判。据学界同人说，楚辞的今人注本有马茂元《楚辞选》、汤炳正等的《楚辞今注》，而金开诚先生的选注本自有其特色，也比较殷实可靠。

金开诚先生的字写得好，潇洒中隐含雄劲之风，大概属于文人书法那一类，我很欣赏。但书法界并没有给他很高的位置，他自己也从不以书法家自居。不过到了晚年，金开诚似乎又来了学术冲动，转向了书法研究，并主持成立北大书法研究所。这也是出于自信，金先生觉得自己字写得还可以，在书法美学理论上又比一般书法家远高一等，不妨在书法领域做一番事业。

金开诚

当然这也是为了接续传统。1918年蔡元培担任校长，提出"以美育代宗教"，成立过北大书法研究会，书法家沈尹默（当过老北大国文系主任）任会长。研究书法，发扬美育，是北大的传统。金先生在北大主持成立书法研究所，是想承续这一被中断了的传统。金开诚先生有他的宏愿，就是要在书法界张扬正气，激浊扬清。他为北大书法所题词："既然书法界是个名利场，那么我们的特色就在于偏不计较名利！我们要大讲为弘扬祖国的标志性艺术——书法作奉献，为祖国的社会主义精神文明建设作奉献，我们还有笔墨纸，我们就要拿笔墨纸来做这个奉献之梦。"据说书法所外聘过几位书法家，有的利用北大的牌子追名逐利，金开诚先生不客气把他辞退。

金开诚先生写了一系列有关书法艺术研究的论著，包括《中国书法艺术特征》《颜真卿书法艺术概论》《北京朝碑版的书法艺术——兼论南北朝两大书法艺术潮流》《以"狂"继"颠"，气成乎技——怀素自叙帖赏析》《论秦汉简帛的书法艺术》《书法艺术的形式与内容》《书法艺术的动力与情性》《中国书法艺术与传统文化》，等等。还与人合作著有《书法艺术美学》，主编《中国书法文化大观》等。这些论著显然和他原来研究文艺心理学有关，是理论的延伸。金开诚先生有关书法艺术研究的贡献，还没有得到足够的重视。我读过他的一些书论，感觉毫不做作，就如同听他聊天，能激发很细微的艺术感觉。不妨引用一段关于《兰亭序》的论述来欣赏一下：

王羲之的《兰亭序》大概是篇草稿，所以"此地有崇山峻领（岭）"一句，拉下了"崇山"二字，他就补在旁边了；"亦由（犹）今之视昔"句下写错了两个字，他就把它们涂了；此外还有"丑""因""向之""痛""不""夫""文"等字都经改写。后世名家学写《兰亭序》，于此等处一概照摹不误，丝毫不敢更动。我在初中时也学过《兰亭序》，却把"崇山"二字写入行中，原作涂改之处也都没有照摹；一位熟悉书画的邻居看了说："你根本不懂《兰亭序》的好处，要知道它的好处正是在这种地方。"从此以后再临《兰亭序》，就不敢不照摹了。说也奇怪，照摹几次之后，再看不涂不改的习作反而觉得不舒服了。现在想起来，那位邻居说《兰亭序》的好处正在添补涂改之处，这未免太过了。不过假如"崇山"二字不补在行间，涂掉的两字也不照涂，那的确会影响全篇布局，完全改变原作的风貌。至于其他那些字也照着涂改，就很难说有什么道理。大概一篇早成典范的法书，总是作为一个完整形象保存在欣赏者的心目之中，所以学写时也总想准确地再现原作的全貌，以求符合欣赏的习惯。

这并非一般论说技巧、结构，而是在调动直觉思维，整体感悟，传递书法美学的欣赏方法。娓娓动听的言辞中，见出作者书法研究的底蕴功力。

  在北大中文系，许多老师不喜欢当官，甚至有些嫌弃的。但金开诚先生1981年加入九三学社后，就一路被推送，"官"当得不小。他先后担任九三学社第七届中央委员，八届中央常委，全国政协文史资料委员会副主任。他的许多精力花在行政事务上了，不过也是想为社会做点实事。从政多年，他始终不愿脱离教学，也不脱书生本色。

2023年11月

钱理群的脾气与学问

钱理群的学术起步是周作人研究。20 世纪 70 年代末 80 年代初，我们读研究生那时，还没有什么学分制，课也很少，就是自己读书，有时有个讨论会，由某个同学主讲一个题目，大家讨论，导师王瑶做总结，点拨一下。记得当时老钱讲的就是周作人。老钱看过周作人很多材料，讲得很投入，有理有据，我们都很佩服。后来做毕业论文，老钱就选了研究周作人的题目，是采用和鲁迅"道路"比较的方法。不过答辩时却引起激烈的争论，林志浩先生等答辩委员认为论文对周作人的评价过高，基本立论站不住，弄得导师王瑶也有些坐不住了。当时正是拨乱反正，文坛忙于为"文革"时期被打倒的作家平反，周作人虽然是"死老虎"了，但曾经附逆，非常复杂，学界对他的评价还是比较"小心"的。那时的答辩比较认真，不像现在，你好我好大家好，这一认真就难免有争执。好在论文批判从严，处理从宽，最

---

* 钱理群，1939 年生，浙江杭州人。著名文学史家。北京大学中文系教授。主要从事现代文学、鲁迅以及 20 世纪思想史等领域研究。

后通过了，评价还比较高。论文很快就修改发表了，这就是《论鲁迅与周作人的思想发展道路》，老钱的奠基之作。

整个 1980 年代，老钱都处于学术的兴奋期，论文一篇接一篇发表，包括他和我及吴福辉合作的《中国现代文学三十年》，都是这个兴奋期的产品。老钱最倾心的仍然是鲁迅和周作人研究。他一发不可收，持续写了专著《周作人论》《周作人传》，还有其他关于周作人和鲁迅的论文。

像周作人研究这样的题目，在 1980 年代虽然有些忌讳，却又是先锋的、时髦的，是思想解放的大潮催生了这类课题，学界

2010 年前后，钱理群在他的书房中

内外对这类研究会格外关注。

老钱选择研究周作人去敲响学术的大门，也不只是因为"先锋"，这种选择背后可能有老钱本人的经历、心态在起作用。

老钱是志向很高的人，却历经坎坷，始终有些怀才不遇。1956年他考进北大中文系新闻专业，一年后随新闻专业转到人民大学新闻系，他是从人大毕业的。当时大学毕业生全由国家统一安排工作。老钱最初被分配到北京的一个文化机构，不料遇上精简，不进人，便被再分配到偏远的贵州，而且一竿子到底，去了安顺的一间卫校教语文。可以想象，这位名校毕业的世家子弟一踏进社会，就如此不顺，是多么无奈而寂寞。"文革"爆发之初，老钱也曾参与"造反"，和当时许多年轻人一样，很激进，但由于家庭背景不好，又被"文革"边缘化，甚至受批判，吃了不少苦。老钱是向往"革命"的，可是"革命"抛弃他。他在困扰中拼命读鲁迅，鲁迅成了他精神上的救命稻草。从北京到安顺的这一段曲折的人生经历，大概就是给老钱后来的学术垫底的。

1978年，老钱考上北大中文系研究生，那时他已经过了四十岁（据说他当时少报了一岁，因为过了四十岁就不能报考了），是个"老童生"了。老钱的鲁迅读得多，有比较充分的学业准备，他的考研成绩名列前茅，当时还作为事例上了《光明日报》。老钱甚得导师王瑶的赏识，王先生那时正在研究鲁迅的《故事新编》，就让老钱当助手，帮着整理材料和参与写作。老钱原来是准备继续研究鲁迅的，他选择研究周作人这个题目，也与鲁迅的研究有关。老钱感兴趣的是周氏兄弟为何"道路不同"，是否可以从知识分子的人生选择上做点文章，这确实是一个非常迷人的题目。老钱出身大家庭，家庭成员的各种政治走向复杂，兄弟姐妹往往"道路"不同，命运也迥异。老钱自己也是向往革命"道路"的，却又被革命所抛弃。对于"道路"选择的那种深入骨髓的命运感，可能就导致老钱对研究周氏兄弟"道路"的差异特别感兴趣。

老钱的研究带有强烈的个人感情色彩，是性情中人，却也是时代的产物。他要通过周作人研究重新发现"自我"，同时也发现"五四"的价值。在1980年代，"五四"是很神圣的标杆，不光是老钱，我们这一代知识分子几乎都有这样的梦想——返回"五四"，以为返回"五四"就可以重建被"文革"搅乱了的社会秩序，就可以很自然地通向开放、民主和健康的未来。老钱并未超越我们所处的时代，他同样是无条件地崇拜"五四"，选择鲁迅与周作人的"道路"比较，也正是为了发掘"五四"思想资源。在老钱看来，周作人足以代表反封建的潮流，站到了"五四"的时代高度，其所主张的个人独立自由，以及适度的远离时代潮流中心，都可以成为当今的"思想资源"。老钱格外看重"五四"时期的周作人，认为周作人要比一般"五四"先驱者更有思想，也更了解中西文化，因而对新文化运动的贡献也更大。这些观点都是有根据的。老钱在这一点上建立了他的学术自信。

但老钱显然也碰到了难题，他不能回避周作人后来"落水"的事实，为解决这个难点，他想通过周氏兄弟"道路"之比较，去观察二人思想的异质性和矛盾性。很多时代性的大问题，老钱都力图从知识分子（主要是文人）思想选择的层面给予解释，尽管这种解释有些大而化之，仍未能深入到性格、心理等更深入的层面，也可能夸大了文人这一特殊阶层的"代表性"，但老钱的研究还是比较充分满足了1980年代对现代文学提出的问题。

从那个时期开始，老钱就形成了自己的研究格局——他喜欢抓大问题，喜欢考察"道路"的选择，他把知识者特别是文人的"精神历程"看得尤为重要，往往就当作时代潮动的标志。他擅长做"现象研究"，办法就是找几个作家作为个案，挖掘其精神变化，由此勾勒时代变化。和一般学院派不同，老钱的研究并不追求所谓"价值中立"，而力求有对于现实的"观照"意义。他的"精神现象"研究都是有现实意义的。他从周作人那里重新吸取"五四"反传统的精神，思考启蒙的意义，特别是人道主义与个性解放的价值等问题，这些其实都是1980年代流行的话题，是当时知识分子所热衷讨论的。后来老钱又关注新中国成立之前一些作家的思想精神变化，同样是有现实的指向，希望重新梳理革命的传统，从历史中获取某些启示。

时过境迁，在新一代年轻的学者看来，也许老钱研究周作人的思维方式和某些概念已经显出有些老旧，但这不妨碍它具有鲜明的思想史上的价值。老钱的周作人研究，是1980年代鲜明的思想成果之一。

老钱后来转向研究1957年"反右"，研究毛泽东，研究"文革"，所有这一切，基本上都是延续他1980年代治学的路子，不过似乎越来越卷入政治，批判性也越来越强烈。

老钱毕竟是中文学科出身，对社会精神现象有特别的敏感，善于使用象征性的归纳去完成深度分析，使用材料偏重知识者的认知及感受，多从文学的角度勾勒现代思想史的线索。这当然也有其所长，特别是在精神性的评说方面，但在历史学者看来，这些研究也许不够缜密，文学性的发挥太多，所谓"历史现象"的抽象解释也未免有太多的感情色彩。以思想史代替文学史，可能造成学科的"越位"，在文学史与政治思想史两头不讨好。但老钱有学者的坚执，他还是一以贯之，有自己的研究方式和惯性。他仍然迷恋于知识者的精神现象，相信这方面的研究是能抵达历史深处的。

老钱自然不属于循规蹈矩的学者，他有持续的强烈的使命感，有广大的现实关怀，又总是很叛逆，对于官方的、流俗的东西有本能的反感，对于民间的处境却格外同情。他非常天真（当然也是非常难得）地相信思想的价值与精神的作用，如同他自己一本书所说，是富于"堂吉诃德气质"的。老钱一边写作，一边想象着文章的移世作用，总想做一些能转移视听、改进社会的事情。他知其不可为而为之，很可爱又可贵。

记得老钱写过一篇文章,是讨论"单位"对于个体的影响的,认为个人很难摆脱"单位"的制约,这就形成了某种个性压抑的生活形态与思维惯性。其实老钱也一直有"单位",不能不做"单位人",也就是所谓"体制中人"。不过老钱比较幸运,他后半生的"单位"北大,有很多思想的缝隙,相对比较自由,老钱也可以"任性地"发表自己的言论,包括某些可能有点"犯忌"的言论。老钱的个性没有被压抑,而且似乎越来越舒展。他多次受到有关方面的批评,甚至是有组织的批判,但几乎每次都是有惊无险,老钱照样"任性"地发出自己的声音,照样一本一本地出书,名气也越来越大。他不只是现代文学的专家,也是颇有影响的自由思想者。

生活中的老钱很厌恶政治,一谈到官场就要皱眉头的,但他一刻也未能脱离政治,甚至可以说,他对政治其实是热衷的。在朋友聚会时,指点江山,议论时政,臧否人物,是他的一种爱好。记得有一回在香山聚会,晚间散步,有同学开玩笑问老钱,老兄这样多的批评与政见,就不知做件事有多难,让你去当个县长、镇长什么的,你能做成一两件实事来?老钱说"这个我可干不了"。虽是玩笑,但这样的要求对老钱未免苛刻。老钱其实就是一介文人,他对自己的社会角色定位很清晰,就是当自由的思想者和现实的批判者。他的思维深处有马克思主义教育的积淀,相信历史的规律,也相信有某种完善的制度,他致力于思想界的批判,始终怀有社会改革的理想。

在他的文章中我们总能感触到某些强烈的政治诉求。特别是他近年来关于"反右"及"文革"的研究论作中，政治性的诉求就表现得更为明显，这对于学术可能是得失参半的。身为学者，老钱也在追求学术的尊严与自由，但更多时候，老钱总想象着自己在超越"体制"，站到"民间"（其实"民间"也很复杂）立场发言，这又可能被"事功"所牵引，失去某些自由。老钱如同一个足球守门员，罚点球时，站在球门中间，防范着球门的两边，但哨子一响，他只能扑向一边。老钱多数情况下都是扑向现实"事功"这一边的。

老钱深受鲁迅影响，他欣赏鲁迅的"反骨"，学习鲁迅的批判性思维，不过，他并不心存鲁迅那样的哲人式的悲观与"绝望"，老钱毕竟是理想主义者，他对于"不合作"的反抗还是抱有天真的梦想的。志则大矣，尚非其时。老钱很真实、坦诚，也有些峻急、易怒，这也影响到他的文风。读他的文章不能隔岸观火，你很难找到中庸平和四平八稳的气息，他喜欢用诸如"拷问""逼视""还债"等情绪化的字眼，他不断从历史描述中延伸出严峻的问题，让读者引火烧身，感同身受。

老钱永远那样热情、投入、异端、叛逆，年近八旬，还蓬勃有生气。他几乎没有什么爱好，吃顿饭都可能在想问题，老是催促自己"赶紧做"，写作就是他生活的全部。据说他每天醒得早，躺在床上构思一天要写的文章，一起床就笔耕不止，每天都能写上几千字。他的书一本接着一本出，我阅读他的书的速度

(其实很多还来不及看)赶不上他出书的速度。老钱很喜欢当老师。他讲课非常投入，激情飞扬，有自己心得，又常常来点煽情，大冬天都会讲得满头大汗。学生很欣赏他，选他当"北大十佳教师"。退休之后，老钱仍然喜欢和读者特别是青年学生联络。众多青年人来信来访，他不厌其烦地接待。他成了年轻人的偶像，拥有众多的"粉丝"。老钱也谨慎地发现如今的青年过于势利，他说大学在培养"精致的利己主义者"，这句话被当作名言到处传播，但这并不妨碍老钱继续和青年密切交往，老钱一如既往地当"青年导师"，总是寄希望于未来。

顺便说个逸事。2001年夏，在一次会议上，某高层领导点名批钱理群，指钱在一本书中批判现今是"吃人"社会。其实有误，那文章不是钱理群写的，只是收在钱理群署名的书中。刚接任的北大党委书记很紧张，讨论如何处置。当时我当中文系主任，在会上说：历史证明因言获罪有些不妥，除非有红头文件，否则不要轻易处理。书记说："当然，我又不是傻子。"便指示副校长去和钱谈话，同时向上报告，说是老钱已提高认识，我们妥为处理。结果钱毫发未损。但外界炒得很凶，说钱已被"开除"云云。

我知道老钱不太上网，这对他可能是一种幸运，他可以过滤许多嘈杂的声音，包括对他的批评。这样他就可以更好地沉迷于自己的思考和写作。一个健全的社会总要容许有不同的声音，容许有批判的角色存在。在我们有些沉闷的社会文化结构中，有老钱这样的理想主义的批判的角色，有些听起来不那么谐和的声音，未见得是坏事。

据 2014 年 12 月 14 日在三联书店举办钱理群作品出版发布会上的发言稿，稍作整理

吴福辉：犹念旧日芳满庭

2021年1月15日上午，平原兄来电，得知老同学吴福辉在加拿大家中过世了。非常悲恸，什么事都静不下心来做了，眼前满是老吴的斑驳影子。

记得前年春节我还去潘家园看望过他，那时他已患肠疾多年，越发衰瘦，正翻箱倒柜准备卖掉北京的房子去加拿大和儿子过。我说都这把年纪了，还折腾？他解释了几句，便是苦笑，默然。我们又一起去东四吃馆子，他胃口还挺好，兴致又来了，说以后还会回来看看的。我想这怕是很难了。到加拿大以后，彼此联系就很少。我们有一个微信同学群，老吴偶尔也会"冒泡"。我是不太看微信的，直到这两天，我才从"群"里知道一些事。

他去加拿大后仍然肠病缠身，动过大手术1次，小手术3次，病况略有好转。去年12月11日，81岁生日那天，还照了一

---

* 吴福辉（1939—2021），浙江镇海人。中国现代文学研究著名学者。曾任中国现代文学馆副馆长。主要研究方向为中国20世纪三四十年代文学、左翼文学与京海派文学、现代讽刺小说等。本文系笔者2010年所写《老吴印象》（发表于《博览群书》2010年第10期）与《吴福辉现代文学研究的四大贡献》（发表于《中国现代文学研究丛刊》2021年第4期）两篇文章融合重写。

张相，是站在一个门框前边，两手交叉胸前，露出的笑容，似乎不像以前那样灿烂了。还写了一首"自寿诗"，是发给老同学张中的："八旬伊始困卡城，遍叩新冠万户门。雪岭松直正二度，平屋笔闲又一春。窗前狗吠车马稀，月下兔奔星空沉。壁火如丝冬意暖，犹念旧日芳满庭。"这是老吴的绝笔？可想他在异乡是多么思念旧日往事！我们能感受到他的心情！

吴福辉

从1978年读研究生开始，和老吴结交43年了。如今他"潇洒"远去，我还能为老同学做点什么？就写点文字吧。这两天把老吴送我的著作都翻了翻，结合自己平时积累的感受与印象，"研究"一下这位老兄。

吴福辉没有上过大学，在鞍山十中高中毕业后，就留校教中学，教得很好，后来还"官"至教导主任。吴福辉是极聪明的，读书很多也很杂。后来他回忆自己的"阅读史"，10岁之前就已经读过很多文学名著，包括《水浒传》《老残游记》等。1950年代政治化的氛围，对于这位"文学青年"的文学阅读似乎没有多大影响，古今中外大量的文学名著他都涉猎过。这种"量级"的广泛阅读，培养了他的文学爱好，也养育了他的形象思维包括直觉思维。他的艺术感受力很强，跟青少年时期"无目的"的大量阅读，是有关系的。我自己也有类似的经验，这种"漫羡而无所归心"的"杂览"，所培养的感受思考和视野，不是科班训练所能达致的。"文青"的"杂览"经历，对于文学真的喜欢，而不只是职业的需要，这些都是吴福辉日后把文学研究作为志业的良好基础。

吴福辉丰富的生活阅历也投射并促助了他的研究。他是浙江镇海人，自小在上海长大。小学毕业时，父亲被调到东北去支援工业建设，举家迁到鞍山，从此他就长作"关外人"。他讲的是地道圆韵的东北话，若遇见上海老乡，立马又是一口纯正的沪语。在他所写的各种文字中，涉及东北的并不多，倒是有关上海的，就滔滔不绝。可见，幼年的上海生活记忆，已经非常深刻地烙印在他的灵魂之中，因为后来长期远离上海，越发构成印象的强烈反差。吴福辉写过一篇《弄堂深处是我家》，非常细腻真切地回忆幼时在静安寺附近爱文义路四寿邨家居的生活情形，连那种声响、气味似乎都还能感触到。吴福辉后来读张爱玲，特别关注的也是张爱玲笔下老上海的生活情味，还专门为此写过七八万字的"看张"——《旧时上海文化地图》，什么居住、街市、店铺、饮食、衣饰、娱乐、茶场、婚礼，等等，叙说中浸透老吴浓浓的乡情，尽管这个"乡"是大上海的"城"。为什么后来老吴那么津津有味研究"海派文学"？为什么格外关注市民通俗小说？跟他幼时的生活经历积淀以及后来因异地迁徙而"放大"

有关。都说吴福辉是"南人北相",上海始终是他梦萦魂绕的家乡,也就成为他文学研究的沐沐源泉。借用鲁迅《朝花夕拾》的话来说,老吴的许多研究都源于"思乡的蛊惑"。

吴福辉幼时在上海的生活比较优裕,后来去了鞍山,在这个中等城市的郊区生活、上学、教书,同学大都是矿工和农民子弟,所处的环境属于社会底层,这个"落差"始终给他这个上海人以"流放"的感觉,但作为文学研究者的老吴却也因此而获益,他比许多从学校到学校的学者更切身地感受到中国底层社会的生活情状。特别是经历过"文革",老吴虽然只是个教员,也受到一些冲击。他说"运动"一来他就夹起尾巴"做人","革命"一旦过去,就轮到教育局安排他做"自学成才"的经验介绍了。这种人生阅历虽然说不上很惨,却也是复杂而丰富的,是他日后研究文学的一笔思想"财富"。老吴选择文学研究并不见得有多么高大的使命,他甚至说不上是理想主义者,但他酷爱自由,感情丰富、爱玩、爱吃、爱旅游、爱交友、爱收藏各种奇岩怪石,文学研究只能说是他多种生活爱好的其中一种,他能在其中获得独有的成就感和乐趣。北大中文系给吴福辉的唁电中称赞他"风清气正,机智有情,流而有节,惠学及仁",我看是恰切的。老吴为人忠厚、和气、低调,体现在他的研究中,极少那种剑拔弩张的批判,也不太在意"意义""价值",但很能见出生活的热情与兴致。他研究"海派",研究"市民通俗文学",都侧重生活样貌和质感,表现出宽容与理解。

还有一点对老吴来说是得天独厚的，那就是他长期在现代文学馆工作。数十年来，他可以接触很多第一手资料，认识和访问过很多文艺界的元老和名家，可谓见多识广，也形成他审美的多样性和生活化。他的文章很多都是随性自在的，自由放达的。如大家都叫好的《插图本中国现代文学发展史》，若没有文学馆资料丰厚和他见多识广的背景，恐怕是写不出来的。他居然以一人之力完成这部巨著，也因为采取了适合他自由个性的那种漫谈式结构，不太考虑什么"中心"或者"价值认同"，就如同一位导游领着读者在现代文学"地理"的各个角落漫游和欣赏，多的是史料、趣闻、细节或者逸事，大家从未见过这样散漫而有趣的文学史，这也是吴福辉的成功。

还有一点特别要说说，就是吴福辉大多数著作都没有参加过各种官方的立项，不属于项目，也没有资助，他就自己放开手脚去做，是比较自由的。像《沙汀传》和《插图本中国现代文学发展史》，都是做了四五年才完成。我曾写文章批评现今学界艰难而烦躁，是因为多数人都被项目和计划所牵绊，甚至只能做"命题作文"，处于"项目化生存"的状态。有多少题目真是自己有兴趣的？不过是为了"中标"或者某些实际利益而操作罢了。这一点老吴就占了"便宜"，他的研究基本上都是"自选动作"，而并非计划内的"项目"。这是老吴的"优势"，他们这一代很多都是退休之后才"自由绽放"的。研究吴福辉，以及吴福辉这一代学者，应当考虑这个因素。

下面，我再说说吴福辉的学术贡献，我认为有四方面很突出，会给后来者所记取的。

第一，是参与筹建现代文学馆。吴福辉是研究生毕业就分配去筹建现代文学馆的。那时八字还没有一撇，他们先是在沙滩老北大红楼附近的地震棚上班。我听老吴说过，最初只有四个人，三个老同志，只有吴福辉是"专业人士"。后来经巴金呼吁，胡乔木协调，借了紫竹院边上的万寿寺做筹办的办公室，人员也陆续增加了杨犁、舒乙、刘麟、王超冰、董炳月等（我说的可能不全）。破旧的院落，老吴住在寺院里，整天忙着访问作家，收集、抢救资料。有时我去看他，特别是在夜晚，繁星闪烁，风声锐利，寺院格外寂寞，老吴却很能静下来，一篇一篇地做他的文章。那是他最忙的时期，又是他的写作高峰期。凭着学问实力，后来老吴担任了副馆长，又兼任现代文学研究会常务副会长、《现代文学研究丛刊》编委与副主编，成了现代文学界最活跃的角色。文学馆后来也就搬到朝阳区新址。老吴在文学馆一待就是三十多年。无论文学馆、学会或丛刊，他都是元老，贡献是巨大的。

我特别要说说他刚去文学馆那几年，和杨犁等主编了一本《中国现代作家大辞典》，选编重点是1949年之前的作家，共有708人，每位作家都有一个小传，附上作品的书目。那时从事现当代文学研究的人几乎人手一册，影响很大。现在年轻的学者未必了解，"文革"后现代文学研究的复兴，其实是从编"作家辞典"开始的。在吴福辉这本辞典之前，已经有过北京语言学院老师编的《中国文学家辞典》，其中也收有很多现代作家。老吴这部辞典是聚焦在现代作家，非常详尽。这项工作几乎从零开始，难度是很大的，但以"辞典"的形式让一大批被批斗埋没的作家重新得到评价，这本身就是"拨乱反正"。现在看来只是工具书，其实功莫大焉。

吴福辉的第二个贡献，是"海派文学"研究。"海派"是一个巨大的存在。它不是个方向相对一致的文学流派，而是在上海这个大都市特殊环境里产生多种流派样貌，而又显示其某些共同特色的文学潮流。在20世纪30年代，就有过"京派""海派"之争，注重文学趣味与道德感的沈从文，曾把上海一些作家命名为"海派"，认为其特征是"名士才情"与"商业竞买"相结合，甚至把当时左翼的"革命浪漫蒂克"文学也归入"海派"。后来还引起一段论争。沈从文是从"京派"的立场观看"海派"，有明显的偏颇，但他显然说出了当时存在"海派"这一事实。可是五六十年代的文学史对于"海派"根本不提，80年代最流行的文学史也都没有"海派"的位置。直到80年代末，严家炎做小说流派研究，第一次给"新感觉派"命名，并以专章论说，"海派"的一部分才成了"出土文物"。而吴福辉审时度势，几乎也就在这个时期开始了他对"海派"小说的专门研究。他的《都市漩流中的海派小说》就是第一部专门研究"海派"文学的著作，在学界已经有很多评论，这里就不展开谈论了。吴福辉的"海派"文学研究不见得最早,却是最为系统和全面的,而且从他开始,"海派文学"这个名词就在文学史论著中"登堂入室"了。

大家未必意识到,在"海派"文学方面有更大影响的,是吴福辉为《中国现代文学三十年》所写的相关部分。该书1985年上海文艺版开始给了"新感觉派"、徐訏和无名氏的小说专门两节论述,并小心翼翼冠名"洋场小说"。到1998年,该书做了很大的改动,就专门打出"海派小说"的名堂,给予专节论述。其中概述了"海派"小说的世俗化与商业化,过渡性地描写都市,以及性爱描写等特点,论及的作家除了新感觉派的施蛰存、刘呐鸥、穆时英,还有张资平、叶灵凤、曾虚白、禾金、黑婴,等等。"海派"从此正式在文学史中占有一席地位,而这部分是吴福辉写的。后来有关"海派"文学的研究多起来了,可以说是吴福辉带了这个头,他的"海派文学"研究不但领风气之先,而且至今仍然是这方面研究的一个标杆。

吴福辉的第三个贡献,是市民通俗小说研究。关于这方面研究的大本营应当是苏州大学,范伯群先生是领军人物,最早呼吁把通俗文学写进文学史。他的《中国近现代通俗文学史》2000年出版。但1997年《中国现代文学三十年》修订时,就曾专门辟出三章来叙述"通俗小说",其中涉及民国旧派小说、鸳鸯蝴蝶派、武侠小说,等等。这是第一次把"通俗小说"融入综合性的文学史,并给以一定的文学史地位。这部分工作是吴福辉承担的。2016

年该书第三次修订,他又把"通俗小说"的三章重写,易名"市民通俗小说",几乎增加了三分之一篇幅。老吴下了很大功夫,他自己也很看重,还把重写的三章收到他的《石斋语痕二集》中。我知道很多老师使用这本教材时,大概都不把"通俗小说"纳入教学计划,但作为一本完整的现代文学史,"通俗文学"的有机融入,是非常重要的举措。其实这三章是很难写的。通俗文学作品太多,要从中选择,还要加以评论,得花相当大的功夫。

吴福辉的第四方面贡献,是提出"大文学史"观,并尝试写成《插图本中国现代文学发展史》。文学史是可以不断重写的,每一历史阶段都可能也应该出现不同写法的文学史。十多年前,有过关于现代文学史写作模式的反思,普遍对以往文学史叙事方式表示不满:那就是常见的从"五四"前后开始,以时间为"经",文体与作家作品为"纬",突出代表性作家的评论的模式。这种叙史方式以教科书功能的考虑为主,有意无意都想写成文学的"正史"。这种"不满"由于受到历史学界的"新历史主义"的启发而引起新的想象,希望在文学批评实践中凸显文学与人生、文学与历史、文学与权力话语等多种关系,由过去围绕单一"中心"的文学作品解构策略,转为多中心或者无中心的历史状态叙述。那时就出现关于文学史写法的多种设想。诸如"文学生态说"(严家炎)、"雅俗双翼论"(范伯群)、"先锋与常态说"(陈思和)、"重绘文学地图"(杨义)、"民国文学"(李怡等),等等。这些想法角度各不相同,也都有他们的合理性，问题是如何落实，操作起来不是那么简单的。于是就有吴福辉的大胆尝试，很包容地提出"大文学史"的概念。他的意思是要消解"主流型"文学史，倡导"合力型"的文学史，把文学史看作文化场域中多元共生的文学变化史。并借用王瑶先生的说法，做学问有两种方法：一种是以一个观点为主，如同一张唱片转圈子，发出声音；另一种是叙述多个观点，发散型的，如同织毛衣，一针一针地织，再一块一块地连缀起来。吴福辉就采用"织毛衣"的办法，用三四年时间写成了《插图本中国现代文学发展史》。

这部文学史让大家耳目一新，因为从未见过如此结构、如此丰富的内容。文学作品的发表、出版、传播、接受，以及作家的生存条件，他们的迁徙、流动，社团流派的活动，等等，全都囊括其中，一条一条叙述，一块一块铺陈，试图构成文学发生的"原生态"。加上丰富的资料罗列，名家逸事的安插，年表、大事记的罗列，特别是大量的插图，构成一种前所未有的阅读效果，有点像逛博物馆。

这部文学史是"散点叙事"，去"中心"化，以及有意淡化作家作品的分析，读完以后似乎目迷五色，抓不住要点，自然也有它的偏颇。但这毕竟是大胆的尝试，是一部有鲜明特色的文学史，也可以说是对以往文学史写作的一个实质性的突破。

后来吴福辉还与钱理群、陈子善合作，编写过《中国现代文学编年史》，以文学广告为线索，采用编年的书话体来结构文学发展的历史脉络，为文学史的叙述与评价提供了新的角度，虽有趣，却驳杂琐碎，不得要领，未见得达成所谓"全方位的立体的文学全景的效果"[1]。无论如何，吴福辉"晚年变法"，不是坐而论道，也很少在理论上与人交锋，他就实干，以一人之力放手去写，终于写成了"插图本"这部气象万千非常好看的"大文学史"。此书你也许可以挑出这个那个"不足"，却又读得有滋有味，不得不佩服。这是吴福辉的第四大贡献。

吴福辉是个坚实、卓越而低调的学者，他给现代文学研究做出很大贡献，后来者能从他的著述中获益甚多。他以八十二岁高龄离开这个世界，是在大洋彼岸，那个冰雪覆盖的地方辞世的，也还是那么"低调"。据他的家属说，老吴是睡梦中猝发心脏病过世的，可谓"善终"。对于我们这些老同学来说，这多少也就有点宽慰吧。

---

[1] 参见吴福辉《中国现代文学编年史：以文学广告为中心（1928—1937）·后记》，北京大学出版社，2013年版。其中也提到他自己的疑问：这样的文学史"大"了以后会不会丢失文学史的本性？

周先慎教授二三事

周先慎老师离开我们一年了，我不时会想起他，那熟悉的面影，熟悉的话音。仿佛他并没有离去，有时还会回来系里，还会在校医院碰到他拿药，我们总会说上许多话。

我和周老师不是一个教研室，他教古典文学，我讲现代文学，平时交往并不很多，但总感觉很熟悉，是那种可以无话不说的熟悉。也有两三次交往是较密切的，回想起来，如同昨天。

一次是去烟台大学教书。那是1990年秋，我和他受北大委派，到烟台大学"支教"。当时北大、清华支持兴办烟台大学，北大中文系承担了组建烟大中文系的任务，孙庆昇老师担任烟大中文系的系主任，有些课还要招呼北大的老师去讲。我和周老师就一起坐了十几个钟头的火车到了烟台。住进教师宿舍，我们住两隔壁。记得那时蚊子很多，要挂蚊帐。晚上找周老师聊天，推门进去，见他正赤膊坐在蚊帐里头看书呢。周老师很认真，每次

＊周先慎（1935—2018），四川成都人。曾任北京大学中文系教授。主要从事中国古代文学史研究。

上课都要仔细准备。我说,讲那么多遍了,还得重新备课呀?他说怕有错漏,再说学生情况也不一样,希望能讲得更有针对性。我没有听过他的课,但学生反映说,周先慎讲课深入浅出,比较贴近学生阅读写作训练的需要,收获很大。我有时碰到古代文学方面的问题,也会向他请教,从他那里学到不少东西。我们在烟台住了一个多月,经常一起去海边散步。天已经很凉,他还敢下海游泳。那时他也才五十出头吧。

另一次较密切的交往是2003年,我主持北京大学出版社出版的"名家通识讲座书系",即"十五讲系列"的组稿,请的人都是人文学科各个领域拔尖的学者,为大学生撰写讲座式的书,介绍相关学科知识。我知道周老师的课讲得好,擅长艺术鉴赏,就请他来写《中国文学十五讲》。周老师二话不说,爽快地接受了稿约,并且在很短时间内交稿了。他这本书不算厚,却要"打通"从先秦到清代的文学史,又要尽可能让非中文系的年轻读者喜欢,也真不容易。但周老师做到了。这本书很受读者欢迎,至今已多次印刷,还被一些大学指定为通识课教材。周老师写这本书可以说是举重若轻,因为有厚实的学术的积累,文笔又很好,当然,也因为他心中始终有读者。我想他写这本书时,是会时常想着读者是否喜欢的。

2006年冬,我和周老师又有了第三次密切交往。当时我应重庆出版社的邀约,要编一套大学语文。坊间的大学语文教材已经不少,许多学校还有自编的语文教材,重庆出版社想新编一套，叫《中国语文》，也是有些设想的，希望能通过我找一些北大的老师来编，来一套高标准的。我就找了周先慎老师，还有何久盈、吴晓东、孔庆东等几位老师一起来编。我们在重庆郊区一间温泉宾馆讨论了一两天，周老师很投入，出了不少主意。他领衔编了其中一本"理科版"的《中国语文》，编得还真有些特色。教材分为"古代文""现代文""古今诗歌"和"西文中译"四个板块，周老师和何九盈先生分工负责古代诗文部分，下了很大功夫，注释都是重新考订的。从学术质量来说，《中国语文》明显高出于坊间许多互相"克隆"的同类教材。我再次领略了周老师治学的扎实和认真。可惜出版社推广不力，这套教材"淹没"在众多大学语文教材之中，未能发挥更大的影响。

周先慎

周先慎老师几次和我说起，他当年是"阴差阳错"从外省大学分配到北大中文系的，似乎感到有些特别的幸运。其实周老师的学问很有特色，他的努力也为北大中文系争光。周老师的研究集中在小说，特别是《聊斋志异》，如《论〈聊斋志异〉清官作品的思想基础》《〈聊斋志异〉的艺术美》等论文，在学界都是有好评的；他对古典诗歌的研究，特别是诗词鉴赏的研究，也有贡献。

周老师的研究有两点很突出，一是艺术感觉很好，艺术分析非常到位，很是灵动，读来引人入胜；二是文笔优美流畅，是文章高手。周老师对此似乎也很自豪。在他去世前不久，他还打过电话给我，说起有人误解甚至无端指责他的一篇有名的短文《简笔与繁笔》，让我注意一下。周先慎写这篇文章时还只是一个讲师，该文得到吕叔湘先生推荐，曾经选入高中语文课本，是当作一篇范文来展示的。可惜后来因为教材编写体例的限制，没有再选收这篇美文。这是很遗憾的。

2019年1月6日

妙趣横生的"跬步斋主"严绍璗

　　私下里,我们给严绍璗教授起了个外号叫"小广播"。这其实没有贬义。在网络还不发达的时代,信息稀缺,而严老师朋友多,管道多,"小道消息"也多,我们都喜欢从他那里听到某些秘闻。严老师记性特别好,关于北大和中文系的许多掌故、逸事,他都记得清清楚楚,能随时绘声绘色翻出来,侃大山。十多年前,我和严老师都住蓝旗营,同一栋楼,彼此打头碰脸的,见他总是热情地和人打招呼,说不定又有什么秘闻。我几乎从来没有见过严老师生气绷脸,若给他画一幅漫画像,就是西装领带,头发蓬松,咧着嘴,乐呵呵的。他喜乐和善的样子与诙谐幽默的话语,能瞬间把快乐传给人。

　　用不着预约,我便敲开"跬步斋"的门,那是严绍璗先生的家。客厅凌乱,到处堆满书、杂志和卡片。我在沙发上随便坐下,他端来两杯清茶,毫无客套,故事便开讲。我建议他把北大

＊严绍璗(1940—2022),上海人。著名古典文献学家,中国日本学家,比较文学家。曾任北京大学中文系教授、北大比较文学研究所所长。

严绍璗

趣闻或故人旧事写下来,也是"野史"一种,肯定畅销。他连说好好好,可是始终没动笔。我为北大出版社策划主持过一套"名家通识讲座书系"(即"十五讲系列"),请了许多学界的"大咖"来参与,也想请严绍璗写一本《日本文化十五讲》。他是"日本通",这个选题对他再合适不过,他也很高兴答应下来了,可是等了十多年,稿子还没有开写。再后来,便不了了之。

其实,严绍璗老师那时正埋头撰写他的《日藏汉籍善本书录》呢,这是个庞大而艰巨的工程,哪里还会有余兴去写我建议的那些书?

看来,快快乐乐只是严绍璗老师生活的一面,还有另一面,却是非常辛苦的:他的大部分时间都投入到学问中去了,而且做的是很枯燥的学术。趣闻和喜乐,只是他那艰涩学术的调剂品罢了。

严绍璗教授的专长是目录学,主要探寻、搜罗、整理那些流传到日本的中国古书。一千多年以来,我国大量古籍传入日本,亦有一部分是战争时期被掠夺过去的，其中有相当数量是国内已经失传的"善本"，包括一些极其珍贵的国宝级宋元刻本。严绍璗花了二十多年时间，三十多次到日本，去追踪调查这些"日藏汉籍"。这是需要扎实的古典文献专业能力支撑的工作。严绍璗是北大也是全国首届古典文献专业的毕业生，曾问学魏建功、邓广铭等著名学者的门下，自然受过严格的学术训练。调查"日藏汉籍"，先要大致了解哪些可能是"善本"，包括唐以后日本人的抄本、佚存本，现在收藏在哪里，然后顺藤摸瓜，想办法看到这些古书的"真容"。他几乎跑遍了日本藏有汉籍的图书馆、大学、寺院和某些私人藏书机构，一本一本去追寻查访。好在当时中日关系还比较友好，严绍璗又广交朋友，他的治学精神得到日本汉学家的理解与赞佩，因而能接触到一般读者难于一见的"善本"。

严老师的工作是寂寞、烦琐，而且旷日持久的。他从日本各个公私藏书机构的书库中借到古书，只能在限定时间里当场看完归还。要一本本翻阅，记下其书名、卷数、署名、内容、序跋、题签、款式、版本，等等。那时电脑还不普及，全靠手工劳作，逐一用卡片记录，有的还要复印、拍照。因为是"善本"，很珍贵，每借阅一种，都只能在工作人员监视下翻看，中间不能吃饭、喝水、休息。多么艰难辛劳！有人说做学问要耐得住寂寞，"板凳要坐十年冷"，严绍璗何止十年？他锲而不舍，一坐就是二十多年！一共收集整理了一万多种相关的文本资料，约占日本汉籍"善本"百分之七八十。

在二十多年访书调查的基础上，严绍璗还要再整理、加工和研究。每一种书都撰有正题（版本情况和藏书处）、按语（版式、题跋、刻工、印玺等）和附录（古籍流传的相关文献）。后来，连他自己都感慨走过来确实不容易："一个人有了明确的理念和目标之后，往往会有连自己都释然的精力去面对困难。"因此也就可以理解，严绍璗先生为何把自己住家起名为"跬步斋"了。"不积跬步何以行千里。"严老师做学问就是有这样的耐心、恒心和毅力。

2007年7月，《日藏汉籍善本书录》终于出版，两大册，共2336页，名副其实的皇皇巨著。与此同时，严老师还出版了《汉籍在日本的流布研究》和《日本藏宋人文集善本钩沉》等著作。他对中国文化做出的贡献是实实在在的。

严绍璗不但善于"讲古"，他本身也有许多故事。这里说一个。他在日本汉学界名声大，以至明仁天皇和皇后都曾约见过他。那是1994年11月某一天。天皇问："先生喜欢读什么书？"答："因为研究的关系，常看《古事记》《万叶集》等。"天皇问："这些书对我们日本人来说也是很难的，先生以为如何？"答："正是这样。但是，因为这些书中事实上隐含着一些中国文化的因素，从这方面说，中国人有理解方便的一面。"天皇略显愧赧说："是的，正是这样。"

这也可见严绍璗教授的善谈与情趣。

我和严绍璗老师认识很早，记得在 1983 年，还和他一起代表季羡林、乐黛云两位教授到沈阳，祝贺辽宁比较文学学会的成立。我的专业是现代文学，对比较文学有些兴趣，其实不在行。而严老师精通日本文化，已经在中日文学比较方面写过几种论作，他是以文献学为基础做比较文学的，很实在，不是空头比较文学家。记得当年去沈阳要坐十几个小时的火车，途中聊天，我问严绍璗为何一边做文献一边做比较文学。他说文献是基础，也很想"做出去"，人文学科是可以"融通"与"越界"的。可见他治学的路子不但精细扎实，视野也很开阔。后来，他干脆从古典文献教研室转到北大比较文学研究所，在乐黛云教授退休后，就接任比较所的所长。那也顺理成章。

1999 年我担任北大中文系主任，严绍璗老师是系学术委员会主任，我们之间的交往和合作就更加频繁。有时碰到比较棘手的事情，比如教研室彼此"争夺"职称晋升名额，等等，严绍璗老师都用他"三寸不烂之舌"，努力去协调说项，化解矛盾，老师们也都认可。严老师在文献学、比较文学方面杰出的学术成就，以及对北大中文系学科建设的贡献，有口皆碑。

严绍璗老师晚年患阿尔茨海默症，被疾病折磨，又碰上倒霉的新冠疫情，于 2022 年 8 月 6 日过世了。一年多过去，痛定思痛，到如今我才动笔写点有关他的回忆。昨天，我把严绍璗先生当年送我的《日藏汉籍善本书录》找出来看，沉甸甸的，还特地抱去称重，竟有十二斤。真是巨著！打开书，扉页上赫然几个大字，"谨呈儒敏教授雅正　学友严绍璗敬赠　2007年5月初夏"。严绍璗先生自称"学友"，未免太过谦逊，他是我的老师呀。合上书，仿佛又在北大静园五院，在蓝旗营，见到了这位文献学家乐呵呵的妙趣横生的样子。

2023年11月5日

蒋绍愚与《古汉语常用字字典》

中小学师生很多都知道蒋绍愚,因为他参与主编的那本《古汉语常用字字典》,可是未必知道这部字典的"前世今生"。

1974年到1975年,还是"文革"期间,北大中文系师生都要下工厂劳动,搞"评法批儒"运动,需要看古书。蒋绍愚就想,何不借这个由头编一本古汉语字典?这事得到"工宣队"批准,就组成工农兵学员、教师和工人的"三结合"编写组。王力先生也很支持。大家一边劳动,一边收集语料,就写在一张张卡片上,积累了上万条语料。蒋绍愚是召集人,每周末把一周编写的字条打上包,回家时送给王力先生审阅。后来运动结束,编写组解散,留下一堆散乱的稿子,蒋绍愚花费一年多时间整理加工,交给了商务印书馆,1979年正式出版。迄今这部字典已经修订多次,印刷几十次,成为中学生的基本用书。该书修订版署名原编者为王力、岑麒祥、林焘,修订者蒋绍愚、唐作藩、张

﹡蒋绍愚,1940年生,浙江富阳人。著名语言学家。北京大学中文系教授,曾任北大语言研究中心主任。主要从事古代汉语研究。

万起。其实蒋绍愚对该书编写起到的作用最大,是真正的组织者与统稿人。

蒋绍愚还有一本书我很欣赏,也经常向中学老师推荐,就是《唐诗语言研究》。蒋绍愚转述王力和钱锺书先生的话说,诗词的有些句子"如果是在散文里出现,简直不成话;但它们在诗句里是被容许的,甚至显得是诗的特殊格调"。钱锺书说:有些"形式上是一句,而按文法和意义说来难加标点符号的例子,旧诗里常见"。这些就是王安石所说的"诗家语"。在《唐宋诗词的语言艺术》中,讲了这些诗词中的特殊句式。这是语言学家跨界研究文学,从语言学角度欣赏唐诗艺术,对于语文教学大有裨益。有些老师不懂诗歌语言特殊性,不会欣赏诗,这本书帮了大忙。

在北大中文系,语言学家蒋绍愚比较低调,却又让大家心悦诚服。2000年,北京市要编写一套高中语文教材,请我推荐一位主编,我力荐蒋绍愚。后来我受教育部委托,主持中小学语文统编教材,对古诗文注释不放心,因为这容易引起争议,我也请蒋绍愚老师来指导和把关。他总是有求必应,乐于助人。有他把关,大可放心。蒋绍愚老师为人真实谦逊,学问通达扎实,从来不说废话,也不善客套应酬。

蒋绍愚1940年1月出生于上海,籍贯浙江富阳。1962年毕业于北大中文系,曾任北大中文系古代汉语教研室主任、北京大学汉语语言学研究中心主任。被评为国家级"有突出贡献专家"

和国家级教学名师。曾先后应邀到荷兰、美国、捷克、挪威等国访学。他大量精力都用于汉语史研究，是近代汉语研究的杰出代表。主要著作有：《古汉语常用字字典》（负责统稿）、《古汉语词汇纲要》、《近代汉语研究概况》、《蒋绍愚自选集》，等等。

几年前我读过《蒋氏中学基础国文三种》，含《字与词》《章与句》《体裁与风格》三本书。我在微博上也推荐过。这三本书系1930年代已故国学家蒋伯潜、蒋祖怡父子联袂为中学生撰写的自学辅导书。用小说的形式逐一阐说各种语文知识，生动有趣，深入浅出，使语文生活化了。现今的语文老师也值得阅读。蒋伯潜、蒋祖怡父子就是蒋绍愚的祖父和父亲。

原来蒋绍愚关心中小学语文是有家学渊源的。

2023年11月

曹文轩的"古典追求"

曹文轩和我同一个专业，平日话不多，但可以无话不说。从1981年开始到今，断断续续，我们有二十多年毗邻而居。最初是在北大南门21楼，筒子楼一层，单身教工宿舍。其实很多住户都已拖家带小，因没有分到住房，只好带着"集体户口"挤在这里。每家只有一间小屋，十平方米，做饭就在楼道，家家门口都有一套灶具，煤油炉或者煤气罐什么的，整个楼永远弥漫着油烟饭菜的混合味。我住北屋，文轩住过道斜对面南屋，他门口不摆灶具。那时他年轻，天天吃食堂，而且经常不在家。有时就把钥匙给我，我正好可以到他屋里去看书写字。

文轩出身在苏北农村，小学刚上完，就遇上"文革"。好在他父亲是老师，有点"家学"，硬是让孩子自学到相当不错的程度，尤其是对文学有浓厚的兴趣，写作的才华被开发出来了。1974年以工农兵学员身份进北大读书，先是在图书馆系，后转

＊曹文轩，1954年生，江苏盐城人。著名作家。北京大学中文系教授。国际安徒生奖获得者。

入中文系，因为写作出色，几年后又选拔留校当老师。他1977年留校，而我是1978年才进北大读研究生，虽然我长他七八岁，还要称他师兄吧。

后来我在校园里搬过几次家，文轩也住到离校园较远的骚子营。直到2000年，清华南边的蓝旗营建起了高层宿舍，我们才又搬到同一栋楼，他住我楼下。那时能分到三居室是很奢侈的，文轩还专门在卫生间弄了一个桑拿室，在我看来有点稀奇。文轩是很会享受生活的。我的外孙女一两岁时，在电梯有时见到"曹爷爷"，会有点"害怕"。我们说，这是"专门给孩子讲故事的作家爷爷"，也不顶用，还是"害怕"。也许在孩子眼中，"曹爷爷"太了不起了，令人生畏。

文轩总那么斯文，衣着大都是名牌，西装外边随意套一件风衣，走路撩起风来，很是潇洒。他是系里最早买车的，很贵的车，每到过年，他就开车回苏北老家。我问他，那么远途累不？他说中途休息一下就好了。还是那种潇洒。他很讲礼仪，没有作家常见的那种我行我素，甚至故作粗俗。你求他办事，他会很认真，不糊弄。我几乎从未见过文轩生气，我至今想象不到他动怒会是什么样子。系里开学术委员会，难免有人会"本位"一点，给自己的教研室或者学生争利益，有时就会发生争辩。文轩就会和颜悦色两边做工作，息事宁人。

文轩从1980年代开始，就做当代文学研究，出过好几本专著。他写过一本《思维论》，试从哲学角度去解释文学现象，我

曹文轩

粗读过，认为还是下了功夫的。文轩的确读过大量的书，包括一些很难啃的国外的理论，他希望能有突破。但这本书在业界影响并不大。他的另一本《小说门》也是讨论理论的，但不回避感性，常把作家的感受带入文学形式和手段的论说中，非常到位。其实那是文轩讲课的结果。我没有去听过他讲课，但据学生说，课上他会朗诵自己的作品，会让你感受到某种童心，那一定非常有趣。

文轩大概曾想把创作当副业，用更多精力做文学理论和批评。因为在大学还是以研究为主，创作是不被看重的。每年填表也只要求填发表的论文，文学作品上不了"台面"。但创作的欲望是很难禁锢的，文轩在创作方面的影响越来越大，他的《红瓦》《草房子》成了当代儿童文学的标志性作品，曹文轩也成为文坛的一面旗帜，甚至进了作家富豪榜，他的学者身份就越来越被作家声誉所掩盖了。其实能一手做批评、一手搞创作的学者型作家并不多，曹文轩显得有点特别。

大约 2005 年曹文轩的文集出版，在蓝旗营南边的万圣书园召开过小小的座谈会，但规格很高，王蒙、李书磊等作家、学者都来了。我在会上有过简短的即席发言，后有记录整理，大意如下：

曹文轩的文章风格大概不会大红大紫的，不适合太消闲的阅读，那种浮嚣粗糙的"重口味"在曹这里是不能得到满足的。我理解的曹文轩并不那么热闹，在当今文坛上甚至有些另类，有些寂寞，他是属于审美口味比较古典的读者的。他大概不适合炒作，或者不忍心去炒作。曹文轩如果真的被弄得大红大紫了，那就可能是另外一个大路货的曹文轩了。

我最喜欢曹文轩作品中对生命的尊重，对人性的理解。他习惯写青少年的成长过程，总是非常细致认真地观察描写人在成长过程的心理变化，包括种种迷惘与困扰。在他的作品中常常看到天真的灵魂在社会化、成人化，还有现代化的过程中失去本真。读这样的描写，我们也许会感到忧伤、无奈，会想到我们自己有过某些美好的东西也是这样就消失了。但我们为这些美好的回忆感动，这些最能体现人性中美好的方面，可能就会与我们周遭许多机械的、沉闷的、肮脏的生活形成比照。曹的作品中最有价值的东西是对人性美的关怀。现在到处都在讲什么"终极关怀"，"普遍价值"，可是文坛又有那么多人热衷于表现污浊的东西，连儿童文学都在追求暴露、颠覆、调侃，好像谁要是喜欢冰心、孙犁，谁就是"前现代"的。所以曹的作品对生命的尊重、人性的关怀，以及由此而生成的作品纯净、向善的风格，反而显得可贵。

曹文轩的小说中总是有他童年的回忆。他把童年人性化、诗化了。读他的小说，我们也常常退回到回忆的世界里，重温那难于释怀的童年旧事。这有点类似读沈从文，可以在他那梦幻般美丽的湘西山水中，做一番白日梦，一番精神体操。不过，沈从文是要在他的湘西题材小说中构筑"希腊小庙"，曹文轩则更现实一些，更贴近生活一些，也容易被接受与认同。

几十年前，有一个批评家提出一种文学的理解，认为古今中外所有的文学无非是两大类，一类是浪漫的，一类是古典的。他认为的所谓古典，就是健康的、均衡的、常态的，符合普遍人性的；而其他创作，则是浪漫的、偏激的、病态的、走极端的，因此也是非人性的。他对"五四"及后来的文坛的偏激很是不满。这个人就是梁实秋。对梁氏的理论当然可以讨论。但在这里我愿意借用他的说法来评说曹的创作。可以说，曹文轩的小说都是古典的追求，这使得他在这个社会和文坛上显得有些另类。

我想，什么时候人们能够更多地欣赏纯真的文学，能够领略真正的悲剧，我们这个文坛连同我们的读者、出版家，就可能比较常态、成熟和健康了。

2014 年 2 月 7 日

又及：以上这篇文章写于十年前。近十年来，曹文轩的创作持续处在高峰期，小说一本一本面世，影响愈加扩大，成为当代最重要的儿童文学作家之一。曹文轩的作品翻译成多种外语出版，他是当代作家中输出版权最多的作者。2016年曹文轩获得"安徒生奖"，是国际儿童文学界的"诺贝尔奖"，曹文轩是国内唯一获此大奖的作家。但曹文轩在2022年那场关于教材插图引起的网络风波中，被谣言中伤，受到铺天盖地的网暴。在那样的风暴中，要想澄清事实真相谈何容易？曹文轩只好沉默，"骂不还口"，承受无端的攻击。那是他人生中最难熬的日子。好在北大校方、中国作协和教育部对于曹文轩的创作成就还是充分肯定和支持的，曹文轩的书也一直在正常出版。而越是艰难的时节，曹文轩的创作欲望越是高涨，他这几年连续出版了《苏武牧羊》《石榴船》等多部长篇小说和系列绘本，其代表作《青铜葵花》也被改编摄制成电影。创作就是曹文轩的生活方式，他靠作品说话，以作家的尊严蔑视浮嚣的戾气。这种骨气和实力，是特别值得赞佩的。

昨天有学生来家里，闲聊中得知今天（2月18日）是曹文轩的七十岁生日，"曹门"师生有个聚会。我未能参加，就写了这么两句话，请人书写装裱成条幅送去聚会现场，表示我对文轩兄的敬意和祝愿：

著作等身此之为寿，听韶行觞福禄喜欢。

2024年2月18日

龚鹏程真是"读书种子"

我比龚鹏程先生虚长十岁,但对他一直是仰慕的。他是通才,学问称得上渊博通达。他出的几十种书,涉及古典诗词、散文、小说、儒家、道家、佛家等领域,甚至还有从汉唐到晚清的思潮、文化史、思想史、文艺美学、书法,等等,可谓上下古今,熔为一炉。在当代人文学者中,研究领域像龚先生这样开阔广大的,极少。我认真拜读过其中数种,特别注意其所引用的材料和书目,几乎都是博综古籍,自出新机。

龚先生真是读书种子,读过的书太多也太细了,他对中国文化典籍真是了如指掌。据说他写文章从来不依赖词典、索引、互联网等,全靠自己读书积累。这又是非常出奇的。在老一代学者中这种情况是常态,但在当代学界,这就几乎是传奇了。现代学术过于分门别类,分工太细了。每个人抱住一块皓首穷经,搞先秦的不怎么懂唐宋,做陶渊明的不理睬曹雪芹,研究现代的不通

---

* 龚鹏程,江西吉安人,1956年生于台北。当代著名学者。现任山东大学讲席教授。曾任台湾淡江大学文学院院长、南华大学校长、北京大学中文系教授。研究领域很宽,著作丰硕,涉及古代文学、古代文论、古代文化史等。

古典，每个人都是"打井式"研究，固然可能深掘，但往往视野狭窄，真正成了"专家"而不是学者了。读龚先生的书，我自己就感到惭愧，想通达，也难了。但我还是认为，当代中国文史学界像龚鹏程这样的通才，是极罕见的，龚先生的学术特色首先就体现在"打通"。因为"打通"，才有开阔的视野，也才有鲜活的个性与创造力。现代学术管理体制制约之下，"通才"越来越少，视野越来越窄，虽然有互联网帮助，但空疏浮泛的风气越来越厉害，而龚鹏程的存在可以给我们树一个标杆，给一些鞭策与刺激。

龚鹏程先生治学之路，又是非常扎实的。人们看他研究兴趣广泛，而且方法有点"野"，往往就先入为主，怀疑他的根基不实。其实龚先生治学之路非常坚实，也很值得学界去研究和反思。当下培养文史人才的办法是先概论，后立题，再用题目（或者项目）牵引材料做文章，读书、积累、体验和感觉的过程是大大缩短了的。而龚先生是靠大量读书和思考，靠自己对学术的整个生命的投入和体验，逐步形成自己的研究视域和方法，非常稳步扎实。据说龚鹏程大学一年级就注解《庄子》，大三写《古学微论》，那时他还没有系统学过训诂，但总是带着问题去校勘切磋，虽然所得可能比较稚嫩，但他这是通过自己读书、思考、辨识去摸索学问途径，由实践到认知，有他自己的生命体验浸透其中，为后来的学术发展打下基础。这就可以理解，为何龚鹏程做学问的路数和当下台湾或者大陆绝大多数学人都不一样，他的著

龚鹏程

作总是别具格局，新见迭出。

当然，非常庆幸，龚鹏程年轻时碰到许多通达的老师——1960年代台湾还有这样一批读书种子，延续着中华传统文化的血脉，他们并未像现在许多势利的学究那样扼杀了龚鹏程的才情和个性。龚鹏程就像是一条"漏网之鱼"，没有被现代学术的网所罩住，他始终保持有自己的个性、情操和批判意识，他喜欢独辟蹊径，而不太愿意照章办事。龚先生的著述大都是古典文史方面的，但总能读到那种鲜活、潇洒和跳脱的气息。龚鹏程说他做学问不是一种职业、休闲或者为了某种很实际的目标，很多情况下就是随性的，如同呼吸饮馔。这个"呼吸饮馔"，也就是生活方式，是以学养性，是令人羡慕的境界。龚先生向来看不起学界流行的那些束缚思想个性的规矩，但也因此往往被学界某些人视作异端。他是学界的性情中人，他的才情、学识加上批判眼光，常常能引发学术震动，引起思考和探究的冲动。

我认识龚鹏程先生大概是在1989年春天，当时龚先生随一个台湾的学术代表团来北京开会，顺便到访北大中文系。那时听说龚先生血气方刚，意气风发，批评大陆很多学者是"草包"，我有些不舒服。后来在一次会上再见到龚先生，果然是挥斥方遒，不过他的批评又都是认真的、能点中问题"穴位"的，只不过我们学界还不太习惯这种真刀真枪的批评罢了。这时，我对龚先生就有了好感。再往后，我担任北大中文系主任，特意邀请龚先生来北大讲学，不是一般讲座，而是一门中国文化史课，一共讲过两学期，大受欢迎。我决定邀请龚先生留在北大中文系担任教职。便去征询古典文学的专家和权威带头人的意见，他们客客气气，说龚鹏程是有争议的人物，未必能融入北大。我心中有数了，不再考虑这些反对的意见，几乎就是"自作主张"，引进了龚先生担任北大教授，不过不是在古典文学，而是安排到文学理论教研室。至今多年过去了，不知龚先生在北大过得怎样？我希望他不要把自己当作外人，他已经是学界的一道亮丽的风景，一面旗帜，应当还能和在台湾一样，做真实的有性情的学者，给北大学术增添一种鲜活的颜色。

真诚地祝贺龚鹏程先生系列著作的出版。

2015 年 10 月 26 日

有清介"高士"气的李零

在文史学界,李零可谓大名鼎鼎。有人说李零是"自带流量"的北大教授。在北大,他的确特立独行,其文章也总是体现这种独立的意识,能用非常俏皮、时髦而又精辟的语言,把自己的学术观点毫不含糊地表述出来,让一般读者拍案叫好。他读书杂,文笔畅,思路开阔,能进能出,沟通俗雅。他的学术研究往往通过随笔的方式表达,如《花间一壶酒》《丧家犬》《我们的经典》等,比一般学术论文影响大,几乎都成了畅销书。

现在"公知"这个词被网上弄得很臭,其实"公知"不容易,也很少见,因为只有学术过硬,又有社会关怀和独立思考的知识分子,才称得上"公知"。这种人自觉居身于主流之外,又能得到普通读者的支持,得把握好分寸,得其长,避其过,不容易。李零有点"公知"。他的学问是专业的,又是批判甚至叛逆的,和社会民众认知的血脉相通。他很多观点挺"激进",不时

---

* 李零,1948 年生,籍贯山西武乡。著名古典文献学家。北京大学中文系教授。主要研究先秦考古及中国古汉语。美国艺术与科学院院士。

李零

要和"通识"杠上,其实还是有分寸的。作为一位古代文化研究学者,李零对传统文化不顶礼膜拜,而多采取"平视",有分析、批判,亦有吸收。这就达到了一般专家很难企及的境界。

李零是河北人,1948年6月生。上中学时遇到"文革",插队七年。1979年入中国社会科学院读考古系研究生,师从张政烺先生,做殷周铜器研究。之后在社科院从事先秦土地制度史的研究。这经历有些复杂,也投射到他后来的学问中。他是1985年调入北大中文系的,起初在古典文献教研室,后来又转到古代文学教研室,开的课都是跨越几个学科,包括考古、简帛文献、孙子兵法、方术、左传、古代文明史、海外汉学,等等,在几个领域均有不俗之建树。主要论著有《〈孙子〉古本研究》《吴孙子发微》《中国方术考》《中国方术续考》《郭店楚简校读记》,等等。

我和李零同一个单位二十多年，和他的交集并不多，他的书我倒是读过几本。在我印象中，李零为人耿直，有清介高士气，像是从"世说"中出来的人。他眼界很高，不会轻易和人搭讪，结交者都是学界名流。不善于应酬，有时难免有些纠葛。孤独，反而会在学问上寄托与宣泄。

记得十多年前，从来没有主动和我说过话的李零，突然给我打电话（那时我是系主任），说决定要离开北大中文系，去清华了。我估计他肯定不是因为那边待遇高，而是因为在教研室被一些杂务和人事纠葛缠绕，比如填表、开会、汇报之类，不开心，有些孤独与烦躁。我就"恐吓"他说，以你这种自由惯了的个性，去那所学校肯定管束更多，更不自在。于是建议他调换一个教研室，答应他此后不用做填表、汇报之类杂事，上点课就行。李零终于打消了去清华的念头。事后，有老师责问我，有什么权力特许李零这么自由？我答曰：你若有李零那样的才华与学问，也可以给你特别的照顾。那位老师无言。

于是李零就去了古典文学教研室，在那里，他仍然是自顾自、独来独往做他的学问。

2023 年 11 月

陈平原的学者人间情怀

20世纪80年代初的某一天,广州中山大学一个讲堂里挤满了学生,北大著名的文学史家王瑶先生正在演讲。其中有一位潮汕籍学生也在凝神听讲,可是总听不清讲些什么,因为王瑶先生的山西口音很重。但这位青年还是被王瑶先生的"气场"给征服了:先生口衔烟斗怡然自得,在大庭广众中发出爽朗的笑声,是那样有学术的自信和人格魅力,让这位青年非常赞佩。他就决定报考王瑶先生的博士生。

这位青年就是陈平原。

那时资讯不如现在这般发达,报考北大谈何容易?陈平原绝顶聪明,就投石问路,把自己写的一篇关于许地山的研究论文寄给北大的钱理群。钱理群是热心人,看了陈平原的论文,拍案叫好,就转给王瑶,建议王瑶先生招收陈平原读博士。经过考试,陈平原确实很优秀,就被录取了。那是1984年秋,陈平原如愿

---

* 陈平原,1954年生,广东潮州人。著名文学史家,教育家。北京大学一级教授、北大中文系教授、北大现代中国人文研究所所长、中央文史研究馆馆员。主要研究领域为中国现代文学、现代文化。

考入北大,成为中文系的首届博士生。

我也是那一年考上博士,成为王瑶先生二度入室的弟子,这就有幸与陈平原成为同学。北大中文系本来是第一批可以招收博士生的单位,可是老师们那时还想等一等,不怎么热心招生,首届博士生全系就只有陈平原和我两人,其他专业都还没有招生。我们颇有些孤独。除了英语和政治课(学《反杜林论》),也没有其他必修,主要是自己学习、摸索。我那时还在职,要讲课,又有家,比较忙,与平原兄同学三年,交集并不多。只是有时在导师家里,或者一些会上、课上见面。我感觉陈平原思想活跃,可以从他那里学到不少东西。平原兄毕业后留校,我们又成为同一个教研室的同事,此后几十年交往才多了起来。

陈平原有很强的专业敏感,总能抓到新鲜而又适合自己的题目。当现代文学这个学科刚刚拨乱反正、恢复元气之时,他的眼光就转到清末民初,试图突破当时有定论的"现代文学三十年"框架。他的博士论文《中国小说叙事模式的转变》,就以1898年作为中国小说从古代向现代转型的起点,而不是通常认为的"五四"前后。他大胆采用当时刚传入的西方叙事学理论,把小说叙事形式的变化与社会文化的转型结合起来,探讨了晚清与"五四"两代作家如何完成小说叙事模式的变迁。这是颇有创意而且富于成效的研究。

也就是这篇论文,奠定了陈平原治学的根基,相当稳实。有意思的是,三十年过去,到了2017年,上海华东师大有一个在业内有影响的奖项——思勉原创奖，仍然从平原兄已出过的几十种书中挑出这一本，给予奖励，这是有眼光的。

也就在平原兄博士论文出版前后，北大严家炎、洪子诚、钱理群等六七位老师申请了一个项目"20世纪中国小说史"，也打算从清末民初一直写到当代，是多卷本。可是集体项目容易成为"和尚挑水"，和尚挑水，很难做好，多年过去了，也就只有平原兄写完他负责的第一卷，即清末民初部分，其他几卷都不了了之。

与此同时，文学研究界在流行"方法热"，并对当时主流的文学史（王瑶先生与唐弢先生的两种现代文学史）进行反思，陈平原也跃跃欲试要重新擘画现代文学史的写法了。那段时间，陈平原经常和黄子平（那时也是北大老师）到北大南门21楼钱理群的单身宿舍聊天，谈天说地，挥斥方遒。他们聊到文学史的新写法，试图要突破既有的、与革命史完全"对应"的框架，初步拟想新的文学史叙述主线与板块，比如启蒙、悲凉、融入世界文学，等等。他们非常兴奋，就以对谈的方式把讨论的内容记录整理下来，这就是轰动一时的《二十世纪中国文学三人谈》。随后，上海等地也有陈思和、王晓明等提出"重写文学史"，与北京的"三人谈"遥相呼应。

记得"三人谈"发表后，王瑶先生是不满意的，埋怨他们"包揽"了那么多不同类型的文学，梳理出什么启蒙、感伤等文学史特征，唯独遗漏了在历史上有过重大影响的左翼文学与革命文学。应当说,"二十世纪中国文学"概念的提出,对于当时文学史写作的框架与方法是有很大的启示意义的,而王瑶先生的批评也有其道理。只因为这个新概念仍然比较粗放,缺少可操作性,也始终未见按照"三人谈"思路写成的文学史。但对于陈平原等三人来说,这可是"爆得大名"的一个机会。后来陈平原与老钱、子平结为莫逆之交,也许还会加上在美国的王德威,彼此相辅相成,成就了很自信且自足的"学术共同体"。

三人中老钱最年长,却比较理想主义,富于激情,点子多;黄子平智慧,更带文学气质;陈平原最年轻,反而沉稳圆融,遇事会拿捏分寸。三人可以说珠联璧合,在学术推进方面风云际会,成就功业。

20世纪八九十年代之交,学术空气一度消沉,"重写文学史"和"20世纪中国文学"也遭遇挫折,陈平原审时度势,决定往"学院派"务实的理路上转。他和一些好友合作主编人文研究集刊《学人》,影响也挺大的。而他自己却研究起武侠小说来了。这大概为了呼应当时的"金庸热",人们希望超离现实获得某些天马行空的愉悦。虽然《千古文人侠客梦》仍然秉持陈平原用惯了的作品结构类型分析方法,是一部严肃的学术著作,但也赢得了普通读者的热烈关注。不过,平原兄的这本书似乎已经把观众带到"后台",去看"演出"背后的秘密,不知会不会有点"煞风景"。

1990年代后期,也许觉得现代文学研究的地盘小、拥挤,难于施展拳脚，陈平原决定再转向，转到学术史研究。起因是王瑶先生生前有过的构想，希望写一部《中国文学研究现代化进程》，而且和陈平原谈过学术史研究的意义。陈平原为导师生前未能实现这个写作宏愿而深感遗憾，决定自己来写。他转向学术史研究，也是因为看到当时学界所面临的困境，以及空疏的学风，有自己的反省。他希望通过《中国现代学术之建立》的写作，探讨前辈学人的学术足迹及功过得失，选择某种学术传统和学术规范，确定自己的学术路线。他并没有完全按照王瑶先生原来的设想，对近现代学者做全面论评，这可能工程太大，力有不逮；而重点选择章太炎和胡适作为评析的个案，则更有利于凸显"晚清和五四两代学人的'共谋'，开创了中国现代学术的新天地"。在这本书中，对章太炎学术之路的分析相当精彩。陈平原对章太炎主张政学分途，"求是"基础上"致用"观，以及将史学研究作为切入人事经世途径做法，都有细腻的分析，欣赏的意味浸透纸面。这也从一个侧面看到陈平原向往的治学理路，以及他对当时学界混沌状态的忧心。陈平原这本书的功力及其所表达的学术思想，都达到了他本人治学的高峰，这本书比他其他多种书的影响将更深远。

陈平原的才志颇高，也很自信，其研究自成一格。他喜欢抓文学史或文化史的"现象"，特别是那些人们司空见惯却未必格外关注的"现象"，然后围绕"现象"收集观察其源流和特征，给予理论上的阐释。这大概也借鉴了鲁迅《中国小说史略》的写法，那是讲述体，不像一般论文那样讲求逻辑和概念，而重在纲举目张，凸显自己的观点。论题若论涉面太大，是很难一网打尽的，陈平原的妙法就是"以什么为中心"，侧重个案研究，以点带面。他这种治学撰文的方法现在有很多博士论文在模仿，对于学术训练是有效的，但弄不好也可能沦为取巧。

陈平原不属于那种特别专注于某个学科的专家，他志向大，兴趣广，身居学界，却又常顾及当下社会与学术界现状，在做好"主业"小说史与学术史的同时，也用一些精力去回应"热点"问题。他并非凑热闹，赶潮流，还是从自己熟悉的专业"做出去"。他的题目往往让同行眼前一亮。比如，他研究图像、演讲、画报等，及其与文学之关系，就非常好读，一般读者也欢迎，而里子却又有文学与文化变迁的专业思考。包括《图像晚清》《左图右史与西学东渐》等，都是首开风气的论作，是畅销书，我也是喜欢读的。

平原兄在文学史、学术史研究领域接连撰写上述多种著作，成为学术"大咖"之后，还经常关注教育，特别是高等教育。北大100周年庆典前，他主持编写《老北大的故事》，风行一时。后来，再接再厉，又写出《中国大学十讲》《大学何为》《文学如何教育》《花开叶落中文系》等书，既有历史回顾，又有现实批评与思考，对于中国大学教育如何总结经验，改革开放，提出了许多发人深省的观点。陈平原这方面的研究影响之大，并不低于他其他著作。据说平原兄曾在一个大学校长培训班做过讲座，谈大学的理念。提问时有人赞赏他讲得精彩，可惜没有当过校长。言下之意是不切实际。但陈平原是从一个学者的角度对于大学教育进行独立思考，非常难得。他的有些教育理念未必都能付诸实践，但作为一种"观照"，对如何办教育还是可以起到某些制约与启示的。在这一点上，我赞佩平原兄，虽然"说了等于白说"（其实也未见得），但他还是坚持"白说也要说"。这也就是一份"情怀"吧。

两年前我读到平原兄主编的《潮汕文化读本》，是介绍和普及潮州汕头一带民俗文化的，用生动的笔触记录和保留了民间文化，非常有意思。可见平原兄年岁渐大，深受思乡的蛊惑，对于家乡和家乡文化的建设，心生热情。

平原兄交游广，眼界高，多结交名流，对于学生也是很关心的。他秉持"政学分途"的理念，从不触及"高压线"，但不妨碍从学人角度做淑世之举，同时充实自身的学业。在学术场合，他自信满满，说话直，不绕来绕去说套话好话。遇到他认为不当或者错误的观点，会当场指出错讹，连说"不对，不对，不对"，然后表明自己的看法一二三。参加各种会议，他也总是有备而来，不按一般套路发言，别出心裁提供新鲜的说法。

与多数学术前辈及同代学者比起来，平原兄的学术之路顺畅得多。他的成功取决于聪明与勤奋，以及他夫人夏晓虹的佐助。夏晓虹也是才女，北大中文系教授，专攻近代文学。可以想象，陈平原很多论著为何都和晚清文学文化相关，那正是夏晓虹的研

陈平原与夏晓虹

究所长。这对教授伉俪的相辅相成，一加一肯定大于二。

另外，陈平原的学术成长是在1980年代，思想最活跃的时期，他又身处北大，受北大自由、宽容的学风滋润和护佑。在一些关键时刻，陈平原都得到中文系和学校的支持。例如，"长江学者"刚开始评定时，教育部指定少数学校推荐，非常严格。北大中文系就推荐了陈平原。可是因为某些非学术的传闻，被上头否定了。第二年，中文系又坚持推荐陈平原，我还专门去申述那些"非学术理由"的不成立，最终还是申报成功，陈平原入列"长江学者"名单。

2008年我担任中文系主任届满，就找学校领导，力荐陈平原接任。可惜平原兄接任后又还兼任香港中文大学教职，分心了，老师有意见，他就只做了四年系主任。此类事情很多，并不牵扯人情关系，我和陈平原虽然同学，也只是君子之交而已。天时、地利、人和，平原兄都具备了，他是幸运的！不过，反过来看，陈平原也为北大中文系添光加彩了，他的贡献是显著的。

1989年王瑶先生过世后，陈平原写过一篇动情的悼文，题目叫《为人但有真性情》。他对于王瑶先生的钦佩不止于学问，还在于人格，在于王先生的"情怀"。平原兄是努力让自己的学术研究也具有某些"人间情怀"的。这从他论述的字里行间常常能感受到，他并非那种做死板学术的专门家。我常感慨现今的中文系缺少"文气"，很多教文学的未见得会写有"文气"的文章。而平原兄才华横溢，他的文字是通达、明快，而又有温度的。他喜欢用类似讲演或者聊天的口吻作文，让人感到亲切。他的许多散文随笔，都是学问家有情趣又接地气的佳品。这同样也体现了平原兄所追求的"人间情怀"吧。

2023年11月9日

孟二冬：虽不能偃仰啸歌，心亦陶然

孟二冬老师是我们的同事，他在北大中文系任教十多年来，是同行眼里认真踏实的学者，是学生眼中宽厚的师长和朋友。像孟二冬这样的老师，在北大并不少，他的事迹唤起我们观察思考校园里学者们的生活，让我们的精神境界也得到提升。我想，这就是孟二冬的意义。

早在 20 世纪 80 年代初，孟二冬在安徽宿州学院毕业留校做管理工作时，就抱有对学问的热爱和继续求学的理想，是发自内心的学术追求促使他来北大进修，在古典文学研究专家袁行霈先生指导下研修唐诗。1985 年他又放弃稳定的工作，考上北大的硕士研究生，从此全身心投入他所向往的学术事业。1988 年孟二冬硕士毕业，到烟台大学任教，分居两地的家人终于团聚，又分到成套的住房，足以安居乐业了，但三年之后他再次告别妻

---

* 孟二冬（1957—2006），安徽宿县（今宿州）人。原北京大学中文系教授。为支援新疆高等教育事业的发展，2004 年 3 月主动要求参加对口支援新疆石河子大学教学。因病医治无效逝世，享年 49 岁。人事部、教育部授予孟二冬"全国模范教师"荣誉称号。

女,第三次到北大,攻读博士研究生。如果没有对学问的热爱和追求,孟二冬就不会历尽艰辛,忍受与家人离别的寂寞,放弃优越安稳的生活,一次次北上求学。学问对于孟二冬不仅仅是一种职业,更是他的追求,他的习惯,他的生活方式,也是他的精神境界。

1994年孟二冬博士毕业,留校任教,住在校内简易的筒子楼,生活清苦,但因为离图书馆近,读书方便,他自得其乐。有人劝他接受一些校外兼课的邀请,以贴补家用,他不为所动,几乎把所有的时间和金钱都花到学问上。学问对于孟二冬是一种乐趣,一份痴迷,执着于此,是超越了功利目的之后的一种愉悦的精神享受。

孟二冬做学问是非常认真专注的。他的硕士、博士学位论文和其他研究著作,都显示出理论创新与扎实的文献考证相结合的治学特点。其中研究唐代文学与文化的成果,具有开拓性的价值。而在《登科记考补正》这部书里,孟二冬更倾注了全部的心血。《登科记考》是清代学者徐松的专著,记载了唐代科举制度方面许多重要的史事,历来是研究唐代社会、文化的基本用书。孟二冬发现该书的史实存在诸多疏漏,他要做"补正"的工作。这样一个资料性的冷僻的课题,既不会轰动,也不能赚钱,而要从汗牛充栋的历史典籍中搜寻相关材料,补正前人的不足,那无异于披沙拣金,大海捞针,是非常耗时费事的。但从文化传承与研究的角度说,又是很有价值的基础性的学问。孟二冬一做就是七年。这七年正是他精力旺盛的时期，他可以把时间和才华用在更容易出成果的研究课题上，或者用于谋求更优厚的生活条件和享受生活上，但孟二冬却把宝贵的年华奉献给了自己的学术理想。不分寒暑和假日，上课之余，他几乎天天到图书馆古籍阅览室翻阅尘封的线装书，看那些古籍胶片，和图书馆管理员们一同上下班。这种甘于寂寞的精神来自哪里？孟二冬在书的后记里说"虽不能偃仰啸歌，心亦陶然"，这种幸福的体验又源自何处？我认为，那是纯粹的学者对学术的真诚与忘我态度，是在那种求知、求真、求实过程中达致的完美境界，做学问的勇气、耐心和愉悦都来源于此。孟二冬不是为了名誉和地位而从事学术，也不是为了生计和职业去被动完成研究任务，他是在实践一种庄严的学术理想。

在这部100多万字的著作中，孟二冬不仅补正了徐松《登科记考》的诸多疏漏之处，还挖掘和增补了登科士人1527人，超过原著收录人数的一半。这对研究唐代文学及历史，提供了重要的有价值的参考史料。孟二冬的学术创新是在扎实的文献考证基础上形成的，它对学术研究的影响会深远而持久。

这部书出版以后所得并不丰厚的稿酬，孟二冬又都用来买书送人了。如果用经济头脑来算计，他是不是得不偿失呢？孟二冬在书的后记中曾经这样表达他成稿时的心情："时值仲秋之季，窗外月色皎洁，竹影婆娑，缀满桂花的青枝，正自飘溢着沁人的馨香。"从中我们可以感悟到一个学问中人的成就感和满足感。

与学术研究中追逐功利、浮泛的气氛相比，孟二冬潜心学术的精神和扎实的学风显得特别可贵，他让人们知道，做学问也是一种人生境界，一种可以提升自己也提升他人的功德。从孟二冬这里我们还可以了解，学问中有一部分属于精神性、文化积累性的东西，虽不能直接创造经济价值，但可以丰富人类的精神世界，满足文化传承与建设之需。人文学科看起来不"实用"，却有"无用之大用"，能令人精神纯净和进入完美的境界。从孟二冬身上，我们看到人文学者的追求与格调，也理解了文化传承的重要价值。

2004年3月，孟二冬赴新疆石河子大学"支教"，两周后，他就感到嗓子严重不适，平时他的嗓门很大，这时讲课已不得不使用麦克风了。后来医生要他"禁声"，他连吞咽都有困难了，但考虑是到新疆一趟不容易，不能让学生落下课，还坚持每周上十节课。是什么让孟老师能这样带病坚持上课？主要是教师的责任感，是对学生的无比爱心。4月26日上完最后一节课，孟二冬在学生的掌声中踉跄走下讲台，咳出血来了。诊断后的病情让医生大吃一惊，马上要送他回京治疗。他在石河子大学任教才两个月，和学生的关系就处得非常融洽，他生病回到北京，石河子大学的学生们自发地捐款，寄来饱含深情的慰问信，其中有的学生动情地把他称作父亲。孟二冬在病床上也惦记着新疆的学生，还让自己的博士生专门到新疆去给他们做讲座，并带去自己花钱买的书籍和资料。

孟二冬

在北大他一直也是这样,对学生充满关爱。这种关爱是非常自然的,是一种人格的流露,并非简单的职业要求。他指导研究生的学习非常有耐心,每次给学生评阅论文,都会提出大量具体的修改意见,甚至连一条注释也要推敲。他鼓励学生在研究中要敢于创新和超越,发挥所长,形成自己的特点。手术后他嗓子喑哑,还坚持参加学生的论文讨论,讲评得非常认真仔细。在开颅手术的前一天,他还把新入学的研究生叫来,在病床上给他们上第一课。因为意识到自己病后的时间更加宝贵了,在第一次手术后,他还特意在校园里租借了一间宿舍住下,这样就可以多和学生接触。

孟老师平时言语不多,但很细心地体察和关注学生们的思想和生活。他的博士生在一次言谈中无意流露了经济有些困难,孟二冬立刻让妻子给他送去钱。到了节假日,他常把学生请到家里,亲自做拿手的菜,和学生们一起谈人生、谈学习,拉家常。学生和孟老师在一起总感到那样亲切和温暖。在孟二冬这里,我们看到了那种对学生的无比关爱,看到了纯粹的美好的师生关系。老师用爱心做表率，培养出来的学生也才能充满爱心，我们的社会才会是真正和谐的社会。

这就是孟二冬。学问对他来说，是一项值得用整个人生投入的事业，是一件痴迷的乐事，是一份完美的精神追求。育人对他来讲，是当老师的天职，是爱心的释放，是让自己踏实宽心的本分。他是我们身边普通的教员，然而这种普通当中又有着非凡。孟二冬为师为学都达到了纯粹而高尚的境界。他是那样有爱心，有健全的人格，是一位很"阳光"的现代知识分子。在他身上，体现了传统道德文化与现代精神的完美结合。他的确是我们广大教师的楷模。有一批像孟二冬这样有品格的老师，北大就有了主心骨，就能保持她的精神的魅力，就能更有效地抵制低俗浮华的风气，就能为中华文化的创新和发展做出应有的贡献。

2004年3月4日，在人民大会堂举行的孟二冬事迹报告会上发言

"课比天大"的李小凡

李小凡教授不幸病逝,让我有揪心之痛,是那种被掏空的感觉——北大中文系又一位优秀的教师离开了,他才61岁。

我认识小凡32年了。1983年他中文系语言专业毕业,留校任教,带着被子、脸盆、暖水瓶等,住进靠北大南门的21楼。我也是那里的住户,彼此就成了邻居。小伙子内向,不爱说话,脸上总有一抹柔和而淡然的笑,似乎有些羞涩。你要他帮忙做个什么事情,他会非常认真仔细做好,让你很贴心。他是很老实本分的,低调的。

系里分配小凡做的是方言研究,和文学专业不同,那是近似理科的学问,需要做田野调查,用国际音标记录语音,进行语音测试和实验,收集分析数据。外人看来,是枯燥的。而小凡的工作,是每年暑假都带学生去方言区做调查。那时没有什么项目经费,条件艰苦,外出只能坐硬席火车,连旅店都住不起,就借住

---

* 李小凡(1954—2015),原北京大学中文系教授,曾任北大中文系党委书记。汉语方言学专家。

学校的宿舍。他们常常白天去访问、做语音记录,晚上就整理语料数据。年复一年,跑遍大江南北,这调查一做就是三十年。

方言研究对于语言学来说,是基础性的工作,可以丰富对语言规律的认识,还可以从语言角度去理解文化、民俗的状况。现今通行的普通语言学,是欧美学者开创的,主要依靠印欧语的材料做分析,而汉语方言学及其语料的积累,对语言学的建构无疑是一大贡献。北大1955年由袁家骅先生率先开始方言学的课程,到李小凡这一代学者,持续不断进行方言调查,已经积累和形成了大规模的方言语料库,在全国是独一无二的,而小凡就是这项研究最主要的组织者和指导教师。都说做学问特别是人文学科,"板凳要坐十年冷",谈何容易!可是李小凡教授就做到了。这种沉着坚毅的学问,在如今人人急着争项目、出成果的浮泛学风中,已成凤毛麟角!

小凡老师坚持三十年做方言调查,是什么让他如此着迷?当然有学术求真的动力,更有教师的责任感。我问过他,年年都要去调查,烦不烦?他说每年所调查区域对象有别,可以引发研究的许多题目,而且对语言专业学生来说,方言调查是打学术基

李小凡

础，有利于日后的专业发展。即使学生毕业后不从事学术，大学期间接触一下社会也总有好处。他总是从学生的成长角度来考虑，把教学看得很重。

现在很多大学中文系语言学的课都"缩水"了，甭说语言调查，连方言的课也不见得能上。北大始终有少数老师保留这方面的课，坚持做方言调查，对整个语言学科的长远建设肯定是大有好处的。小凡老师是很扎实的学者，在汉语方言语法、语音、层次等研究领域有专深的研究，也发表过许多出色的论作。但他还是格外看重教学。为了让学生上好方言研究的课，小凡老师花费多年心血，和同人一起编写了《汉语方言学基础教程》。在学术管理的规定中，发表文章最被看重，而教材编写往往不能当作"成果"。但小凡老师就乐意做这样吃力不讨好的事情，只要对教学有益。三十多年来，除了方言调查，小凡还要上多门和方言研究有关的课，包括本科与研究生的课，发起和长期指导研究生的学术沙龙。他的工作量一直是很大的。我从来没有听过小凡抱怨。

令人感慨的是，小凡还"双肩挑"，既上课、做调查，又长期担任系里的行政事务工作。从1988年开始，他做了七年的学生工作。我担任中文系主任时（1999—2008），他曾有过五年和我搭档，任系党委书记。我们彼此配合非常好。当时的办法是每周一次办公会，然后各自分头放手去工作。小凡大量精力都用来处理系里各种人事、后勤及学生事务。如老师生病住院，学生闹矛盾，或者有某些突发事件，都是他在处理。他毫无所谓"官架子"，也从来没有人称呼他"书记"。他不会"官腔"，上边若有什么精神要他在系里传达，凡是空话官话，他一概省略，直来直去就是教学科研。他对学校的工作有不同看法，或者发现了什么偏差，总是直言指出。他做事的原则性很强，但从不把自己的意见强加于人，也从不做任何以权谋私的事。这些都是让师生敬佩的地方。

现今一些大学越来越官场化，当个院系领导便脱离教学，甚至要"捞一把"，而小凡几十年的付出，按照世俗来看，他可是没有"捞"到什么，但他感到心安，对得起"为人师表"这几个字。

小凡的病两年前就开始了，当时他带学生去广东湛江做方言调查，工作连轴转，闹到胃出血。回校后又因为还有学术讲座等工作要做，一直拖着没有手术，耽搁了。半年后再次胃出血，紧急住院手术，被确诊为癌症晚期。这是晴天霹雳，但小凡居然也还沉得住气，他瞒着大家，还要组织新开的前沿讲座课。他把自己的两次课合成一次讲，一讲就是三个小时。一个多月前，研究生答辩，大家劝他不要参加，但他拖着病身还是到答辩会场来了，之后又强撑着和学生一起照相。当日下午他就住进医院，一进去就再也没有出来。

我有些指责小凡太不把自己身体当回事。但细想，当一个人把工作事业放到首位，他的确很少顾及自己。有报纸记者采访李小凡，报道的题目就是《课比天大》，那是小凡不经意说出的一句话,的确沉甸甸的,是小凡发自内心的想法,一个很自然的教师的信念。要不,很难理解李小凡老师为何面对病魔仍然一如既往,对教学对学生是那样诚心负责。

今年春节我上小凡家里去看望这位老友,他的胃切除了三分之二,进食困难,非常消瘦,但兴致还不错,笔挺地坐在椅子上和我交谈,脸上还是那种柔和而淡然的笑,让人温暖,又有些心酸。他显然知道是病入膏肓,回天无力了,但反而变得那样澄明冷静,已把生死置之度外,从容面对。我本来想去安慰他,却感到语言的无力,随便找些话来聊聊。

想不到这是和他最后的一面。

小凡老师在生命的最后那些天,不能进食,每天都要从腹部抽积水,忍受着多少肉体上的痛苦!但他很清醒,很坦然,说没有什么遗憾的!的确,小凡老师的人生是那样完整而有价值。

在北大有一些教授名气很大,动辄就是新闻,以至人们容易想象这些名人就等于北大,其实这印象并不准确,北大更多的还是普通的不怎么出名的教授,学校日常教学科研的运转,在相当程度上要靠他们的默默耕耘。他们是北大的主要构成部分。李小凡教授就是这样普通的低调的北大教授。他不是什么名人,除了本学科行内圈子,外边的人不太知道,但李小凡教授的为人为学那样感人,他的过世,在北大引起的震动是很大的。

2015年7月15日

杨义：身居学术重镇，却又总在学术圈外

2023年春夏之交某一天，脑子不期然浮现出杨义先生的模样：矮墩墩的身材，略大的方脸，眼镜后面眯缝的眼神，用喉部发出带着"呵呵呵"的粤西口音，怡然自得地一根接一根抽烟……暌违多年，不知他老兄景况如何？

此前他所在的澳门大学曾举办过"杨义学术研讨会"，邀我参加。因为忙，我没有去，只做了个几分钟的视频发言，高度评价他的学问成就。会后没有得到任何回复。

隐约预感杨义可能染疾患疴，就发个微信询问澳门大学的朱寿桐教授。朱回复说，杨义已重病五六年，曾一度回老家电白养病，如今又进了珠海医院的重症监护室，已病危。我即请朱寿桐替我去看望杨义，并请杨义夫人把我的微信问候念给杨义听。回信说，那时杨义还有意识，对我的问候表示感谢。不料几天后，他就与世长辞了。

---

* 杨义（1946—2003），广东电白人。著名文学史家。曾任中国社科院文学研究所所长。

杨义

杨义先生的去世，在学界引起震动，唁电很多，不过告别仪式因在珠海，想来到场的人未必很多。社科院约我写篇纪念文章，我没心思写。过了这半年，思前想后，才动笔记下一些回忆。

我认识杨义兄起码有五十年了。我是 1964 年考进中国人民大学语文系，他比我晚一年，是 65 级人大新闻系学生。我们的宿舍离得很近，他住南一楼，我是南四楼，相距不到百米，吃饭也同一个食堂。那时学生不多，彼此应当打过"照面"，或者说过话，记不清楚了。他们入学不到一年就"文革"了，这位来自广东的农家子弟，并不见他怎么"闹腾"过，否则我总还会有些印象的。后来知道他毕业分配到北京近郊的东方红石化总厂，在宣传科做干事。当时大多数同学都被"一锅端"，分配到外省的农场、基层。我也到了广东"小三线"韶关工作，而杨义能留在北京，是很幸运的。

据说杨义在"东炼"时是"笔杆子"，但"心有旁骛"，负薪挂角，博览群书，等于"自修"完了被耽误的学业。猜想他读的不是新闻学之类，而是文史。1978年恢复研究生考试，胸有成竹的杨义便脱颖而出，考上了社科院的现代文学专业研究生，师从唐弢先生。我也在同一年考上北大中文系研究生，和杨义的专业相同。那时的研究生很少，又是"同行"，便有些往来了。

研究生毕业后，杨义留在社科院文学所，我留在北大，有时彼此都参加一些学术活动，老乡见老乡，总会聊上几句的。他写《中国现代小说史》时，要查阅很多民国时期的小说，还托我从北大图书馆找过一些"库本"。

我和杨义是君子之交，谈不上热络，但那时已知道他是非常勤奋、对学问痴迷的人。社科院不用上班，自由支配的时间有的是，他就专注地写他的小说史了。据说他写作时可以连续几天不出门，闷着头写。每写完一章，便到街上溜一圈，看老头下棋，买个板鸭犒劳一下自己。接着又写，又吃板鸭，周而复始，终成正果。1986年他出版了《中国现代小说史》第一卷，之后，第二卷和第三卷也陆续面世。在我们那一届现代文学研究生中，杨义是最早出版专著，也是最早成名的一个。

小说史出版后，反响并不大，印数也不多，然而搞现代文学的几乎都把该书当作案头必备。这套书没有什么理论架势，就是老老实实搜罗、清理数量庞大的现代小说，按时序和风格、流派分类，逐一介绍各家作品的情节、内容及贡献。记得有些风格点评还是颇为精彩的，可能借鉴了传统诗话、词话的办法。这部近

200万字、2000多页的大部头小说史，发掘了许多被文学史遗忘或者因政治干预而淹没了的作家作品，涉及的作家有数百人，第一次把现代小说创作完整的面貌呈现出来了。

至今恐怕没有哪位研究者能像杨义这样，几乎读遍了绝大部分现代小说。以现今学人"新进"的眼光去看，这部书未免有些"笨拙"，下死功夫，却又不能不承认这部书的开拓之功，何况其资料的丰富是那样诱人。就因为这部书，杨义奠定了他在现代文学研究界的地位。

写完现代小说史之后，杨义又接连出版多种有关鲁迅和现代文学研究的书，包括《中国叙事学》《鲁迅小说综论》《中国现代文学图志》《京派文学与海派文学》，等等。和他的现代小说对比，这些专论的理论性和创新性明显加强了，各有其学术推进，但我更看重的，还是他那"笨拙"的三卷本小说史。

杨义是极勤奋的"高产"学者，而且是持续的"高产"。他总是有许多奇思妙想，还有步步为营的规划，如同打仗，有他的学术"战略"构想。也许他觉得搞现当代文学"不过瘾"，在完成上述有关现代文学研究的系列论著之后，便毅然转向，转到古典诗学研究。他提出要"重绘中国文学地图"，编撰"大文学史"，并直接"问鼎"古典文学的"高地"——楚辞与唐诗，出版了《楚辞诗学》《李杜诗学》等著作。这是他的第二个研究写作"高峰"。

到了退休前后，六十多岁的杨义又一次转向，这次是转到古典"群经"的研究，包括对孔孟、老庄、墨韩、《孙子兵法》、《吕氏春秋》等经典的释义，以及对经典形成过程的复原性探索与阐释，力图贯通古今，突破旧学藩篱，打一场学术研究的"大仗"。我不是古典文献专家，对于杨义这些研究的得失不敢妄加评说，但对杨义学术研究的眼光、气度和胸襟，他的学术的蓝图与实践，我是很羡慕与钦佩的。杨义努力形成自己学术研究的三个高峰，在现代文学、古典诗学、文学地理学、叙事学，以及古典文献等多个领域都成绩斐然。无论如何，这位博大的学者已经在学术史上刻下深深的印记。

可是，杨义有关古典文学、文献学等方面的"跨界"研究，却未能得到相关领域学界的重视。他的楚辞、李杜，以及经典"还原"系列著作出版后，召开几次新书发布会，也极少相关领域学者去参加。到底是什么原因？即使杨义这些著作有问题，也可以展开讨论呀，更何况他还提出了一些新的研究方法与思路。而坊间流传一些否定杨义的流言，比如有多少"硬伤"之类，其实是一叶障目，不见泰山。

现今做学术、搞项目，要么大而无当，套话连篇；要么是"打井式"，每人抱一个课题，穷经皓首，虽有专精，却也难免琐屑。专业分工过细，彼此"围墙"高筑，若有人翻墙"跨界"，就等于"侵犯他人地盘"，难免遭遇拒斥。这种现象在人文学科尤为严重。杨义的"跨界"被冷落，也许有这方面的原因吧。

杨义其实是书呆子，专心问学，有点不通人情庶务。有关他的趣事颇多，虽无端却又让人乐信其有的。

例如，杨义虽官至社科院文学所与少数民族文学所的"所长"，且不说实权如何，可他还是常以"两所之长"为傲，这其中其实夹杂着学者的"迂阔"。有一回现代文学学会换届选举会长、副会长，杨义的票数差一点，只够当个副的，他老兄居然当众声明"非会长不当"，结果落选。杨义和别人攀谈，总是一边抽烟，一边大谈学术，滔滔不绝诉说自己研究的新"发现"，以至忘记了时间、场合和对象。还有，杨义已经是社科院堂堂一大"博导"，却又去武汉大学读个在职博士学位。据说他到了珞珈山便忘了自己的学生身份，老神在在，硬是把论文答辩会变成了专场演讲会。

诸如此类轶事在坊间传播，而杨义充耳不闻，我行我素，每天还是自在地抽烟、喝茶、吃板鸭，没完没了地写他的文章。

古人说，人无癖，不可交。杨义很真实，善良，不做作，他的"癖"是写在脸上的，这很难得。可是与他"可交"的友朋实在不多。他身居学术重镇，却又总在学术圈外。有时我想，杨义会不会有些寂寞？这寂寞是否反而促成他躲进小楼成一统，更痴迷于读书治学？在当今学界，像杨义这样有"故事"又痴迷学术的学者越来越少了。

2023 年 6 月

陈新与《全宋诗》

我和陈新先生不太熟悉，只见过一两次面，记不清是在哪个场合了，也没有机会和他说过话。印象中的他总在一旁默默地抽烟，是普通而有些古板的老头。但"陈新"这个同样普通的名字可是早有所闻，而且格外景仰的。他是人民文学出版社资深的编审，学识广博，目光锐利。1986年筹建《全宋诗》编撰的班子时，傅璇琮先生特意推荐陈新参加，有陈新审校把关，就大可放心了。《全宋诗》最后紧张定稿时，陈新先生就常坐公交来北大，宾馆住不起，就在勺园租了一间学生宿舍住，到食堂吃饭，日复一日，到老化学楼简陋的古籍所审稿。那时陈先生年届古稀，审校上千万字稿子，字斟句酌，任务很重，而报酬极低，实在不容易。《全宋诗》这部巨著的完成，陈先生花费的心血最多，是名副其实的功臣。近日读了陈新先生的文集《锦衣为有金针度》（漆永祥、王岚编，人民文学出版社），想到老先生夜以继日看稿子的情形，更是肃然起敬。

* 陈新（1926—2018），原人民文学出版社编审。

陈新先生只上过小学，完全是自学成才，从当校对员，到编审，终于成为文献学、编辑学的权威学者，属于古籍整理界人人叹服的"天花板"的专家。这本身就是一个传奇！

古籍校勘工作很寂寞，辛苦，是为他人作嫁衣，但又是实实在在、专业性很强的学问。陈新先生毕生从事这个冷门的工作，数十年如一日，黄卷青灯，求真求善，为中华文化的积淀做贡献。对陈先生而言，编校考证不只是一份职业，更是超越功利的"志业"，是和吃饭、喝水一样的生活方式，他沉浸其境，自得其乐，那种痴迷的愉悦，也是一般人所不能拥有的!？先生的一生波折很多，但有自己的"志业"，与世无争，又是何等的充实和幸福!？可惜在这个浮躁的时代，像陈新先生这样有真才实学，坐得住冷板凳，以"志业"的精进为乐的学者，越来越是凤毛麟角了。我说陈新是一个"传奇"，也包含这个意思。

"锦衣为有金针度"这个书名起得好。"鸳鸯绣了从教看，莫把金针度与人。"鸳鸯图刺绣好了，可以让人随意去观看欣赏，却不必把绣花的"金针"送人。似乎还可以这样解释，织好的"锦衣"天衣无缝，我们只能欣赏，却不一定知道其针黹之功。可是，陈新先生是大公无私的，把他古籍编校过程的艰辛，以及如何整理的"秘要""诀窍"都交代传授给人了。编《全宋诗》时他是严格而又负责的导师，总是细心给学生指点迷津，以"金针"度人。他的这本论集大都是古籍编校工作中的笔记和论说，没有一般论文那样的架势，但都非常切实地总结和提示了古籍整理工作尤其是编校工作的很多经验，其中有些属于规律性的观点和方法性的结论，丰富了文献学的内容，是鲜活有料的文献学。

我对古籍整理是外行，但当研究生时也学习过目录版本之类的学问。当初做文学史研究，要翻阅很多旧期刊，鉴别作品不同的版本，也是要讲一点版本、目录和校勘的。记得当初每研究一个问题，都要从查阅大量原始材料开始，做很多的卡片。大量的书刊翻阅，过后可能只留下些许印象，但有这种"过眼录"，才有历史感和分寸感，让我后来的治学受用。文献学是基础性学问和方法，凡是从事文史哲研究的学人，都必须有所习得的。当年参加《全宋诗》编撰的年轻学者，曾受惠于陈新先生，他们现在编了这本陈先生的古籍整理论集，就是最生动切实的文献学课，文史哲的学生最好都读一读。当年我担任中文系主任，也曾经提倡所有中文专业的学生特别是研究生都要学点文献学。不知道如今中文系是否还把文献学作为基本的课程。

读陈新先生的文集，纪念《全宋诗》的编撰和出版，也让我想起《全宋诗》在北大出版社出版的过程。

在调到北大出版社担任总编辑前，我一直教书，对于出版并不熟悉。我认为北大出版社和"北大"这个名字联系一起，应当很珍惜，做到既进入市场，又和市场保持一定的距离，处处不忘维护学术品位。我们北大社没有必要和社会上某些赚大钱的出版单位去比拼，不以码洋、利润论英雄。我曾经向学校领导进言，不要把出版社作为纯粹的经营单位，也别指望出版社给学校多赚钱进账，应当把出版社和图书馆那样看待，当作一个重要的学术窗口，展现北大的学术成果。我提出北大社要发展，更要质量，希望能出一些比较大气而且具有标志性的书。我把这种书叫作"大书"。

我在中文系工作时，就知道古文献专业的孙钦善、倪其心老师和校外傅璇琮、许逸民等先生合作，正在做《全宋诗》，古典文献教研室其他老师不同程度参与项目，还特别招兵买马，招收了八位研究生，包括许红霞、刘瑛、张弘泓、王丽萍、王岚等。《全宋诗》是大型古籍整理项目，共有3785卷，72册。1986年立项，1991年7月，前5册开始陆续出版，后来就一直拖着。到1998年，全部定稿，急需出版。那时我刚到北大出版社，就承接了这个重大任务。由于我对这个项目比较熟悉，对它的学术意义有足够的把握，希望能集中力量打歼灭战，用一年多时间把72册出齐。这得到社里几位领导支持，但也都担心一两年内完不成任务，何况投资大，盈利不多，反对的声音也是很强的。有一位老编辑好意对我说："您刚来做出版，不懂，一两年内出六七十本古籍，除非不睡觉。"我也半带夸张地说："那就不睡觉或少睡觉吧，无论如何也要争取出版。"我还在一次会上说，我们写的一些书，卖得也不错，但三五十年后可能就没有人看了。而《全宋诗》这样的"大书"，即使有百千个差错，也会流传下去，还可能成为与《全唐诗》媲美的双璧。北大社能出这样的书，是一种荣誉，也是责任。

决定下来，就全力以赴。除了当时百年校庆的书，其他许多选题都停下来，或者往后放。这也就惹来了意见，做点事情就是这样的不容易。但我没有放弃，还是坚持把《全宋诗》放在主要位置，依靠全社力量，包括当时北大社古籍和文史两个编辑室，大家艰苦奋战，终于在一年多时间里出齐了72卷，并在1999年获得了国家图书奖。这套"大书"至今仍然是北大引以为傲的标志性出版物。

2023年5月28日

作为"第二代学者"的张恩和

张恩和老师走了,半年多了,总感觉他还活着。仿佛还听到他带南昌口音的慢条斯理的说话,看到他的洒脱率直,他的和颜悦色,偶尔碰到看不惯的事情,也会弱弱地嘲讽几句。

知道张恩和这个大名,是从唐弢主编的《中国现代文学史》教材的前言上。后来又了解到,张恩和1958年从北师大中文系毕业,留校任教,分配到现代文学教研室。1961年,周扬主持文科教材编写,组成当时学术界最强的阵容,也还包括一些青年教师,张恩和就是其中之一。他参加了唐弢先生领衔的《中国现代文学史》编写组,真幸运,初出茅庐就得到施展才华的机会。唐弢先生赏识张恩和,"文革"后不久,就把张从北师大调到社科院研究生院,协助他写《鲁迅传》。1986年张恩和就晋升教授,在他们那个年龄段的现代文学学者中,是比较早的。我认识张恩和,也就是他在社科院研究生院当教授那时。有时北大中文

---

* 张恩和(1936—2019),江西南昌人。曾任中国社科院研究生院教授,著名文学史家。主要研究现代文学与鲁迅。

系开会或者研究生答辩,会请张恩和老师过来。我也参加过社科院研究生的答辩。那时社科院研究生院在西八间房,就是现在望京的东南边,当时还是郊区,比较偏僻,孤零零的就那么一所学校。张老师好像挺喜欢这种冷清,正好可以安静做他的学问。果然,他的学术研究就如潮涌一般,在西八间房那几年达到高峰,一连出版了好几种著作,包括《鲁迅与郭沫若比较论》《郁达夫研究综论》《郭小川评传》《鲁迅诗词解析》,等等。

我和张恩和老师有更密切的交往,是1998年前后。当时我担任北大出版社总编辑,想在北大出版新的《鲁迅全集》,作为北大一百周年校庆的礼物。就请一些专家组成编辑班子,其中有朱正、孙玉石、陈漱渝,还有张恩和。那一段我们经常一起聚会。张老师的工作很投入。他负责哪一卷的注释,记不起来了,但记得为了某一条注释,张老师翻来覆去和别人讨论,非常认真。可惜因为版权问题,这套"北大版"《鲁迅全集》未能问世。后来人民文学出版社编辑出版新的《鲁迅全集》(2005年版),所聘请的编辑班子有好几位是原来参与过"北大版"的,也包括张恩和老师,"北大版"的积累当然也就转移给了人文版。

张恩和老师研究过郭沫若、周作人、郁达夫、郭小川等作家,都有论文或者专书出版。但他学术上贡献最大的,还是"老本行"鲁迅研究。1981年他就写出了《鲁迅旧诗集解》。鲁迅旧体诗是个诱人的课题,关注者不少,但当时这方面的专著还罕见，而且对于鲁迅旧体诗的解释也多有分歧。张恩和这本书采用的是集解的方式，系统梳理各家相关研究的成果，并提出自己的研究心得，推进了鲁迅旧体诗的研究。张恩和乐此不疲，后来又编写了《鲁迅诗词解析》一书。学界认为该书对鲁迅诗歌的注解仔细而稳妥，阐述也不乏创见，学风严谨，在同类研究中是拔得头筹的。

张恩和另一本重要著作是《鲁迅与许广平》，2008年出版，那时他已经退休。这又是一个有趣的题目，不只是同行学者，就是一般读者，这本书都可能会引发他们的阅读兴味。该书对鲁迅与许广平的爱情与婚姻的研究，特别是其中对许广平学识、性格、气质的研究与描写，以及鲁许二人曲折而隐秘的婚恋心理，都有细腻的分析，所谓"十年携手共艰危，以沫相濡亦可哀"，给人的印象很深。该书用的是类似传记的写法，可读性很强。我想，张恩和写这本书是过了一把"作家瘾"的。这本比较通俗、平易、好读的书，其实处处都埋藏有扎实的学理性考证。

《踏着鲁迅的脚印》（2014年）是张恩和鲁迅研究的第三部论作，收有他关于鲁迅思想、生平和作品研究的文章30多篇，大致呈现他在"鲁研"领域的建树与特色。他刚"出道"时写的《对狂人形象的一点认识》（1958年），发现"狂人"形象的多义性，现在看来不算什么，但在当年却是大胆的突破。难怪张恩和非常珍惜这篇"少作"，半个世纪后（2018年），在纪念《狂人日记》发表100周年时，他还参加纪念会议，重提这篇旧作。

这本论集不全是旧文汇集，也有一些新作，其中几篇回应新时期以来鲁迅研究偏向的文章，给人印象颇深。张恩和的基本观点是，过去对鲁迅的研究太"政治化"，简单地把鲁迅当作为政治服务的工具，显然是一种偏差。但现在强调"人间鲁迅"，把鲁迅看成一般的人，只关注他的琐屑生活，又是一种偏误。张恩和坚持的是毛泽东对鲁迅的评价，即认为鲁迅是"伟大的文学家、思想家、革命家"，他的"骨头是最硬的"，"没有丝毫的奴颜和媚骨"。鲁迅是顶天立地浩气长存的"伟人"，是"民族的脊梁"。张恩和的坚持是有他的道理的。

张恩和老师年轻时期就有"文学梦"，后来没有搞创作，主要工作都是文学史研究，但还是经常"手痒"，要写点作品，便利用学术研究之余，在散文创作方面施展才华。他出过三部散文集，即《国门内外》（1996年）、《深山鹧鸪声》（2000年）和《灰羽随风》（2015年）。我在报章上读过其中一些，感觉他晚年写的一些游记和怀人之作非常好，语言干净通畅，娓娓而谈，是有才情的美文。他的杂文也写得好，切中时弊，辩证说理，尖锐泼辣，常展现思想的锋利。大概也和他终生研究鲁迅，受"鲁迅风"的熏陶有关吧。

十年前，青岛的冯济平老师编了一本书《第二代中国现代文学学者自述》，我曾受命写过一篇序言，论说"第二代学者"。我想把一些意思抄录于此，用来纪念和理解张恩和老师。我认为，中国现代文学学科从建立到现在，有七十多年，前后大致有四代学者。通常把王瑶、李何林、唐弢等宗师,看作奠定现代文学学科的第一代学者。他们主要活跃于20世纪五六十年代。第二代学者则兴起于八九十年代,充当了学科复苏与发展的生力军,起到承上启下的重要作用。接踵而来的是第三代学者,基本上是"文革"后上大学或研究生的。而第四代学者多是"60后"或"70后"。斗转星移,一代有一代之学术,现在学术的主力军已经是第四代。

张恩和老师属于"第二代学者"。他们那一代求学的青春年代,经历了频繁的政治运动,生活艰难而动荡,命运把他们抛到严酷的时代大潮中,他们身上的"学院气"和"贵族气"少一些,使命感却很强,是比较富于理想的一代,又是贴近现实关注社会的一代。马克思主义的世界观与方法论从一开始就支撑着他们的治学,他们的文章一般不拘泥,较大气,善于从复杂的社会历史现象提炼问题,把握文学的精神现象与时代内涵,给予明快的论说。1990年代之后他们纷纷反思自己的理路,方法上不无变通,每个人形成不同的风格,但过去积淀下来的那种明快、大气与贴近现实的特点,还是保留与贯通在许多人的文章中。

"第二代学者"中很多人毕业后就分配做现代文学研究,专业意识很强,目标明确,毕生精力基本上就围绕这一学科。而且普遍都很执着与认真:他们都非常自信地以现代文学作为自己整个学术生命的依托,他们的生活与学术往往融为一体。他们大多数都对学术抱有真诚与尊敬,注重史料,不尚空谈,学风严谨扎实。

张恩和老师一生有很多苦难,但学术上是比较顺的,他充分体现了"第二代学者"的特点。张老师的现代文学研究满足了他所属时代的需要,他那种坚韧而丰沛的学术精神,已经留给后人。

大概在 1991 年秋季的某一天,我在北大五院(原来中文系所在地)的走廊里,遇到张恩和老师,两人站着聊了一会儿。那时他的女儿张洁宇刚上北大,选修我的现代文学课。他嘱托我帮助他女儿学习。张洁宇聪明大方,现在可有出息了,在鲁迅《野草》研究和现代诗歌研究等方面卓有成就,成了中国人民大学的一名教授。在张恩和老师生前,我几次和他说,您多幸福呀,有子承父业。他总是满脸堆笑。这一定是张恩和老师最感欣慰的吧。

2020 年 3 月 8 日

张恩和与家人

朱德发与山师的学术团队

朱德发先生年届八旬,身体棒,有时电话打来,胶东话那样洪亮,让人感到一股豪爽。没想到几个月不见,他就突然撒手离去了。本来最近也想约他喝茶聊天,却再也没有机会了。事情该做,就得加紧啊。

朱德发先生的过世,让我想到他和山东师范大学现当代文学的研究团队,兢兢业业几十年,现在已经成为全国现当代文学研究的一个重镇。

这个团队,在文学史研究方面,成绩最为显著。最早可以追溯到田仲济先生,他写的《中国抗战文艺史》,1947年出版,后来是朱德发先生做了充实增订。"文革"以后,记得有一本影响很大的文学史,就是山师的田仲济先生和山东大学的孙昌熙先生以及两个学校的老师合作编写的《中国现代文学史》。20世纪80年代以后,这个团队出现了一系列的文学史著作,包括《中国现

---

* 朱德发(1934—2018),山东蓬莱人。著名文学史家。曾任山东师范大学中文系教授。主要研究20世纪中国文学流派与思潮。

代文学史实用教程》、朱德发先生的《中国五四文学史》（关于"五四"他有三本书）、《中国现代小说史》、冯光廉先生的《中国现代文学发展史》等，影响不小。最近这些年，朱德发先生、魏建先生主编的《现代中国文学通鉴》，一百多万字的皇皇巨著，也是一部很有特色的文学史著作。文学史写作，是这个团队的"重头戏"。朱德发先生在其中发挥了核心的作用。

这个团队在其他方面也取得了非常丰硕的成果。比如薛绥之先生，他组织编写了《鲁迅生平资料》。当年鲁迅的资料很分散，有待发掘整理，他较早做了这个工作，影响也是很大的。其他领域的研究，包括流派史的研究、文体史的研究、作家作品的研究，还有当代文学评论，山师在全国都占有重要的位置。

这个团队是非常齐整的，与全国同一领域的各个大学，包括一些著名大学比较而言，也自有其特色。从田仲济先生开始，有薛绥之先生、冯光廉先生、蒋心焕先生、查国华先生、刘增人先生、宋遂良先生——他们都是跟朱德发先生大致同一辈，或者老一辈的。年轻的生力军也涌现出一大批，一个个都是响亮的名字，比如吴义勤、魏建、张清华、吕周聚、房福贤、姜振昌、李掖平、李宗刚，等等。他们一批一批地出来，在现当代文学领域相当活跃。

不光是科研，在人才培养上，山师这个团队也有非常骄人的成果，培养出很多在学术界有相当影响力的学者，像杨洪承、张光芒、周海波、王兆胜、温奉桥、贾振勇、耿传明、谭桂林、罗振亚、张丽军，等等，都是响亮的名字。

我能鲜明地感觉到朱先生和他的这个团队的气度、风格：在山师这里，比较少或者说没有"名士气"，比较少或者说没有"才子气"，也很少学术的"玩票"或者自娱自乐的东西。这个团队多数的学者，都是比较脚踏实地的，就像农民开垦一块地，播下种子，勤勉地等待收获。几十年来，这个团队给人感觉有一股向上的力，有学术的激情，也比较团结。这是令人羡慕的。

朱德发先生可以说是山师这个现代文学团队的一个代表，或者说核心。朱先生的人格、作风，显然影响到这个团队。在庆贺朱先生八十诞辰时，有人撰写贺联用了"方正坦诚"和"开拓创新"八个字来赞赏先生——确实，朱先生为人坦率，为学虔诚，终生笔耕不辍，到八十多岁了，还不断写文章提出一些有创意的观点。朱先生对文学史的思考，他的文学史观是有实践的，不光是概念的提出。或许你不一定同意他的写法，但不能不承认他是一个巨大的存在，他在一定程度上影响整个文学史写作的生态。我特别欣赏朱先生的一点就是，他认为文学史写作要用激情去拥抱研究对象，但更重要的是要有理性。比如他提出了"标准"的问题，一个时代总要有大致的、比较能取得人们共识的标准。这都是有现实针对性的。现在我们确实很多元，但是缺少标准。他提出的"一个原则，三个亮点"，等等，值得我们文学史写作加以参考。

朱先生还被教育部授予"高校教学名师"称号。据说他自己非常高兴，还专门请客吃饭。他不只是虔诚的学者，还是一个很尽职的老师。他知道一个学术团队光发表文章是不行的，培养人才、教书是本职。"桃李满天下"这句话对他不是形容，是事实。现在"朱家军"在学界已经形成气候。

从一个团队来看一个学科，从一个学科的带头人，看几十年研究的历程，会引发我们一些思考。

中国现当代文学这个学科，在1980年代曾经被称为"显学"。因为它满足了时代的需求，也从时代的变革中获取了巨大的动力。1990年代以后有些变化。这个学科逐步成型了，同时也越来越开放，接受了西方一些研究的理论、方法。年轻一点的学者非常兴奋，觉得学术进入了新的年代、新的境地。但人们很快发现，1990年代的研究，借用西方的方法、视点，也有问题，就是缺少历史感，对历史现象缺少同情之了解。所以这些年，对这样的理论方法又有所反思和淡化。现当代文学这个学科确实比较成熟了，学理化的建设也比较规范了。但现在的问题，正如朱德发先生所曾经指出过的：缺少"标准"，各行其是，没有交集，甚至有些碎片化，以至于这个学科失去了回应现实的能力。我也有同感。但是我相信，有更年轻的一代又一代的学者，有像山师培养出来的年轻人那样努力和持续的工作，这个学科肯定有它光明的前景。我想，朱德发先生也会感到宽慰的。

2018年7月14日

王富仁的"独往"

2017年5月的一天,北京的一家宾馆里,重病缠身的王富仁先生决然了断自己的生命。噩耗传来,非常震惊和哀痛,却也能够充分理解富仁兄:他太痛苦和孤独了!就像鲁迅《墓碣文》中所写,只能"自啮其身,终于殒颠"。

富仁兄就是这样,性格刚烈,独来独往,有大智慧,大决断,做人如此,做学问亦如此。

在现代文学研究界,王富仁是公认的最具代表性的文学史家和鲁迅学家。他是山东人,生于1941年。常听他半带调侃说"我就是一个农民",也许他下意识自我定位为农民,有意与学界其他人区分开来。这老兄不修边幅,头发凌乱,胡子拉碴,一身平常不过的夹克或者衬衣也有些邋遢,抽起烟来一根接着一根。乍一看,还真有点像农民。其实他并非出生于单纯务农的家庭,父亲还是一位有文化的基层干部。不过富仁兄从小生活在农

---

* 王富仁(1941—2017),山东聊城人。著名文学史家,教育家。曾任北京师范大学中文系教授、汕头大学终身教授、中国现代文学研究会会长。主要研究鲁迅与现代文学。

王富仁

村，大学毕业后还在乡村中学教过书，又到军垦农场锻炼过几年，这些经历，让他熟悉农民，与农民的思想情感血脉相通。这也辐射到他后来的学术研究中，"农民""民间""启蒙""革命"等，是他经常思考的主题。

王富仁在山东大学读本科，学的是俄语。"文革"后报考研究生，选择了西北大学的现代文学专业，那时他显然决定要以鲁迅作为自己终生的研究方向了。他的硕士论文《鲁迅前期小说与俄罗斯文学》发挥了自己学业积累的优势，从俄罗斯"清醒的现实主义"得到启发，也以此作为他鲁迅研究的起点。1982年，他考到北师大读博士，师从李何林先生，但他的学术路子并不完全顺从导师，而有意偏离当时主流的研究思路，另辟蹊径。学术上他是"独往"的，独立思考，认定目标，就不为潮流而动，坚定地走下去。不到三年，他就写成论文《中国反封建思想革命的一面镜子》，深入阐释鲁迅《呐喊》《彷徨》的现实主义结构的意义,从启蒙角度考察鲁迅特有的思想革命价值,对以往"政治鲁迅"的论述有明显的质疑和突破。后来,王富仁回顾他突破的过程,承认之前像陈涌、李何林等前辈学者的鲁迅研究对自己的起步有很大影响,但他细读鲁迅,又觉得前辈的论述有些"隔",好像不是在研究鲁迅,而是用鲁迅去证明阶级分析的方法。王富仁则要"回到鲁迅",从鲁迅的作品实际中发现鲁迅思想的独特性。

现在看来,王富仁论文的这些观点都已经是常识,但在当时,他的这个"镜子"说的出现,本身就是革命性的。虽然也遭到一些非议和批判,富仁兄一度被卷进当时带有政治性的论争旋涡中,但他有定力,还是"独往",坚执地维护自己的观点。这位初出茅庐的博士生因此而一鸣惊人,登上鲁迅研究的学术制高点。回头看,富仁兄靠的是自己的实力,也有赖于1980年代改革开放的宽容;他还很幸运地遇到《文学评论》编辑王信先生等伯乐的赏识,可以说顺风顺水。富仁兄在我们那一代学者中,成名是最早的。

之后,王富仁又以鲁迅的思想"打开""五四"的研究,以及对现代文学诸多作家作品的阐释。富仁兄的研究特色是大气,喜欢抓大问题,又善于从文学史现象中引发理论思考。他的文章多是从"思想"切入,理论性强,篇幅也长。有些文学现象分析,别人可能说不上几句话,而富仁兄却能伸展开去,洋洋洒洒,雄辩滔滔。富仁兄的文章乐于采用辩证思维,读来有点繁冗，却也以理服人，让人感受到理论奔涌的激情，以及激情深层的某些痛苦的精神气息。我感觉富仁兄的文风与俄罗斯文学影响有关，他可能在追慕和模仿别林斯基那种博大、雄浑的气势。

令人意外的是，2003年，王富仁还不到退休年龄，决定离开北师大，到汕头大学任教。为何离开北京，我不太清楚，猜想他是有过内心挣扎的，不可能只是为了报酬较丰。这又是一次"独往"。

他在汕头十多年，可想是寂寞的，人们常见他独自一人遛狗。他到汕头之后所做的一件大事，是转向"新国学"研究。他写过长达十多万字的《"新国学"论纲》，在学界引起一些注意，但是应者寥寥。我想他是想回应当时抛弃"五四"传统的"国学"热，以"新国学"的这个箩筐把"五四"新传统都装进去。但"箩筐"太大，容易化为乌有。无论如何，富仁兄用心良苦。

我和富仁兄交往比较多。最早一次是我刚考上北大现代文学专业博士，我们几个同专业的博士生有过一次聚会，我第一次见到这位早出名的老兄。第二次记得是到北师大登门拜访，具体谈过些什么记不清楚了，只记得他满屋都是烟味，床底下很多酒瓶子。后来我们常在一些会议或者论文答辩会上见面。他到汕头后，还邀请我去过一回。他的文章还是雄辩滔滔，但待人接物却很平和了，眉宇间似乎总藏不住某些寂寞。

富仁兄的"独往"，就是独立思考，不随波逐流，也不盲目轻信权威与定论。我听富仁兄的学生刘勇老师讲过一件事。北师大的校训是"学为人师，行为世范"，由启功先生提出并亲笔题写的，大概是为了给师范生提出很高的要求吧。而王富仁认为不妥，知识分子若总把自己当作"人师""世范"，不自觉就会高高在上，好为人师，脱离群众，不如改为"学为人，行为世"。我觉得富仁兄说的有些道理，他历来对于知识分子的毛病总是很警觉的。

富仁兄给我印象最深的"独往"，是在2012年春，人民教育出版社一次小型会议上。教育部准备聘请王富仁和我担任小学初中语文统编教材的总主编。当时中央决定思品、历史和语文三科教材统编。王富仁也答应了，特地坐飞机从汕头飞到北京来开会。会上我和富仁兄交谈，还想问他如何分工。他也没有多说。到了会上，先是由教育部一位官员说明教材统编的宗旨和计划等。领导刚说完，王富仁就抢着发言了。他说这件事不能干，吃力不讨好。瘦削的脸上似乎显出某些不屑与苦闷，还顺便把教育界种种乱象批判一通，完全不顾及场面与情面。我当时想，既然不愿意接这项工作，富仁兄何必又答应人家，千里迢迢来到北京开会呢？或者还是因为会上听到领导指示后心生反感，顿时决定退出？不解。

后来我只好一人承担了义教语文统编教材总主编的工作，接着又编高中语文，也是统编。十年过去了，教材编写受到很多制约，众口难调，经历了很多艰辛，也遭受很多攻击，每一步都如履薄冰。而富仁兄早就撒手人寰,我才真体会到他的先见之明:编教材虽然是大事,实事,却又的确是吃力不讨好的事。

2023 年 11 月 28 日

也斯:城市人的感怀、恋情与困惑

也斯死了!这个噩耗居然走了两个月才到我这里。

昨晚有一搭没一搭地看凤凰卫视,梁文道在介绍一本书,顺便说"也斯已经过世"。我以为听错了,不敢相信,马上打开电脑搜索有关信息:也斯真的死了!他两年前患上肺癌,今年1月6日去世,才65岁。

也斯本名梁秉钧,香港著名的诗人、散文家与评论家,生于广东新会,在香港长大,美国加州大学比较文学博士,先后在香港大学和岭南大学任教,担任过岭南大学中文系主任。他从1960年代开始写诗,写散文,译介法国及南美的文学作品,还办文艺杂志,常在报纸上写专栏。有诗集《半途》《雷声与蝉鸣》《游离的诗》,散文集《神话午餐》《街巷人物》《在柏林走路》,小说集《剪纸》《岛和大陆》《布拉格明信片》《后殖民食物与爱情》,还有评论集《书与城市》《香港文化十论》,等等。

---

* 也斯(1948—2013),本名梁秉钧,广东新会人。诗人,评论家。曾任香港大学教授、香港岭南大学中文系主任。

也斯的第一个"头衔"应当是诗人。他的诗作多抒写现代城市人的感怀、恋情与困惑，意象诡美，不时抹有印象派画般的驳杂色彩，又隐含许多思辨、犹豫和自嘲。不是那种宏大主题，也极少低回伤感，有的是比较低调的感触与体味，给人冷冷的感觉。这大概也是香港情味吧，在大陆和台湾诗歌中都比较少见的。也斯似乎一直想在诗作中显示"城市的诗意"，这是他的独特处。但也能看到他是从1940年代中国新诗（比如穆旦）那里撷取了营养，比如他的迷恋哲思，惯于"思想直觉化"，将意象与思想融合，喜欢那种需要停下来慢慢体味的朦胧的诗句——诸如"泥造的鸟歌"，等等。

也斯的小说有"香港味"。他的《后殖民食物与爱情》获得第十一届香港中文文学双年奖。其中写了12个故事，都是围绕香港人普通的生活，包括最司空见惯的食物与爱情，但透露出时代转换带来普遍的精神变异。所谓"后殖民"是指英国殖民时代终结之后的世界，另一个含义是"post"，有解构、破坏的意思。对不少香港人来说，殖民时代虽然过去了，但仍然有许多积压、留恋和迷失，他们的身份认同突然变得模糊，对未来缺少信心。这样的香港故事没有什么批判，而有极其复杂的体味、自嘲与反省。若非身在其中，若非对香港有如此挚爱，是不可能写出这样真切的作品的。

我还特别欣赏也斯的评论，如《书与城市》中那些文字，是随感式的又富于诗的韵味的。没有常见的那种高人一等、抓取现象、引导读者的姿态,他是那样自然地诉说阅读带来的感受,流露着真诚,让你感觉那样亲切,也就迫不及待要投入,与论者一起投入作品,投入人生。也斯的评论文采斐然,是源于"情采"斐然。

我1985年就认识了也斯。当时他刚从美国拿到博士学位,就在香港大学任教。我去香港中文大学访学,有时和一些学者聚会,特别注意到也斯这个少年才俊。找他的诗来读,感觉有点"先锋",接触他却很随和,没有诗人的派头,也不摆港大教授的架子。我曾在香港杂志发表评论,论涉五位最主要的香港评论家,其中便有年轻的也斯。1990年代初,我又去香港大学访学,就在也斯任教的比较文学系,他很照顾我,连怎么和财务处打交道,都领着我去。我在港大有一次讲演,讲钱锺书,听众很少,不习惯,讲得心不在焉,似乎有失败的感觉。他安慰我说,香港不像内地那么人多。

2000年香港举办张爱玲的讨论会,有海内外众多学者作家参加,也斯在会上谈张爱玲与香港,我则提交了关于张爱玲在内地的接受史研究论文。那时他已经离开港大,到岭南大学担任讲座教授。此后只要他来北京开会,我都去和他会面。也想邀请他来北大讲学,却一拖再拖,终未成行。虽然彼此交往不算频繁,平时问候也不多,但总能时时感觉朋友的"存在"——他是那样勤勉创作,那样对生活充满热情。

想不到命运残酷,诗人其萎,也斯就这样远离我们去了。

昨晚睡不好，老是想起也斯。想到他曾说过"书"的流行阅读能改变一个城市的"口味"，那么他虽然死了，但也一定相信他自己的"书"是有长久生命的。对也斯，对我们，这大概也是难得的安慰吧。

2013 年 3 月 15 日

批评家萧殷的锐气和胆识

"萧殷与中国新文学批评"论坛在河源举行,是文坛与学界一件大事,可惜我要为暑期班上课,未能参加这次盛会,很是遗憾。我想用书面说几句话,和与会的专家文友交流交流。

萧殷先生与我未曾谋面,但20世纪五六十年代上中学时,就知道他的大名,也读过他的《论文艺的真实性》《给文艺爱好者》等论集,印象颇深。他深入浅出地讲解文学理论,带领我们这些年轻的文学爱好者进入文学的殿堂,说来他应算是我的启蒙老师。回想当年,不禁就怀念萧殷老师。

萧殷先生一生有三大贡献。第一大贡献,就是在文学界甘为"人梯",用他的肩膀支撑很多年轻人登上文坛。他在《文艺报》《作品》和文学讲习所工作时,大量时间都用在扶植文学新人这项工作上。20世纪五六十年代成长起来的一批作家,很多都得到过萧殷的帮助。据说王蒙也受惠于萧殷。王蒙的《青春万岁》

---

*萧殷(1915—1983),广东河源人。著名评论家,作家。曾任《文艺报》主编、《人民文学》编辑部主任、暨南大学教授。

就是萧殷主持编发的，因王蒙被划右派而搁浅，清样则一直保存在萧殷身边。而王蒙复出的第一个短篇小说《最宝贵的》，又是萧殷组来发表在其主持复刊的《作品》上的。所以王蒙很动情地称萧殷为"第一恩师"。

萧殷的第二个贡献是文学评论。他不是那种局限于学院圈子的高头讲章的论者，而是深深扎根于现实大地的批评家。他坚信文学源于生活，文学应当有益于社会人生，文学必须是真实的。重读《论文艺的真实性》《习艺录》《论生活、艺术和真实》等论集，可以见到他一以贯之的文学追求和殷实的批评作风。作为饮过延河水的战士萧殷，他有理想，有热情，始终忠诚于党的文学事业；作为评论家的萧殷，他服膺真理，固守良知，敢于真刀真枪地针砭文坛时弊。1956年底，王蒙的《组织部新来的青年人》受围剿，萧殷不畏强势，公开发文为王蒙辩护。1958年出现"大跃进"浮夸风，在文艺上也有所表现，萧殷敏锐地觉察到这种倾向，写了《求实精神与革命热情相结合》一文，批评文艺界"左"倾的现象。1961年，为批判庸俗社会学，纠正简单化的教条主义批评方法，他在《羊城晚报》发起关于长篇小说《金沙洲》的讨论，在全国产生很大影响。萧殷的评论文章总是能抓住文艺创作和文艺思潮中的一些主要倾向，从理论和实践的结合上给予分析说明，他的文学评论富有现实感和战斗气息。尽管萧殷的评论也带有特定时代的某些局限，但他的那种批评的锐气和独立的眼光，是非常值得学习的。对比之下，现今的

文学批评往往缺少萧殷这种大气和责任感。

萧殷的第三大贡献是文学组织。他1938年入延安鲁艺学习,曾任《新华日报》编委,延安中央研究院研究员,《石家庄日报》副总编辑。新中国成立后,历任《文艺报》编委,中国作协青年作家工作委员会副主任兼文学讲习所副所长,暨南大学教授、中文系主任,中央中南局宣传部文艺处处长,广东省文联、中国作协广东分会副主席,《作品》月刊主编,中国作协第一至三届理事,等等。萧殷在报刊编辑、文艺教学、文艺活动组织等多方面都耗费大量精力,他不但是杰出的文学家、批评家,同时也是杰出的文学事业组织者。他的整个生命都融汇到新中国的文学事业中。

纪念萧殷先生,我们很自然会面对一个如何评价"十七年文学"(即1949年新中国成立到1966年"文革"爆发这一段文学)的问题。这十七年走过许多弯路,有极左的影响,但也有特定时期的文学建树,萧殷他们一代人曾为此付出巨大的劳动。"十七年文学"的某些部分事实上已经化为传统,渗透到社会文化生活的根须之中。面对这种新的传统,那些极左的教训应当总

萧殷

结，具有历史合理性的事实则应当得到理解和尊重，而不是采取虚无主义，一概颠覆与抛弃。

萧殷先生的作品不多，也不是很高调的评论家，他扎扎实实做事，老老实实做人，他从文品到人品都赢得广泛的尊重。萧殷身上似乎有一种我们熟悉的客家人的扎实作风。我们为老家河源拥有这样一位杰出的评论家而感到骄傲。广东是改革开放的前沿，经济建设走在全国的前面。希望广东包括我们河源，能多出一些有作为的作家和文化人，让南粤的文化事业也能紧随改革的脚步，大踏步前进。

萧殷先生在九泉之下有知，一定也是这样期盼的。

2010年7月

一位教语文的乡村诗人

去年最热的某一天,有友人来电说有一中学退休教师黄瑞兴从广东紫金来京旅游,知道我在北大任教,希望能见一面。我不认识黄瑞兴,但老乡来了,再忙也得见见。约定在北大东门碰头。我骑车过去,远远就看见熙熙攘攘的校门口,一位老者在静候恭立。天很热,穿短袖都出汗,他却蓝色正装,很斯文,又多少有点矜持。不用介绍,这就是黄老师了。我们到北大中文系五院找间屋子坐了一会儿。他话少,不会寒暄,三言两语中约莫知道他原在广东紫金县龙窝镇教中学,有四十多年教龄,一多半是当代课的"民办教师",到1990年代才"转正",不久又退休了。言谈中不觉有些感动:这就是支撑底层基础教育的老师呀!

我领他去了未名湖,算是到北大一游吧,他显得有些兴奋,掏出一个老式照相机,刻意要在湖边留影。匆匆告别后,我和黄老师没有再联系,有时会想到我曾经读书的那所乡村中学,想到像黄瑞兴这些乡村教师。

后来黄老师托人送来一本小册子,自己印刷的,淡绿色国画风格的封面,用隶书端端正正写着"片羽集"三字。原来是他的诗集。有四百多首诗，全是旧体诗，有律诗、绝句，还有赋体，最早一首写于1957年，最近的是去年所作。黄老师小心翼翼托人来问这些诗是否值得拿去出版。我忙于教学，没有完整的时间读，一拖就拖了大半年，没有给他回话。黄老师也不催我，就静静地等待。这倒让我不好意思，终于抽出时间认真拜读了《片羽集》。

说实在的，诗集说不上有多么高妙的艺术，也没有洒脱的游戏之笔，但是那样真切、自然、感人，字里行间荡漾着一种久违了的质朴之风。

看这些文字："余立教坛兮，四十三年，一觉春梦兮，岁月如烟，吃尽苦辣兮，尝遍酸甜，半生民办兮，辛苦煎熬。微薪糊口兮，缺油少盐，粗衣布履兮，黯淡容颜，苦我慈母兮，菽水承欢，良宵难度兮，寂寞春残，何家有女兮，嫁我颜渊，筑室栖身兮，共苦同甘，生男育女兮，负重肩难，迨至转正兮，始觉心安，既得温饱兮，慰解心烦。"当基层老师真不容易，他们地位低，负担重，谁能体会他们的苦衷？"人群冷落兮，自怜穷酸，弄三寸簧舌兮，殷殷朝暮，摩千支粉笔兮，兀兀穷年"。当然，也有自足与乐趣，对事业的执着成为他们生活的动力："为人师表，言行不偏，爱生如子，情谊拳拳，唇焦舌烂，不改精专，甘为孺子，做牛耕田，教书苦矣，乐亦无边。"

这些浅白有味的描述，读着读着，仿佛走进贫穷的乡村，触摸一位"民办教师"的生活，那些艰辛与寂寞。按说我也是当老师的，可是身在都市和大学，远离基层，处境可谓有霄壤之别，平时是很少会想到乡下"同业者"的艰难的。读黄老师的诗等于是一次提醒，让自己重返乡下，体味人生，体味真实中国的一面。

黄老师的诗一写就写了五十多年，他在无休止地抒发自己的人生感喟，也辛劳地记录着半个多世纪中国的风云巨变。在诗中可以读到1957年的"反右派斗争"（"眼明静看沉浮事"），1958年的"大跃进"（大炼钢铁"挑炭君行苦"），"文革"期间大批判（"竟挥利剑除妖孽"），90年代初的"反贪官"（"骤然一阵罡风至"），以及北京"申奥"成功（"五岳擎旌燃圣火"），等等，几乎每个历史关头都有他真切的歌唱。也许这位乡村教师声音不够雄强，他的诗歌多是写给自己看的，但真实，可让人感受各个特定时代的情绪与生活样貌。试着把《片羽集》连起来读，可能就真有一点"诗史"的味道了。

像黄老师这一代教员，虽然"三尺讲台磨瘦骨""半生苦尽稻粱谋"，毕竟还把教师的职业看得重，"学子春风得意，纵我穷困潦倒，一笑破颜愁"。他们主要靠某种大爱与事业心支撑着。这是相当可贵的。但如今光靠精神支撑恐怕不行。都说教育重要，可是老师特别是乡村教师地位低，报酬又少，年轻人都不太愿意当老师，师范大学也不乐意办"师范专业"了。看来还是要加大投入，让教师包括农村教师的职业变得令人羡慕，让老师有地位，有实惠，才有希望。这也是我读《片羽集》，品味黄老师的甘苦之后所引发的感想。

黄老师真是"天性生成偏爱诗",才数十年潜心磨炼,励志熔锤,裁得数百篇雅联佳句。写诗对他来说不是利益驱动,也不求什么项目职称,要的就是言志寄情,一种生命节律的调谐。写诗是他的"自留地",也是他的生活方式。那么多年的艰难,都挺过来了,还收获了许多自豪,赢得了生命的意义,也因为诗歌输送给黄老师无尽的滋养,不断激发他生活的乐趣与动能。现代社会竞争激烈,精神空间日益缩小,焦虑感遍布,很多人陷于职业疲惫的泥淖,这时候"诗意"何在?可以不写诗,但一定努力保留一点人生的"诗意",要有各自的精神"自留地"——这也是我读黄瑞兴的诗所得到的一点感悟吧。

2011年1月7日于京西蓝旗营寓所

怀念我的中学校长叶启青

一个普通的中学校长，没有轰轰烈烈的事迹，也没有什么豪言壮语或政绩工程，逝世多年后，还有那么多学生时常在怀念，时常提起他的名字，这本身就是令人感动的。

这位校长就是叶启青先生。

最初提议要编这本纪念集的校友，都是七八十岁的老人了，他们离开紫金中学也有几十年了，对老校长还有那么念念不忘的深切感情。文集中很多回忆，那些温馨的生活片段，充溢着叶校长对学生的关心、呵护和激励，显现叶校长的人格魅力，以及为人师表的风范与气度。这些从记忆中抄下的文字，平凡、质朴，甚至有些琐碎，所诉说的虽然是半个多世纪前的旧事，读来却仍然那么亲切而新鲜，让人感怀不已。因为其中凝聚有一种温情，发自教师职业良知的温情，就如同火种，曾经点燃无数学生的心智，催促他们勇敢地走向未来。

20世纪五六十年代紫金中学毕业的校友，不管是哪一届的，只要想起母校，想起"紫金山的钟，戴角坑的风"，脑海里就会同时浮现叶启青校长的形象。在我们的心目中，叶校长就是紫中，紫中离不开叶校长，在相当程度上，叶校长成了紫金中学的象征，也可以说，他是20世纪50到90年代紫金山区基础教育的象征。这种"象征"不是谁颁发的，而是成千上万学生不约而同、自然心生的，它的"含金量"远高于现在五花八门的许多奖项。作为一个教师，一个"级别"并不高的中学校长，叶启青先生能赢得众多学生长久的由衷的爱戴，在乡梓父老中拥有极好的口碑，这真是至高的奖赏。

叶校长的人生事业是充实而成功的。

1945年，叶启青先生从广西大学经济系毕业，除了很短时间在广西兴业县兴德中学任教，以及在东江纵队古竹游击队当过几个月的政治文化教员，他一生大部分时间都一直在家乡紫金教书。他曾在紫金的几所中学辗转任教，在紫金中学任教的时间最长，有四十多年，主要教语文。在人们印象中，叶校长戴一副宽边眼镜，穿一套不怎么合身的蓝色中山装，有点传统文人的"夫子气"，又有点"文艺范"；和学生交谈时喜欢双手交叉胸前，说话有板有眼，不时可能有一两句"格言"，让你心扉开启。叶校长饱读诗书，课上得很活，因材施教，照顾到不同个性、爱好的学生；他经常嘱咐学生多读书，拓展视野，树立为国家社会做事的志向。从文集中也可见到，许多出身农村的贫寒的学生之所以能在这所学校潜心磨炼，励志熔锤，都曾经从叶校长的教导和激励中得到过启示。

在20世纪后半叶，紫金的大学生并不多，像叶启青先生这样受过正规高等教育的知识分子更是凤毛麟角。叶校长是当时紫金的屈指可数的"大儒"。照理说，他有学历，有能力，有经验，又有威望，如果当时他走出紫金山区，到一些"大地方"去发展，应当也有另一番境界吧。但是叶启青先生却几十年"不动窝"，就扎根在紫金山区当老师。他在紫金中学断断续续当过19年副校长，对紫中贡献巨大，却一直不能"扶正"。回想起来，在那个"政治运动"此起彼伏的年代，知识分子不断接受"改造"，叶启青先生一定也遭遇过很多苦难与委屈。但他无怨无悔，一直坚守在教学一线，默默地耕耘。直到六十岁那年，就是1981年，这位老资格的教育家才"升任"紫金中学校长。而就在他担任正校长这三年，紫金中学加快了改革的步伐，进入她的一段辉煌时期，成为省重点中学。

用一个常见却又贴切的比喻来称赞我们的叶校长吧：他真的就是一支蜡烛，燃烧自己，照亮了他人。我们这些出身紫金中学的校友，有谁不曾受惠于这位可爱可亲的老校长？"教书育人"对于叶校长来说，并不只是一个口号，而是值得用一生去实践的使命，一种职业良知，一种生活方式。那么多年的艰难，他都挺过来了，还收获了许多自豪，赢得了生命的意义。

叶校长出生于1920年，很快就是他的百年诞辰了。许多校友写了这些回忆文章，汇成文集，准备呈到敬爱的叶校长灵前，表达深切的怀念。与此同时，也表达对母校紫金中学的敬意。

前不久，紫金中学现任校长送学生来北京参加清华大学的自主招生面试，顺便来家里坐坐。我们又谈到叶校长，谈到紫中。我说，叶启青校长得到那么多人的尊重，真正是"桃李满天下"。这"桃李"可不只是在叶校长教导和支持下走向全国的那些有成就、有地位的校友，更是包括成千上万在叶校长门下读完中学的紫金人。几十年来，正是这些人成了紫金建设的中坚。紫中的传统，叶校长的精神，让一所学校和当地"民生"有如此紧密的关联。

叶校长，您是紫金中学的象征，是扎根基层的有"真材实料"的教育家，现在像您这样有使命感、有大爱之心和扎实学问的老师比较稀缺，您的为人师表就愈加显得可贵，您所参与铸就的"紫中传统"也愈加值得珍惜。

您的学生永远怀念您！紫金人民永远怀念您！

2018年7月5日

辑二

北大中文系诞生一百年摭谈

看到这个标题,有的读者可能会问:北大中文系才100年?百年校庆过去都十多年了,难道中文系不是一开始就有的?让我先说说这个问题。

北大的前身京师大学堂是1898年建立的,但具体到哪一天算是正式成立,并没有定论。有三件事可供作"成立"的根据。一是当年2月15日光绪帝诏喻:"京师大学堂迭经臣工奏请,准其建立,现在亟须开办。"从程序上看,这就是启动了。第二件事是8月24日礼部知照大学堂派员领取"钦命管理大学堂事务大臣"孙家鼐的关防。大印都拿到了,似乎也可以说正式开办了。还有第三,就是根据一些回忆,这一年的12月31日,京师大学堂宣布开学。虽然有学者对"开学"的说法有些怀疑,但对"京师大学堂建立在1898年"普遍还是认可的。

那么为何一开头没有中文系呢?因为大学堂创办之初因陋就简,类似"蒙养学堂",课程仅设诗、书、易、礼等几种,学生往往是上午读经,下午学点地理、格致之类常识,还没有分科。稍后办了仕学馆和师范馆,科目分得较细了,因为是速成班,也

京师大学堂马神庙旧址

没有系科之分。1904年师范馆和预科的课程分为"公共""分类"与"加习"三科，一年级上公共类，包括人伦道德、群经源流、算学、外语之类，还有就是"中国文学"。二年级以上有四类课程选学，分别偏重数理化、地矿农、法政或者文史，每一类课程中都有"中国文学"。但这时的"中国文学"只是课程，还不是系科，也无所谓中文系。

一直到1910年3月31日，京师大学堂举行分科大学开学典礼，才意味着"中国文门"作为独立教学建制的诞生。当时全校设七个分科大学，也就是七个本科教育的相对独立机构，有点类似现今的学院，包括：经、法、文、格致、农、工、商。其中"文科"下设两个"学门"，就是"中国文门"与"外国文门"。这"学门"就相当于现在的"系"了。北大中文系的前身就是京师大学堂"中国文门"，诞生于1910年3月31日，从那时到今年3月,足足100年了。现在北大中文系正在筹备百年系庆,计划在下半年好好庆祝一番。但不应当忘了北大中文系的生日是3月31日。

说完生日,还要说说出生地。北大中文系诞生何处?不少人可能以为在沙滩红楼。非也。应当是在北京地安门内马神庙。1910年"中国文门"作为独立的建制成立之时,整个分科大学都设在马神庙,这也是大学堂开办时的校址——原乾隆皇帝四公主府。据说和嘉公主十六岁下嫁,二十三岁就过世了,其府邸到光绪年间还空置着,后来就由皇上拨给京师大学堂暂做校舍之用。占地并不大,但经过几番修葺,设置还齐全。两层过厅做职员办事处,正殿改作讲堂;讲堂两侧有耳房,做教员休息室。往里边是大殿,原是公主的寝宫,这时却在中庭祀有孔子神位,而寝宫后两排平房则作为学生宿舍。再往后的楼房相传是公主梳妆楼,就作为藏书楼。其他一些地方还有博物室、自修室、饭厅、浴室,等等。那时学生数量不多,宿舍两人一间,膏火饭食皆官费。晨起鸣铁钟,上课、就寝摇铜铃,开饭则鼓锣为号。学生宿舍几排平房之间是操场,学生课余在那里踢球或者荡秋千。后来大学堂规模拓展,到老北大时期,陆续增设了二三个校区,包括沙滩附近的汉花园、北河沿,以及城南的国会街等几处,分别称为一、三、四院,马神庙则称二院。北大中文系是在马神庙原四公主府诞生的。但当时"中国文门"坐落院内何处?已很难考索。北大二院旧址后被人民教育出版社等单位使用,几十年大拆大建，只有原公主府正殿也就是老北大讲堂等几处留存，依稀可见往昔旧迹。

再说红楼。为何说起老北大和中文系很多人总会想到红楼？不奇怪，红楼和五四运动联系在一起，太出名了，以至于"掩盖"了原出生地。红楼也在沙滩一带，现在的五四大街，原先叫"汉花园"。红楼建成于1918年8月，在当时北京，就算是一栋标志性大型新式建筑了。那略带西洋近代古典风格的造型，到现在仍然显得相当有气势和特色。之所以称为红楼，是由于通体多用红砖砌筑。红楼初建拟作宿舍，建成后用作文科教室和办公室。于是"五四"以降许多知名人物都曾在此讲学、工作和活动，许多故事传奇也发生于此。红楼从建成到1952年（除了20世纪三四十年代北大南迁的西南联大时期），一直是北大的本部，也是文学院所在地。北大中文系也一直以此为"家"。1937年北京沦陷之后，红楼被日本宪兵部队占用，地下室曾被用作监狱。1945年日本投降后，又成为北大校舍。1952年院校调整，北大迁至海淀燕园，红楼改由国家文物局使用。现红楼改为新文化运动纪念馆，对社会开放。现在到红楼参观，遥想当年陈独秀、胡适、钱玄同、刘半农、周作人、鲁迅、沈尹默、林纾、刘师培、黄侃这些大师级人物都曾在此任教、工作与活动，而这些人物又都和中文系联系密切，我们对北大中文系的历史会顿生敬意。

1952年院校调整，10月中文系随学校迁到原燕京大学旧址燕园，就在现图书馆东侧的文史楼设系办公室。当时用于教学的

《新青年》部分同人合影。左起为：刘半农、胡适、陈大齐、马裕藻、钱玄同、周作人

有8座大楼，有5座是原来燕京大学的，都在北大西门一带，而文史楼和生物楼、教室楼（一教）这3座是当时为北大西迁而新建的，现在进东门就可以看到。新旧建筑整体风格类似，都是挑檐大屋顶，三层灰砖砌墙，但几座新的更朴素一些。文史楼每层中间过道，南北两侧都是按教室设计的房间。最上层是文科阅览室，下两层东、西分别属于历史系和中文系。北大文学研究所（即中国社科院文学所的前身）也曾立身于此。院系调整后的北大中文系集合了原北大、清华、燕京（后来还有中山大学的语言学系）的师资，人才济济，大师云集，文史楼也就称得上是20世纪五六十年代全国一流文史学者的"杏坛"。他们在这里上

1950年代中文系部分教师合影（其中有杨晦、高名凯、魏建功、吕叔湘、郑奠、杨伯峻）

课、开会、讨论，学生也在这里开展各种文化活动。但1950年代后期开始的"反右""拔白旗""大批判"等政治运动也接二连三在这里上演。前不久我从这栋灰色大楼前经过，有众多家长正簇拥着他们的孩子到这里参加自主招生的面试，煞是热闹。我想到，这栋楼曾有那么多的混乱、消沉、新生与辉煌，现在还有多少人记得？

1966年"文革"爆发前后，中文系搬出文史楼，"栖身"静园二院，也就是现在五院的对过。"文革"结束前几年又搬到靠南门的学生宿舍32楼，为的是让师生"三同"。那是动荡的岁月,中文系机构曾被摧毁,造反派组织与"革委会"取代了系行政部门。中文系搬来搬去,人们大概有一种"居无定所"的焦虑感吧。到1978年秋天,北大中文系进入静园五院,以此作为系址,一直到如今,32年了。关于五院的一些传奇轶闻,我在《书香五院》一书曾记其详,这里就不展开了。

以上说过中文系的生日、出生地,以及后来系址的变迁,其实也带出来学科体制、人事、学风等方面的变化流转。既然是庆贺中文系的百年诞辰,不妨再说点旧事。

北大中文系诞生之初,是有很多艰难曲折的,并非一开张就灿烂。某些学派之争和人事纠葛也对这个学术新生体造成很大制约。现在看到的许多回忆都是文科出身的人写的,自然格外关注文科,有时说得有些神乎其神,好像整个大学堂就是文人和怪杰的天下。其实不然。大学堂时期的文科包括"中国文",虽然列为主课,但整个大学对传统学术并不像后人说的那样重视。大学堂开办才几年,就已经很"西化"了。特别进入民国时期,"百事务新,大有完全旧弃之概",主掌校政的几乎全是留洋的"海归",学校开会都用英语,谁要是会德语,那就更被刮目相看。事实上这时"中学"的研究已经退为"装饰品的地位"。学校本来就向"西学"倾斜,而文科特别是与国学有关的"中国文"还被一些遗老把持,被冷落也就不足为奇了。严复主理校政之后,还是主张文科之外各科全由西洋留学回来者担纲,可尽讲西学;而文科则让它纯粹研究传统学术,"尽从吾旧,而勿杂于新"。那些年轻的"海归"派断然瞧不起文科中的旧式文人，彼此有冲突，严复希望中学西学两不相干，各自发展，他便起用桐城派文人姚永概担任文科学长。

本来，京师大学堂期间，文科的教席就多为桐城派文人把握，包括吴汝纶（曾任总教习）、姚永朴（姚永概的兄长）、马其昶、张筱甫（曾任副总教习），以及为桐城护法的著名古文家林纾，等等，虽然仍多执滞于辞章之学，格局褊狭，却也曾一支独盛。清亡之后，这批效忠清室的文人陆续从北大流散，北大文科的地位更趋下降。这除了北大内部的人事变动，更因为民初学界的风气大变，桐城派原来笼罩北大文科包括"中国文门"的主流位置终于被"章门学派"所取代。

现在看来，学术"政治"好像与"地缘政治"也有些关系。所谓学派往往可能有"某籍某系"的背景。严复1912年离职之后，先后继任校长的何燏时、胡仁源，都是浙江人，且都有日本留学背景，他们对文科中旧功名出身的"老先生"不满意，希望北大引进一些留日的年轻学者，来排挤桐城派势力，而章门弟子就成为首选。章太炎继承清代乾嘉朴学正轨，由小学而治经学、史学、诸子学、文学、佛学等，眼界阔大，作风扎实，在民初学界声誉隆盛，影响自非桐城文人所能比。章太炎因鼓吹革命而避地日本，除了办报传播革命，又设坛讲学，多讲音韵训诂，以及说文、尔雅、庄子等。听讲者多是浙江籍的学生，包括钱玄同、周树人（鲁迅）、周作人、朱希祖、马裕藻、沈兼士、黄侃、刘师培、刘文典，等等，后来各自都卓有建树。这些人多是同门同乡，互相援手推举，大都在1913—1917年间进入北大，形成北大文科和国文门的新兴力量。终于取代了桐城派的主导位置。

不过，在与桐城派的角逐中，章门学派最显示学术实力的是黄侃与刘师培，他们都不是浙江人。黄侃1914年入北大，在国文门讲《文心雕龙》与《文选》。刘师培1917年入北大，在国文门讲"中古文学史"。他们都以研究音韵、说文、训诂作为治学根基，讲究综博考据，打通经史，文章则力推六朝，又被称为"文选派"。他们学术上非常自信，自视甚高，力图通过北大讲台打一场"骈散之争"，驱除桐城派的影响。这除了学术理路的差异，更因为黄、刘认为古文家"借文以载道之说，假义理为文章"，其实是浅陋寡学。除黄、刘氏外，在国文系主讲文学史的朱希祖和其他一些教员也加入对桐城派的批评。桐城派文人终于一蹶不振，失去在北大的学术位置。

在1917年蔡元培主政北大之后，陈独秀、胡适等一批新进学人进入北大，提倡文学革命与白话文，鼓吹新文化，影响自然超越国文门与整个北大文科。他们将桐城、文选两派都视为守旧加以攻击，"骈散之争"就被更热烈的"文白之争"所掩盖和终结，传统学术与现代学术在矛盾纠结中日趋交融变通，北大责无旁贷成为全国文科研究和思想启蒙的中心了。

以上回顾北大中文系建立之初的某些史事逸事，好像已经很遥远了。其实，传统的根须伸展到现在，我们一直都在吮吸它的营养，有些"基因"始终决定着后来的命运。

北大中文系建立数十年来，道路坎坷，粗略梳理，起码有这么七次牵涉人事、学风与课程的大的变革。第一次是1919年废门改系（改为国文系），实行选科制；第二次是1925年课程调整，出台"分科专修制"，为一年级设定共同必修课，二年级以上"分类选修"，教员也按各自所长归属某一类研究；第三次是西南联大时期，清华与北大两校中文系联合，强化基础性训练，很好地发挥了两校的优势；第四次是1952年院系调整后，北大、清华、燕京大学三校中文系（包括新闻）合一，随后中山大学的语言学系又并到北大，新的北大中文系达到鼎盛阶段；第五次是"文革"时期，开门办学，"大批判"开路，结果大伤元气；第六次是20世纪80年代学科复兴，进入比较正常的建设阶段，中文系语言、文学、文献三足鼎立的框架日趋完善；第七次是最近十多年来，面对新形势，中文系在人才培养模式、课程设置以及科研方面都在进行艰难的探索。在百年系庆到来时，这些变革都应当好好总结，也值得做专门的研究，因为北大中文系毕竟是全国人文学科的一个高地，也是一个缩影。

为了迎接百年系庆，我和几位同人也正在写一本《北大中文系100年图史》。说来惭愧，北大至今没有一本完整的像样的校史，院系的历史更罕有出现。争论太多，由官方来修史就必然要讲平衡、讲政策，结果容易把历史的棱角都打磨了。所以还是主张个人修史，先写出来，有总比没有好。这次我们采取比较折中的办法，就是专题加年表的写法，图文并用，展示一些主要的事件与人物。类似前面说到的某些历史细部，也会有所表现。效果如何，还得出版后听大家的评价。做这种学科史很有意思，也很难。对复杂的史事如何选择、过滤、呈现，的确需要眼光和见识。我们多少身在其中，史事牵绕，难免庐山不识。只好期待有更多的同好，能以更为超越的立场来关注这种学科史与学术史的写作了。

2010 年 3 月 17 日

书香五院

五院是北大中文系所在地。在北大问路找"五院",人家不一定清楚,得问"静园六院"在哪?因为五院只是六个院落其中一个,这六个院落按顺序分别命名为一院、二院、三院,等等。这样简单的名字并不好听,不像朗润、蔚秀、镜春、畅春等那样能引起各种美丽的联想,所以也难叫得起来。不过本系老师、同学也都喜欢叫几院几院的。例如要去中文系,一般习惯说"去五院"。

静园六院在燕园中部,东侧紧靠图书馆,往西是勺园,南边矗立着第二体育馆,三面包围的中间是北大幸存的大草坪。十多年前这里还不是草坪,是果园,每到秋天我还进园去买新摘的苹果。那时最大的草坪在图书馆东边,图书馆要扩建,把草坪占用了,学生抗议,校方只好派人把静园的果树砍掉,改造为草坪。六院就坐落在静园草坪的东西两侧,每边三个院落,一个挨一个。

六院中的一至四院建于1920年代,原是燕京大学女生宿舍。几年前国民党前主席连战从台湾回大陆访问,特地到一院寻踪,他母亲七十多年前是燕京大学的学生,曾寄宿于一院。燕京是教会学校,学生比较贵族化,每间宿舍只住一人,还有保姆侍候。五院和六院是后来加建的,这样东西各三座,显得对称完整。如今六个院落都是人文学科院系的所在地,自然和这种传统的风格也比较协调。草坪西侧是历史系、信息管理系(图书馆系)和社科部,东侧是俄语系、哲学系和中文系。六个院落的风格统一,院墙花岗岩垒砌,从大门进去,左、右、前各一座厢房,成品字形,其间以环廊相通。都是二层,砖木结构,脊筒瓦顶,两卷重檐,青灰砖墙,朱漆门窗。近年北大新建了许多楼,大都是现代新式建筑,尽管也力图往传统风格靠,毕竟难得真味,在众多簇新楼宇中,六院更显出它独特的韵致。

中文系五院居东侧三座院落之中,坐东朝西。进单檐垂花朱漆院门,拾级而上,是个大院子。右边一古松,蟠曲如盖,常年青绿。左边桃树几株,幽篁数丛。门内侧两花架,垂满紫藤,最引人注目。到春天,院门被一串串紫藤装点得花团锦簇。盛夏来了,枝繁叶茂的紫藤又把院门遮盖得严严实实,从外往里看,真是庭院深深。还有那院墙和南厢背阴屋墙上满布的爬山虎,也是五院的标志物之一。灿烂的时节在深秋,红、黄、绿三色藤叶斑驳交错,满墙挥洒,如同现代派泼墨。盛夏则整扇整扇的绿,是透心凉的肥绿。顶着太阳从外面踏进院门,绿荫满眼,顿生清爽,即便有烦恼也都抛却门外了。

踏过院子的石板小径,便到了正厢门,朝上看是两卷红蓝彩

静园五院

绘重檐，下为连排的朱漆花格门窗，庄重大方。进屋去，上为木雕天花横梁，下为紫红磨石地板，往左或往右都有环廊，再拐弯，是一个个分隔的小房间。二楼结构和一层大致相同。整个楼宇全由砖木构设，没有炫耀的装饰，却有内敛温和之氛围，让人亲切放松，毫无压迫感。

五院南侧还有一小门，出去，又一个园子，是后院，和哲学系所在的六院相通。后院毫无章法地长满了侧柏、加杨、香椿、水杉、石榴等各种植物。哲学系刘华杰教授曾很留心做过调查，这里的植物种类居然达到三四十种，简直就是一个别有洞天的小植物园了。因相对封闭，平日少人问津，园子有些荒芜，却更显幽静。有时看书写字累了，到后院伸伸懒腰，活动活动，容易想起鲁迅笔下那个神奇而又温馨的"百草园"。五院北侧原来也是一个对称的园子，近年变成了停车场。可惜，可惜。

"文革"前北大中文系办公机构不在五院，在文史楼，"文革"中师生"三同"，一度搬到学生宿舍32楼。1978年10月我考取中文系的研究生，到学校看榜，还是到32楼。我正在门口张贴的复试告示上欣赏自己的名字，卢荻老师（当时她还在北大中文系，曾担任过毛主席的古诗"伴读"）从楼梯上下来，向我连连"恭喜"。不过等我几天后正式报到，中文系已经搬到五

1950年代北大中文系部分师生在文史楼前留影

院。算算，一晃，三十年都过去了。

五院虽小，却用得上"谈笑有鸿儒，往来无白丁"一句。平时比较安静，外来联系公务或参观的不算多，来者多为本系师生。遇到学术会议、开学报到，或者研究生报考、复试、答辩，等等，就人流不断，甚是热闹。来中文系讲学的国内外学者、名人多，讲座完了，都喜欢在五院门口照个相留念。暑期给外国留学生办培训班，世界各地留学生的身影在五院交织，中西合璧，华洋杂处，也是一种别致的风景。

五院两层不到三十个房间，少部分是教务行政办公室、收发室，大部分是教研室，还有几间大一些的是会议室和报告厅。收发室原在东南角，里外两间，老师和学生来得最多的是此处，等于是中文系的中枢。二十多年前，几乎每天可以看到一位中等身材偏胖的老者，端坐其中，接待师生，他就是冯世澄先生。冯先生负责收发，兼做教务，说话细声慢气，谦和有礼，在系里日子久了，也熏陶得能舞文弄墨。冯先生记性极好，1950年代后毕业的历届学生他几乎全叫得上名字，是中文系的活档案。好几部以北大为题材的小说，都曾把冯先生作为原型。那时老师收信拿报纸都要到冯先生这里。每天下午5点左右就看到王瑶先生骑着单车，叼着烟斗，绕过未名湖来到五院收发室，拿到信件转身就走。谢冕教授大致也是这个时辰来，也是骑单车，却西装革履，颇为正规，见到人就热情洋溢地大声招呼。而芩麒祥、陈贻焮、褚斌杰等许多教授多是步行来的，时间不定准，除了拿信，顺便打听消息，聊天散心。我不止一回看到陈贻焮、黄修己、汪景寿等先生斜靠在收发室椅子上，天马行空地侃大山。那时收发室就是老师们的联络站。这些年为了方便，在五院为每位老师设了一个信箱，还开辟了一间教员休息室，有沙发电视，香茶招待，可是来系里拿信兼聊天的反而少了。休息室经常都空着，只有一位打扫卫生的阿姨在里边打盹。五院一层东头竖立一排老师信箱，分隔成近二百个灰色铝制小柜，每人一个，许多响亮的名字就在那里展现，甚为壮观。这里倒是来人不断，偶尔见到有外来的文学青年、民间学者，甚至是上访者，往信箱里塞些材料，希望能求见名人，或者就某个问题要"打擂台"。他们大都心怀热望，个性执拗，渴求能引起关注，时来运转。

五院的重要组成部分是教研室。中文系有九个教研室（还有几个研究所和学术基地），每个教研室在五院都有一个专用房间。其格局多年不变，无非桌子板凳，三五书架，既没有"二十四史"，也不见字画墨宝，很是简陋。二十年前，经常要组织政治学习，比如讨论某个领导的指示，或者报纸社论，起码一个月有一两回，老师都来这里碰碰头，发发议论成牢骚什么的。有时也开全系老师大会，百十号人坐不下，就在走廊里凑合。记得有一回，某领导到五院传达上级什么文件精神，点名批判北大某教授的"自由化倾向"，刚说到一半，坐在楼梯旁一位白发老师噌地就站起来，激动而大声地发表自己不同的"政见"。那时我刚留校，对此举未免有些吃惊，但众多老师似乎见怪不怪了，觉得这很平常。这些年没有政治学习一类活动了,全系大会一学期也难得开一两回,老师们爱来不来,不知何故大家是越来越忙,来五院少了,彼此见面都要电话预约了。

五院学术活动还是多,用时髦说法,是名副其实的学术"平台"。几乎每天都有各种学术讲座,或小班教学,在五院举行。门口有一告示牌,总贴满各种讲座的通告,同学们有事没事会到这里看看,选择有兴趣的去听。即使是学界"大腕"要出场,告示也就是极普通的一张纸,说明何时何地之类,不会怎样的包装和张扬。也许名人讲座太多,在五院要"制造"所谓"轰动效应"是比较难的。但这不妨碍学术影响。1995 年,美国著名理论家詹姆逊(Fredric Jameson)就曾在二楼东北角的现代文学教研室"设坛收徒",一张油光锃亮的厚木方桌,围坐十多位学生,用英文讲了一个学期,所谓"后现代主义"研究热潮,便从这里汹涌传播开去了。如今在美国当教授的唐小兵、张旭东、黄心村等,名气不小了,当时都还是研究生,在这间房子里拜詹姆逊这个"洋教头"为师。类似的名流讲座在五院不知有过多少,可惜北大中文系历来大大咧咧的,也没有个记载。

也有些老师不喜欢在教室上课,就把教研室当作教室。袁行霈教授给研究生开的"陶渊明研究"很叫座,得限定人数,好开展讨论,在五院会议室正合适。谢冕教授主持的"批评家周末",隔一段就邀请一些作家、评论家来讨论热点问题,学生自然也是热心参与者,那是沙龙式的文坛"雅集"。"孑民学术论坛"是专为博士生开设的"名家讲坛",会集了学界各路顶尖的角色,常可见到各种学术观点在五院的交锋。有些学生社团,包括以创作为主的"五四文学社"或偏爱古风的"北社",也不时在五院某个角落精心谋划。特别是研究生的Seminar、开题、资格考试等,如果人数不多,大都在教研室进行。大家对五院都有某种自然的归属感。有些老师住得远,课前课后还是要到五院歇歇脚。王理嘉、陈平原、周先慎等许多老师,好些天才来一次系里,拿到一大摞邮件就到教研室,可以先分拣处理。年轻教师住家一般比较窄小,有时也躲到教研室来,写字、看书或和学生谈话。

五院二层东侧原来有个资料室,藏书不多,是大路货,并没有孤本珍本之类,却是访学进修的学者常去之地。来访学进修的老师很多,而北大居住条件艰苦,有的还被安排到近处的小旅馆里,嘈杂不便,纷纷都到资料室来看书。资料室青灯棕案,有些暗,可是不像图书馆人多,非常安静,正好可以"躲进小楼成一统"。这里的书越积越多,怕楼板承受不住,早几年就搬到外边去了。空出的房间稍加修整,改成学术报告厅。系里有专用的报告厅,方便多了,虽然布置没有什么新奇,只有简朴的讲台,八十多个座位。来访中文系的名家大腕总是络绎不绝,每学期少说也有五六十人,做报告一般就不用借教室了。不过这些年研究生、博士生多了,"考研族""旁听族"蹭课的也不少,报告厅常常坐不下。在外边找教室也不难,提前到教务部预约即可,大概由于五院的风气比较"学术",老师们还是乐于在这里开讲。

也有稍微麻烦的。记得有一回我邀请台湾诗人余光中先生来讲座,七十多人的报告厅挤进一百五十多人,临时换教室来不及,许多人只好站在过道和讲台旁边听。人多热气高,余先生大受感动,更是情怀激越,诗意盎然,直讲到满头大汗,大获成功。和报告厅相对的楼下,还有一间小会议室,主要供开会或者论文答辩用。许多从这里毕业的硕士、博士生可能终生忘不了这个地方,因为他们答辩通过后便在这里和老师拍照,从此翻开人生新的一页。

顺着北边楼梯上到二楼,靠西一间稍大的,是会客室,也曾做过"总支会议室"。1970 年代末我们上研究生时,每隔十天半个月一次的小班讲习,就在这里。每次都由一位研究生围绕某个专题讲读书心得,接着大家"会诊",最后由王瑶、严家炎、乐黛云、孙玉石等导师总结批评,比较有见地的就指点思路,整理成文。记得钱理群讲"周作人思想研究",吴福辉讲"海派作家",赵园讲"俄罗斯文学与中国现代文学关系",凌宇讲"沈从文小说",等等,我也讲过老舍与郁达夫研究,每人风格各异,但初次"试水",都非常投入。老钱一讲就是情思洋溢,以至满头冒汗;凌宇则声响如雷,气势非凡。当初讲习者如今大都成了知名学者,他们学术研究的"入门",最早入的就是五院的"门"。

如今北侧楼上除了会议室,是几间系行政班子的办公室,面积窄小,好在朝南都有一排大窗户,推窗外望,花木扶疏,小榭掩映,倒也别有洞天。1995 年,费振刚教授执掌中文系,拉着我担任副系主任，主管研究生工作。我没有单独的办公室，就和费老师及另外一位副主任三人合用一间。分给我的只有一张桌子，歪歪扭扭的。有时找研究生谈事，没有地方坐，就对站着说上几句，倒是可以节省时间。后来图书馆系（原在西侧地下一排）从五院搬出，中文系宽裕一些了，每位负责行政的老师才有单独的办公室。1999年我担任系主任至今，办公室一直就在西侧楼上紧东头的一间（就是刚才说的詹姆逊教授讲学那一间）。说来我与这个房间有特殊的关系。1986年冬我赶写博士论文，那时家住畅春园51楼，筒子楼，房小挤不开，每晚只能到五院，就在这个房间用功。1980年代北大不像现在热闹，即使周末晚上附近的"二体"有舞会，11点钟差不多也就收场。夜深了，窗外皓月当空，树影婆娑，附近果园不时传来几声鸟叫虫鸣，整个五院就我一人在面壁苦读，是那样寂寞而又不无充实。我的第一本书《新文学现实主义的流变》，就杀青于此。想不到十多年过去，这里又做了我的办公室。

办公室十五六平米，只能摆一张桌子和几个书架、沙发。我每天都要收到好多书刊，几年下来，房间就被图书占去一半，许多书刊上不了架，只好临时堆在地上。我又有个坏习惯，自己的书刊只能自己整理，怕别人代劳找不到，而自己又难得来办公室，结果一摞一摞的书都快把沙发给淹没了。不过，和师友交谈或者会见校内外文人墨客，甚至外宾，我都不太喜欢到会议室或咖啡馆，尽量还是在五院的办公室，尽管书堆得很挤很乱，端杯茶都不知放哪里好，但我知道读书人对书并不反感。

近十多年，北大多数院系都盖了新楼，每个教授有一间专用办公室，硬件大大改善。唯独文史哲等几个"穷系"没钱盖楼，教授也无地"办公"。校方发善心，决定拨款在未名湖畔建一座人文楼，专供几个文科系使用。请人设计了图纸，拿到系里征求意见，让大家选择式样，老师们好像不是特别有兴趣。2007年底新楼终于奠基了，很排场的仪式，校领导都来参加，校新闻网还专门发了报道。有"好事者"竟把报道转贴到学生网页，换了一个标题，叫作《五院的挽歌》，喜事成了"丧事"，有点"无厘头"。不过我能理解，他们是有些舍不得五院。几十年来，一代又一代学者在五院读书、讲学、交往，诸如王力、游国恩、魏建功、杨晦、袁家骅、吴组缃、季镇淮、朱德熙、王瑶、周祖谟、林庚、林焘、褚斌杰、徐通锵，等等，这样一批鼎鼎有名的学问家，以及来自世界各地的诸多大家名流，都在五院留下足迹。五院的书香味浓，文化积淀厚，五院承载着沉甸甸的中国文化分量，每位师生在这里都能勾起许多难忘的回忆，五院已经融入生命中，有一种难于割舍的感情了。

新楼肯定比较现代而又宽敞，每人能有一间也是早已期盼的，但中文系真的从五院迁到新楼了，也许又觉得还不如现在。在传统的优雅的五院自由出入，毕竟可以那样的随性自在。

2008年2月5日

北大初期的桐城派与章门学派

说起北大中文系的学术渊源,不能不提到桐城派与章门学派。

清末遗留下来的京师大学堂,1912年5月改名北京大学,而原先作为课程设置的中国文学门,也早在1910年3月成为实体教学单位——"中国文学门"(简称国文门),北大中文系的建制就此诞生。在"中国文学门"建立前后数年,北大文科包括中国语言文学学科逐步走向规范,而学术流派之争也直接影响到学科与学风的建设,这里有一个动荡的转型期。

京师大学堂时期的文科包括中国文学虽然列为主课,一些新式教育的观念与方式开始影响这门学科的建设,但很多方面仍然袭用传统书院式的教学。而当时整个大学对传统学术并不重视,特别是进入民国时期,学校"百事务新,大有完全旧弃之概",主掌校政的几乎全是留学西洋的"海归",事实上中学的研究已经逐渐退为"装饰品的地位"。1912年严复担任校长之后,有意保存中学,就设想文科之外各科全由西洋留学回来者担纲,可尽讲西学,而文科则纯粹研究传统学术,"尽从吾旧,而勿杂于新"。那些年轻的"海归"派与文科中的旧式文人"老先生"经常有矛盾,严复担心中学坠落,也希望中学西学两不相干,各自发展。他决定起用桐城派文人姚永概担任文科学长。本来,京师大学堂期间,文科的教席就多为桐城派文人,包括吴汝纶、姚永朴、马其昶、张筱甫,以及被看作桐城派"护法"的古文家林纾,等等,虽然仍多执滞于辞章之学,格局褊狭,却也曾一支独盛。公正评说,当时北大的桐城派文人,亦有其文化推进,特别是在国文现代教育的试验方面,并非一味泥古。

姚永概(1866—1923)在当时桐城一派中,学问未见得是最好的,吴汝纶的学术地位就比他高。但姚永概有更求新求变的思想与实践。1906年吴汝纶创办安庆一中,就曾专门去日本考察新式学堂,那时他已经意识到封建的、封闭的旧文化思想体系对于人才培养的束缚,希望探寻一种新的国文教育路子。这大概也是严复看重他的原因。一般人的印象中,当时占据北大文科的桐城派很守旧。这只是一部分事实。可是这一派在北大任教时,他们对于新式学堂的教育,特别是国文教育,有过很大的影响。人们应当注意到一个现象:一百多年来,国文或者语文教科书所收的很多文言文,其基本的选篇范围始终没有很大变化。当然这是经典的沉淀,而桐城派吴汝纶、姚永概等在选篇方面所起到的作用也不可忽视。姚永概就曾致力于为新学堂编写多种古文讲义,诸如《孟子讲义》《左传选读》《初学古文读本》等,都力图选择清真雅正、辞句精练,又比较切近白话文的作品,适合学生阅读模仿。这实际上也为后来的白话文运动做了一些基础性的工作。研究现代语文教科书编撰的历史，不能忘记当时在北大的桐城派文人。

林纾（1852—1924）也是当时北大的"风云人物"，这位福建籍的桐城派文人，写一手绝妙的古文，受到过吴汝纶的赞赏。进入北大之前，林纾已经是文坛巨擘。他首推用典雅的古文翻译外国作品。他并不懂外文，是和几位留洋回国的才子合作，从事外国文学作品的翻译，主要是"意译"，居然翻译了180余部西洋小说。因为故事新奇，译笔好，能满足当时大多数读者需求，大受欢迎，对晚清的文坛影响巨大，被公认为中国近代的译界泰斗，并留下了"译才并世数严林"（"严"指翻译《天演论》的严复）的佳话。只因为后来林纾反对白话文运动，与蔡元培、胡适等发生争论，又曾写小说影射陈独秀、胡适和钱玄同等，引起新潮派激烈反弹，后来的文学史叙事就把林纾归之于守旧与反动的阵营。其实，林纾对于近代文化改革的贡献也是不能抹杀的。

不过，桐城派文人在政治上仍然守旧，清亡之后，这批效忠清室的文人陆续从北大流散，北大文科的地位更趋下降。这除了北大内部的人事变动，更因为民初学界的风气大变，原来笼罩北大文科主流位置的桐城派，逐渐被章门学派所取代。

严复1912年离职之后，先后继任校长的何燏时、胡仁源，都是浙江人，且都有日本留学背景，他们对文科中旧功名出身的"老先生"不满意，希望北大引进一些留日的年轻学者，来排挤桐城派势力，而章门弟子理所当然就成为首选。章太炎（即章炳麟，1869—1936）继承清代乾嘉朴学正轨，由小学而治经学、史学、诸子学、文学、佛学等，眼界阔大，作风扎实，加上革命党的身份，在民初学界声誉隆盛，影响自非桐城文人所能比。章太炎因鼓吹革命而避地日本，除了办报传播革命，又设坛讲学，多讲音韵训诂，以及说文、尔雅、庄子等。听讲者多是浙江籍的学生，包括钱玄同、周树人（鲁迅）、周作人、朱希祖、马裕藻、沈兼士、黄侃、刘师培、刘文典，等等，后来各自都卓有建树。这些人多是同门同乡，互相援手推举，大都在1913—1917年间进入北大，形成北大文科的新兴力量。

在与桐城派的角逐中，章门学派最显示学术实力的是黄侃与刘师培。黄侃1914年入北大，在国文门讲《文心雕龙》与《文选》。刘师培1917年入北大，在国文门讲"中古文学史"。他们都以研究音韵、说文、训诂作为治学根基，讲究综博考据，打通经史，文章则力推六朝，又被称为"文选派"。他们学术上非常自信，自视甚高，力图通过北大讲台打一场"骈散之争"，驱除桐城派的影响。这除了学术理路的差异，更因为黄、刘认为古文家"借文以载道之说，假义理为文章"，其实是浅陋寡学。除黄、刘氏外，在国文系主讲文学史的朱希祖和其他一些教员也加入对桐城派的批评。桐城派文人终于一蹶不振，失去在北大的学术位置。

在1917年蔡元培主政北大之后，陈独秀、胡适等一批新进学人进入北大,在国文门与整个北大文科提倡文学革命与白话文,鼓吹新文化。他们干脆"一锅端",将桐城、文选两派都视为守旧加以攻击,斥之"桐城谬种,文选妖孽",大有"举古先伦纪道德典籍文字尽摧灭而变易之"的气势。所谓文章结构体式的"骈散之争",就被更热烈的"文白之争"(或者"新旧之争")所掩盖和终结,传统学术与现代学术在矛盾纠结中日趋交融变通,北大责无旁贷成为全国文科研究和思想启蒙的中心了。

关于北大建校之初国学研究之学风流转,借用沈兼士的话来说,大致有三变:"其始承清季余习,崇尚古文辞;三四年之后,则倡朴学;十年之际,渐渍于科学,骎骎乎进而用实证方法矣。"这大致梳理清楚文脉的流变。

后人容易非此即彼,站在"前进"的特别是新文化的角度去看待这些"代际更迭",其实问题比结论式的思考复杂。文化学术是需要层层积累的,每一层"彼此"都可能有其在特定历史环节的贡献与局限,又有互相的交融重叠。加上文人相轻和文派抵牾等因素,就更加搅成一团。比如黄侃在其名著《文心雕龙札记》中批评桐城派,同时也有对胡适《文学改良刍议》观点的深层的有益思考,尽管他很瞧不起胡适,甚至写诗讽刺新潮人物为"苍蝇螟虹",给胡适取外号为"黄蝴蝶"(胡适的《尝试集》中有《蝴蝶》一诗)。历史就是如此复杂,道德评价也取代不了学术史评价。对于前人的学术得失,须慎用绝对化的分类褒贬，要分清流变中的不同层面。从桐城派、章门弟子，到"五四"先驱人物，他们对于北大文科的建立与发展都做出了贡献，对于这些学术前辈，我们都持有敬仰之心。

2023 年 10 月 15 日修改

北大中文系的"系格"

在庆贺北大中文系建系 90 周年的时候，我想谈一谈对北大中文系"系格"的理解。

凡是比较成熟的有独特品性的学校或院系，都会有其"校格"或"系格"，那是无形的东西，是一种氛围，一种气象，一进去就能感觉出来。北大中文系应当说是有"系格"的，在北大，中文系的某些风气的确有些特别。你可以有批评的意见，比如，认为中文系比较散漫、自由，有时甚至是不讲章法，等等，但又不能不承认，中文系的学术思想始终比较活跃，不同的治学理路可以在这里很好地相克相生，空气比较宽松，学术上有包容的气度。全国中文系重点学科共 11 个，北大中文系就占了其中主要的 5 个（又注：2002 年重评全国重点学科，北大中文系评上 6 个重点），仔细琢磨，5 个学科的"性格"与理路不尽相同，但都能在这里各自发挥优势。

中文系的学术委员会开会，往往有许多由于学术理路不同而引发的热烈的争论，但彼此不伤和气，很少有"一言堂"或"武大郎开店"的现象。中文系是一个"人和"的系，虽然不见得没有矛盾，有些矛盾可能还比较深，但在学术上又大都能互相尊重，给自己也给别人发展的空间。这种风气，也许就是我们的"系格"。

这种"系格"的形成是有历史的，是由某种主导性的氛围长期熏陶而成。回想北大中文系建系之初，系里的新派人物领新文化运动风气之先，旧派人物依然在此传经授典，观点对峙，各不相犯，这样就形成了一种宏放的胸襟，形成学术思想自由开放的格局。那时只要学术上有专长或特色，能成一家之言，无论其在思想上是何主张，甚至性格上、生活上不无可议，都可以上中文系的讲台。激进的新潮社与保守的国故社，其成员中都有中文系的，看来非常对立，但也一样并存，而且以今视昔，二者学理上未见得不是一种互补。

20世纪三四十年代乃至新中国成立后，中文系多经磨难，在特定时空中也出现过荒唐事，但总的来看，始终是人才荟萃，思路活跃，这跟相对宽松自由的学术风气是互为因果的。我认为这种风气或"系格"，是一种极为重要的资源，应好好利用和发扬。办好一个系，尤其是文科系，非得努力营造这种好的空气不可，这比任何"硬件"都更要紧。

当然，光讲宽松、自由不够，北大中文系还有一种严谨求实的风尚。这里允许多种不同的观点、理路的并存，但必须有真才实学，做学问要严谨认真。否则，在中文系是待不下去的。据前辈学者回忆，在20世纪二三十年代，学术上的"二把刀"被学

2002年北大中文系现当代文学专业的教师聚会潭柘寺

生哄下台的事，也是有的。我们的一些骨干学科，如文学史、汉语史、文献学，等等，接受传统朴学的影响较深，注重材料，析事论事力求准确有据，这一直是主流学风，是相对稳定的学术"游戏规则"。如果有个别教员学风浮泛，乐于"做秀"，即使被外面传媒弄得名气很大，在系里也不见得就有市场。所以要讲传统，讲"系格"，在宏放自由之外还要严谨，两者相辅相成，才蔚成风气。王瑶教授曾对学生有要求"板凳要坐十年冷，文章不写一句空"，在中文系传为美谈。当前，在比较浮躁功利的社会风气之中，做到这一点似乎是越来越难了。唯其如此，严谨的学风更显得宝贵，更要大加彰扬。讲求严谨，也就是讲求学术上的尊严,这方面理应从传统中发掘精神资源。

  当然,我认为无论是讲宽松、自由,还是严谨、求实,与政治上强调正确的原则并不矛盾,后者是前提,是保证,是从大局考虑的一种必要的要求。我们努力要做到的,正是在这一前提下,发扬优良的系格系风,保持与发展健全的学术格局。我们的学生很有才气,个性很强,很有精英意识,学问做得可能也不错,但如果脱离实际,甚至与现实格格不入,根本进入不了社会,那么还谈什么改造社会?讲中文系传统学风的彰扬,也有一个如何适应新的现实的问题。

2000 年 3 月 23 日

北大清华人大三校比较论

我今天要讲"大学文化与大学传统",是很大的题目,不妨大题小做,比较一下清华、北大和人大三个学校的不同校风。三个大学都在海淀区中关村一带,几乎毗邻而居,北大、清华更是一墙之隔,可是彼此"性格"有明显差异。我来妄加评论,也算是有些"条件"的,我和三所大学都有密切的关联。本人是人大的校友,1964年入学,1970年分配离校,在人大待了六年(那时大学本科五年制)。我的青春岁月是在人大度过的。从1978年到现在,我在北大先当研究生,然后留校当老师,迄今三十三年,是很地道的"北大人"了。而清华呢?也有关系。清华中文系建立之前,我被清华校方聘去教过两年的课,是面向全校的选修课。我还在清华南边的蓝旗营住了十年,买菜散步都去清华。我的导师王瑶先生,和导师的导师朱自清先生,原来都是清华的,我也等于是"师出"清华。我是人大的学生、北大的老师和清华的居民,对三所大学还是比较了解的。那么就说说自己的印象吧。

可以从校训说起。校训往往凝结了一个学校的历史,反映一个学校的文化背景和创建历程，体现一个学校的办学宗旨和精神追求。人大的校训是"实事求是"。这句话出自《汉书·河间献王德传》，其中提到了"修学好古，实事求是"。这句话因为毛泽东的引申，变为现代非常流行的成语。在《改造我们的学习》中，毛泽东说到"实事求是的态度"。他解释："实事"就是客观存在的事物，"是"就是客观事物的内在联系，"求"就是研究。不凭主观想象，或一时热情；不凭书本，而是凭借客观存在的事实和详细的真实的材料，在马克思列宁主义思想的指导下，从材料中引出正确的结论。"实事求是"已经成为我们党和国家一个非常重要的指导精神。党中央的机关刊物就是《求是》嘛。人大把"实事求是"作为校训，体现了一种办学的理想。人民大学的传统大致也可以说是追求"实事求是"的。

人民大学是中国共产党一手创办起来的学校，从延安大学、陕北公学、华北联合大学，到20世纪50年代建立的人大，一直是党的"嫡系"学府，一个致力于培养干部的机构。现在的人大附中很有名，大家不一定知道，其前身是"工农干部补习学校"，高玉宝、郝建秀和当时很多有名的干部，都曾在这个学校学习过。20世纪五六十年代的人民大学，有点类似党校，主要就是培训干部。我考大学的时候是1964年，报考的时候，招生简章中人大是放在北大前面的，位置很高。人大是1960年代初才开始招收应届毕业生的。人大办学，与社会、政治、党的需要紧密联系。在我上学时，人大最好的系就是党史系、马列哲学系、政治经济系、计统系、工业经济系、农业经济系等。人大的政治风气浓，当时每个星期都有政治报告，由一些部长和政要来讲，校园里时时刻刻都能够感受到时代的脉动，学生总是被告诫不要脱离实际，不要忘记社会的责任，要关注现实、有责任感和务实精神。老实说，我的大学时期是很压抑的，动不动就要被批评个人主义，或者白专道路。后来"文革"爆发，全校分裂为"人大三红"和"新人大"两派，打得不亦乐乎。"派性"矛盾延续很长时间，直至人大复校之后。

说人大比较务实，是从好的方面讲，这确实也是人大的一个传统。现在对人大的办学传统好像很多微词，连毕业生也每每抱怨母校。大家不满，是这个学校过于"政治化"。现在处在"去政治化"的时代，对人大的传统就更加反感。大学办得很"政治化"固然不好，但政治是"去"不掉的，所谓"去"也只是一个相对的说法，是要矫正以前过于政治化，以伸张个人空间。人大的确是政治性很强的学校，对它这个传统要分析地看。五六十年代，新中国刚刚建立，处于冷战时代，那时候不仅中国非常政治化，美国也十分政治化，苏联也是非常政治化，整个世界政治上都很敏感。当时毛泽东、共产党虽然有"左"的错误，但也不能因此全盘颠覆历史。看人大的传统，也要用这样一种历史的观点客观地评价。我看到一些从人大毕业的学生，把人大的传统说得一钱不值，心里不是滋味。

人大有人大的特点，不要拿清华、北大做标准来衡量人大，每个大学各有千秋。幸亏三个大学都还有点个性,各自有所不同,如果都变成了北大或者清华,那会很糟糕;都变成人大,更是不可想象的。现在各个大学趋同的"平面化"现象似乎越来越严重,也令人忧虑。人大的校风倾向于务实。这所大学历来重视社会科学,重头戏是社会科学,它强调服务于政治斗争与经济建设。务实,是它的优势,当然,有时又可能趋向庸俗化。不仅是人大如此,当年整个社会都是这样,就是趋时,紧跟,要求步调一致,容不得独立思考。北大、清华在"文革"时期不也是紧跟?不也是出过"梁效"这样的政治打手?部分原因是时代使然,也有部分原因在于学校的风尚。一个大学跟时代跟得太紧,缺少必要的距离,也就缺少必要的培养自由思想的土壤,缺少独立性。这也是人大的遗憾吧。

另外,作为文科大学,人大历来对社会科学特别是应用性的学科很重视,对人文学科就比较轻视,不太愿意在这些方面投入。以前语文系在人大是无足轻重的,历史系因为有党史,稍微受到重视,哲学系则几乎成了马克思主义哲学的天下。这都显得比较褊狭。没有厚重的人文学科,整个文科包括社会科学也就难于支撑起来。好在这些年在纪宝成校长支持下,人文学科特别是传统学科得到发展。不可否认,关注社会,紧密联系社会,服务于时代,这是人大的一个特点,现在还是。"研究无禁区,发表有纪律"这话有点矛盾,不让发表就等于禁止研究嘛。能不能开放一点,让人大这样的学校多做现实问题研究,也包括某些禁区研究，实事求是发现问题（包括有争议的敏感的问题），从内部提供相关决策部门参考。应当容许不同的声音，而不是舆论一律。人大有它的优势，有清华大学、北京大学及其他大学所没有的优势，但也有它某些方面的缺陷。它过于趋时、过于紧跟，这对于一个大学人才的培养、科学研究，是有不良影响的。

再说说清华。清华的校训是"自强不息，厚德载物"。这句话来自《周易》的乾坤两卦："天行健，君子以自强不息；地势坤，君子以厚德载物。"乾坤代表天地，用这两句话来阐释符合天地的德行，用这两句话来激励师生不断努力，奋发向上。用现在的话说，是既符合规律，又有良好的内涵修养。我觉得清华的校训非常好，内涵丰富，本身给人一种很阔大的感觉。据说这是梁启超给清华定下的。

说到清华传统，人们马上会想起1920年代的清华国学院，还有王国维、梁启超、陈寅恪、赵元任四大国学导师。老清华是综合性大学，文、理、工科并重，文科的影响更大一些，和当时的北大不相上下。老清华的传统是中西合璧，放达而自由。清华本来就是用庚子赔款建立起的留美预备学校，很开放的，所以如果讲传统，这就是清华的传统。但后来就有问题了，老清华的传统断了。其实有两个传统。20世纪二三十年代老清华是一个传统，1952年院校调整后，这个传统断了。它的文科和部分理科都移到北大等校，清华没有文科，完全成了一个工科的学校了。现在讲得很多的清华传统，是老清华的传统，50年代完全断了。

不过20世纪五六十年代清华又形成了另外一个新的传统，那是在蒋南翔校长的领导下形成的。这个传统可以概括为四个字：务实、纪律。清华流传甚广的一句话是培养"听话出活"的人才，所谓纪律也就是"听话"，懂规矩。清华强调的是"行胜于言"，你们看校园里现在还是到处插有这句口号的标语。记得1981年中日女排比赛，中国队大胜，全民欢腾。北大学生当晚点起扫帚当火把游行，喊出的口号是"振兴中华"；而清华学生的口号则是"从我做起"。也可见两校之不同。

院系调整以后，清华以工科为主，清华的"务实"主要是和工程建设有关的。20世纪五六十年代，每年在新生入学时，清华校园里挂起来的标语就是"清华——工程师的摇篮"。清华的培养目标是很明确的，就是工程建设人才。清华的学生很苦，做实验、做工程，参与老师的项目，扎扎实实干，动手能力比较强。老师就是"领导"和"老板"，令行禁止，团队精神格外看重。清华也看重素质培养，比如重视体育，但目的还是很明确：为祖国健康工作五十年！清华的学生比较受社会用人单位喜好，跟他们比较务实、听招呼，是有关系的。

除了务实，清华也是一个非常政治化的学校，是一个很有章法、很讲效率、讲纪律的学校。上面有什么动静，清华总是立马跟进，往往出经验，出典型。清华的工会、党组织都是很强的，工作做得井井有条，在全国都有名。清华不仅培养工程实业人才，搞汽车、搞水利、搞建筑，还很注重培养干部。清华果然也培养了很多干部，很多高层官员。省部级以上的大官，清华出身的占了相当大比例。难怪有一句话说："大清天下。"有些人否认从政的必要，但从国际上看，名校毕业生从政并不稀罕。这当然也是一种贡献。清华有它的优势，它的校风是务实的，纪律的，强势的，甚至有点傲气和霸气的，但对比一下老清华，会发现现今的清华缺少某种东西，那是一流大学必须的自由的空气和独立的精神。清华的工科很强，但文科比较弱，这些年凭着清华这招牌，不愁罗致不到人才，包括许多文科的拔尖人才。我认识的不少北大的著名学者，为清华的条件吸引，都奔向清华去了。清华正在恢复完全的综合性大学。但转去清华的一些学者又都抱怨，说清华受拘谨的工科思维统治，很难伸展个性，如果要发展文科，恢复老清华那种气度，恐怕还得费相当大工夫的。

现在就要讲讲北大。北大很奇怪，它没有校训。以前大饭厅（现在是大讲堂）东侧写着"勤奋严谨，求实创新"八个大字，一般人以为这就是北大校训，其实不是；有时学校开会打出大标语"爱国进步，民主科学"，也不是校训。倒是有一个大家都知道，却场面上又不被承认的说法，那就是，"思想自由，兼容并包"。为什么这不能堂堂正正当作北大的校训呢？可能有人担心"兼容并包"把什么都包进来了，立场不是很鲜明，政治性不够明确。其实这个不必担心，因为这是北大的历史嘛。历史上的北大的确就是兼容并包的。如果当初没有兼容并包，社会主义思想能够进入北大么？共产党的组织能够在北大最先发难么？不可能。所以这个"兼容并包"也未必是件坏事。

北大这个学校的确是比较自由，对于各种思潮学派都很兼容。如果没有这种校风传统，就没有北大了；没有这个就没有新文化运动了；没有它，马克思主义也无法立足。这样来看，就不要一提到"兼容并包"就觉得很可怕。北大是个多故事的地方，所以它的传统相对比较深厚。校风传统就积淀下来，形成了一种力量。在这种环境下，人们就比较宽容，它尽可能地给老师、学生提供更大的自由空间。不要以为北大没有矛盾，北大矛盾多着呢，来自社会、来自政治经济各方面的矛盾，也有很多外界的压力。但是比较多的人还是一心问学，还有比较多的人容易给他人空间。缝隙比较多，一般不会把人逼到墙角。就是说，化解压力的可能性比较大，使人们能够专注于学问，能够抵御很多物质的诱惑。

我觉得北大自由也有另一面，就是管理薄弱，甚至有些混乱。这跟清华、人大一比就更突出了。清华、人大都很注重管理有序，弄出许多规矩，不惜牺牲自由。清华、人大的管理层比较官僚，但令行禁止，能管得住。北大人不屑于当官，管理层的地位比不上教授，有的教授有意见拿校长是问，校长也无奈。听说北大前校长吴树青就曾抱怨，有一回在西门碰到一位教授，指着吴的鼻子劈头盖脸就是一顿批评。自由的北大管理薄弱，也没有什么规矩。我讲一个例子，大家看北大"乱"到什么程度。几年前，北大有一个很有名的学院，大二的一个班级来了个新的班主任。一年以后，才发现这个班主任居然是假的，是个流浪汉，做北大学生的班主任过过瘾。可见北大有多么的乱。但北大相对又是比较自由的，禁区较少，把人逼到墙角的情况也比较少。加上北大比较国际化，中外各种学派名家乐意在北大亮相，学生在这种环境中开阔眼界，活跃思维，比较能激发创新。北大的学生往往心气很高，张扬个性，乐于批判性思维，容易被看作不合群，不"听话"。北大的毕业生在社会上往往被另眼看待。北大是个奇妙的地方，这里的学术空气适合天才的发展，因为提供了较多自由的空间。但是对于一般实用人才的培养就不见得很适合，如果学生没有足够的自制力，在北大就学不到什么东西。北大如鲁迅所说，是"常为新的"。这是优点。北大人的主意很多，实行起来就比较难。北大人往往起得早，赶上的可能是"晚集"。

关于北大，人们已经说得太多，我在另外几篇博客文中也有专门评说，这里就不再饶舌了。

对北大，没有必要吹到天上，也不应该贬到地上。对清华、人大亦如此。

北大有优良传统，是有个性、有品位的大学，可是这些年也感染上商业化、官场化、项目化、平面化和多动症等疾患，越来越丢失传统，办学质量每况愈下。其实清华、人大也彼此彼此，都多病缠身，你我互相竞争，又互相克隆，越来越失去个性，也就越来越失去价值。这才是令人忧虑的。

据笔者 2012 年在人大演讲稿整理

北大为何没有校训？

北大现在提出要建设世界一流大学，值得肯定，这些年来也取得一些成绩，但北大眼中的世界一流，无非就是哈佛、普林斯顿、牛津、剑桥等。那些大学的确非常了不起，有许多值得我们学习的地方。但北大领导和老师们是否想到过，老北大在当年就曾经是世界一流的。无论是办学理念、教学质量、开放程度，还是人才培养，20世纪二三十年代的老北大，以及西南联大时期的北大，都是当时世界上屈指可数的最成功的大学。那时物质条件并不好，但其他条件都是一流的。世界上极少有大学能像北大这样，与自己的民族、国家的命运联系如此紧密，发生过如此大的影响。所谓一流大学评价很复杂，但有一条比较简单，那就是社会公认的程度。老北大的社会公认度是很高的。可惜现在的北大不争气，已经把"老本"丢掉不少，尽管物质条件很好了，可是精神气度已经不行。我觉得当今中国的大学包括北大，的确需要向西方好的大学学习，但有两点不能忘记：一是中国的北大和其他大学，无论怎样发展，也不可能变成哈佛、牛津等大学，我们还是中国的大学；二是中国自己也有过成功的大学办学传统，需要继承，而不应当背弃。下面，我们就来讨论一下老北大的成功的办学传统。

老北大的成功，首先在于办学理念的先进，其办学理念集中体现在八个字：思想自由、兼容并包。这是老校长蔡元培先生提出的理念。也许有人说，现在情势与蔡校长那时完全不同，不宜照搬这八个字。我也认可办学不能脱离时代要求，但从教育理念的层面去理解蔡元培这八个字，还是觉得高明。这种办学思想，超越了工具性思维，是很大气、很有现代意识的教育观念的体现，有利于营造良好的学风，有利于对学生健全人格的养成与潜力的发掘，使大学能真正成为文化中心与精神高地。北大至今没有校训，但事实上，"思想自由，兼容并包"已经成为一代代北大人记忆最深的警句，也就是我们心目中的北大校训。

有些人是有个心结的，生怕一提"思想自由"就是政治自由化，讲到"兼容并包"就难免包容政治上反动的东西。这种思想禁忌几乎成了"集体无意识"，大家就不要去碰了。其实，只要认真研究一下"思想自由，兼容并包"，看看其历史内涵与文化积淀，就大可不必如此紧张。所以，这里我们回顾一下老北大的历史，特别是"思想自由，兼容并包"的来路，让我们感受一个大学应当如何定位，如何营造良好的氛围，可能是有参照意义的。

北大的前身京师大学堂通常被看作我国第一所现代形态的大学，其实这个所谓"现代形态"时间有些提前了。1898年建校之后，有十多年时间，很难说就是现代的大学。当时文科基本上是桐城派与"文选"派的天下，学生则以官员或者官宦子弟居多，都是抱着升官发财的目的来上学的，学校风气相当陈腐而且保守。学生称呼老师不是叫老师、教授，而是"大人""老爷"，老师可以放纵赌博、嫖妓，当时北大甚至被民间加以"赌窟""探艳团"的恶名。中间有一段几乎就办不下去了。直到1916年，北大才转变风气，真正朝着现代大学的方向来办学。这是因为来了蔡元培先生担任校长。蔡元培开门见山，在就任校长的演讲中就提出三点要求，可以看作北大精神的第一道闪光。蔡先生说，第一，大学是相对独立的学术研究的机构；第二，学生不应当"专己守残"，意思是既要专精又要博雅，注重人格修养；第三，大学应当有思想学术的自由。他画龙点睛，说了这样一句关键的话："此思想自由之通则，而大学所以为大也。"

蔡元培曾在德国莱比锡大学研究大学教育，深受现代教育之父洪堡的思想影响。他认为，大学是人格养成之所，是人文精神的摇篮，是理性和良知的支撑，但不是道德楷模，不是宗教之所。大学者，研究高深学问者也，囊括大典，网罗众学之学府。

他还说：大学并不是贩卖毕业证书的机关，也不是灌输固定知识的机关，而是研究学理的机关。

蔡元培认为，"学"与"术"可分为两个名词，"学"为学理，"术"为应用。治学者可谓之"大学"，治术者可谓之"高等专门学校"。

他说，知识分子要开辟自己的领地，发挥影响力，不依赖于政治，不顺应当权者，切断大学文凭与国家俸禄的等同关系。

蔡元培主政北大之后，校风好转，教师、学生道德水准得到提高。当时北大教师当中成立过一个叫"进德会"的团体，要求会员不嫖、不赌、不娶妾，还有不当官吏、不做议员，等等，居然拥有1000多会员。但蔡元培的理想不只是整顿道德，还要仿照西方先进大学的通例，办一所中国的现代的大学。他的第一件事情，就是"循思想自由言论自由之公例"，放开胸怀，聘用各方才俊。这就使北大任用教员着眼于学问，不受政治、派系或者其他非学术因素干扰，只要有学问，言之成理，哪怕观点对立，都可以在北大立足。当时北大聘用了一些所谓旧派人物，诸如刘师培、黄侃、林损、辜鸿铭、马叙伦等，他们比较倾向于现在说的文化保守主义，后来他们还站到了新文化运动的对立面。同时北大也引进了陈独秀、胡适、李大钊、钱玄同、周作人、鲁迅等一批激进的改革的人物。

这里说说蔡元培聘请陈独秀的史实，看看我们老校长的气度胸襟。蔡元培1月4日到北大上任，1月11日就呈请教育部聘任陈独秀出任文科学长。蔡元培与陈独秀政治信仰不一样，个性也迥然不同。陈独秀是"炮筒子"，你看他那篇《文学革命论》，声称要拖十八门大炮为前驱者助阵，他说话写文章就是这样锋芒逼人。而蔡元培却外圆内方，是绅士加传统优雅文人的那种气质。但蔡元培赏识陈独秀的锐气，当然还有他在青年中的影响，他是翻阅了十余本《新青年》后决意要聘陈的。为了礼聘这位比他小十多岁的陈独秀,蔡校长亲自去陈的住处拜访,一趟趟"多顾茅庐"。陈习惯熬夜,起床很晚,蔡元培几次登门陈公都还在梦见周公,蔡老先生就耐心地坐在门口的一只小板凳上,等待陈独秀醒来。

年轻气盛的陈独秀开始并不领情。他志向大了去了,哪里肯"屈身"当一个教师?何况那时他正在专心办《新青年》杂志,编辑部又在上海。但蔡的诚意和气度最终还是感动了陈独秀,使他决定将《新青年》搬到北京来办。这可是一个重大的历史契机。有了《新青年》与北大的结合,也就有了新文化运动和五四运动。

在蔡元培礼聘陈独秀后,陈又推举胡适进北大当教授。胡适当时才二十多岁,"海归"派,可是博士学位还没拿到。是陈独秀看到文章,欣赏他的才情眼光,得到蔡元培赞许,才决定请他来北大的。后来胡适成为新文化运动的主将之一。胡适在他的纪念文章里曾提到,如果没有蔡元培,他的一生很可能会在一家二三流报刊的编辑生涯中度过。

我讲这段佳话,是为了说明蔡元培"思想自由,兼容并包"的办学理念。蔡元培决心以这八个字来塑造北大,使这所大学能够"囊括大典,网罗众家",行"思想自由之通则"。除了聘用旧派与新派的人物,那时北大还会集了许多非常有学问、有特色的学者,例如马寅初、陶履恭、王星拱、陈大齐等,他们后来都

1924 年北大国学门同人

成为各个学科领域的开创性角色。北大在很短时间内就聚集了当时中国最有学问、最有思想、最有激情与抱负的一批知识分子,形成了各种学派、思潮与主义交锋的一个平台。各种新的思潮包括马克思主义、社会主义、人道主义、无政府主义、新村主义、托尔斯泰主义、易卜生主义,等等,纷纷亮相北大,各种文化社团风起云涌。那种问难质疑、坐而论道的自由学风,也由此形成,成为北大异于其他大学、吸引一代代学子的独特传统。

北大会集了各色人物,大都是有个性的角色,彼此学术理路和文化立场都不一样,怎么才能相安无事,有竞争又有协作呢?什么机制在起作用?那主要就是教授治校。这是蔡元培主政北大期间做的第二件大事：建立起教授会和评议会。这些措施是仿效德国大学管理方法。当时的评议会由全体教授推选，凡学校章程规矩及重大事项（如开放女禁，给予女生同等入学权利），都要经评议会同意。以上我们回顾了北大自由校风形成的历史。但是具体来说，"思想自由，兼容并包"这两句话到底出自哪里？让我再从头说来吧。

当陈独秀、胡适等人通过《新青年》杂志大力推进新思潮，最终形成反对封建专制主义及其衰腐的伦理道德的新文化运动，就遭到文化保守派的猛烈反抗。当时反对新文化运动的主将一是北大原校长严复，另一就是著名翻译家林纾，都是当时文化界举足轻重的角色，而且他们对中国近代文化是有过重要贡献的。当时林纾旗帜鲜明地反对新文化、新思潮，尽管他自己二十多年前也主张过改革，但此时转向保守，认为只有抵制西方的影响，回归古代文化与伦理，才能救中国。林纾用古文翻译西方文学作品180多种，是当时大师级人物，他看到胡适一般人提倡白话文写作，是深恶痛绝的，所以他把矛头直接指向北大。1919年2月林纾在上海《新申报》发表两篇小说，用一些化名影射陈独秀、胡适与钱玄同，甚至进行人格侮辱。当时有些读者认为林纾是借小说暗示要求军阀政府干预北大行政。林纾还在报上发表公开信《致蔡元培书》，控诉北大"尽废古书，行用土语""复孔孟，铲伦常""尽反常轨，侈为不经之谈……令人心丧弊，已在无可挽救之时……而中国之命如属丝矣"。林纾严厉警告蔡元培搞教育勿"趋怪走奇",误国误民。蔡元培当即在《公言报》复函,这封信被广为引用,事实上成为新文化运动的有力支持。信中驳斥了林纾对北大所谓"复孔孟,铲伦常",以及"尽废古书"的谣言,不符实际,鲜明地提出这样的办学理念:"对于学说,仿世界各大学通例,循思想自由原则,取兼容并包主义……无论为何种学派,苟其言之成理,持之有故,尚不达自然淘汰之运命者,虽彼此相反,而悉听其自由发展。"

这就是"思想自由,兼容并包"的来路。

我们可以这样看,如果没有这种学术自由,对不同思潮学派宽大包容的胸怀,也就没有北京大学,没有五四新文化运动,甚至也没有马克思主义在中国最初的立足之地。没有蔡元培这种办学理念,像陈独秀、李大钊,甚至还有后来的毛泽东这些共产党人,他们能够拥有最初发言的平台吗?现代科学民主思潮以及马克思主义社会主义思潮,正是依赖北大这种自由的宽容的学术环境才得以诞生和成长。我们不能忘本了!不能一提到"思想自由",仿佛就是洪水猛兽;一提到"兼容并包",就说那是特定历史条件下的产物,是资产阶级的东西!那就把好东西都推出去了,多么可惜!

以上我们回顾了蔡元培是在什么背景下提出"思想自由,兼容并包"的理念,以及北京大学如何靠这一理念成为五四新文化运动的发源地的。后来蒋梦麟、傅斯年、胡适当校长,基本上还是秉承与发展这个办学理念。如蒋梦麟把"思想自由,兼容并包"阐释为"大度包容"的北大精神，认为这种精神既符合世界很多一流大学的通例，又与儒家"道并行而不相悖，万物并育而不相害"的概念相通。"思想自由，兼容并包"，并不只是蔡元培一人的思想，而是中国现代大学出现的代表性思想，或者说，是北大所以成为北大的精神资源。这一百多年来，北大这个名字这么响亮，跟北大思想自由的宽容的校风很有关系，这已经成为一种传统，虽然也有过许多阻挠与挫折，但多少还是艰难地传承下来了。

一个学校除了有大师，有大楼，还要有校园故事，有许多能成为一代代学生不断传说下去的故事。北大总有许多性情中人，许多有风骨个性的学者，他们的故事往往就负载着、积淀着学校的精神传统。比如辜鸿铭，长衫马褂留辫子，还满口"牛津腔"讲《论语》，太怪了，但有学问，而且他的某些见解在事实上对"五四"新思潮激进的一面有牵制作用，或者说，起到某种结构性的平衡作用。虽然他是个反对新文化的保守人物，但在一代代传说中，又成为一位有个性、有主见的怪才，大家都觉得应当容纳这样的人物。这就是一种理念的传承。

又如马寅初，当过北大校长，却那么"死心眼"，认准了自己经过研究的学问观点，主张控制人口增长，即使面对众多大批判，哪怕是巨大的政治压力，自知年近八十，寡不敌众，也要单枪匹马，出来应战，直至战死为止。如果当时当局能听取这位学者意见，也就不至于弄到人口膨胀十多亿才着急实施计划生育了。从政治角度看，马寅初先生真是"不识时务"，但在北大居然有这样坚持真理不畏权贵的校长，也是独特的风景。许多诸如此类有学问、有个性的学者，他们成为北大精神的支柱。不要小看这些校园故事，一代代北大人所接受的传统滋养，很多就是从中获益的。北大是个多故事的地方，也是传统深厚的精神高地。当一种校风形成，代代相传，就是一股无形的力量。在这种氛围之中，人们比较宽容，尽可能给学者自由发挥的空间。这里不是没有矛盾，也肯定会受到外界各种压力，但多数人都一心向学，也比较习惯给他人以空间，缝隙就比较多，一般情况下不至于被逼到墙角，化解外界压力的可能性也比较多。这正是北大可爱的地方。

实事求是说，北大虽然有时有些"自恋"，但无可否认这所大学至今仍然是比较自由、活跃，也比较具有批判精神。北大那种特有的氛围，是从蔡元培开始不断培育出来的。一代代的北大人，始终都还比较神往蔡元培先生开启的"思想自由，兼容并包"的办学传统。这是无形的力。

> 据笔者2009年秋在北京大学新教职工
> 岗前培训会上的讲话稿整理

北大语文研究所的二十年[1]

诸位领导和专家来参加这次研讨会,真的让我非常感动。在北大,像语文教育研究所这样的科研机构,据说有200多个。一个小小的研究所,何德何能,居然惊动各位领导和嘉宾来聚会呢?我们应当好好领会与珍惜这份情义和期待。刚才,研究所现任所长汪锋教授已经对研究所今后的工作有所展望,我相信,有教育部、北大校方的领导支持,有中文系作为靠山,还有,有在座诸位同人、专家和老师的参与,北大语文所的工作一定会展开她的新生面。

20年前,也就是2003年底,学校和中文系支持我们成立语文教育研究所,当时的想法很简单,就是想让北大中文系除了搞好自己的教学科研,能有部分力量去回馈社会、服务社会,多关心中小学还有大学的语文教育。基础教育牵涉到千家万户,是国

---

[1] 2024年1月5日,北大语文教育研究所开会庆祝成立20周年,暨讨论当前语文教育所面临的基本问题。出席会议的有全国政协副主席朱永新,教育部原副部长郑富芝、北大党委书记郝平,以及二三十位语文教育专家和一线教师。新华社、《人民日报》、《光明日报》、澎湃新闻等众多媒体做了报道。本文系笔者在会上的发言节录。

计民生，北大，以及北大中文系有责任在这方面做点事情，为国家、为社会分忧，这是本分，并非"多管闲事"。再说，中文系的学科分工越来越细，研究越来越学院化、项目化，甚至泡沫化，虽然各种研究也都有文化积累的意义，但也应当有一部分研究能直接转化或者介入当下社会的"语文生活"与"文学生活"。关注大学与中小学语文教学，应当是中文系的题中应有之义，而且能拓展中文学科的学术生长点，让北大文科更保持元气，接通地气。

当时还有一个想法，就是看到许多师范大学都不怎么重视师范，各个师大文学院搞语文教学研究的，都容易被看成是"边角料"，老师们大都不愿意教，评个教授都困难。这也可以理解，其中有很现实的原因。那么如果北大老师匀出部分精力关注语文教育，也许就起到"敲边鼓"的作用，让大家更加注重师范教育。北大是综合性大学，有多学科的优势，而且中文系各学科本来就与语文教育密切相关，我们可以在大学和中学语文教育方面发挥应有的作用。事实证明，的确起到了一些促进作用。北大语文所成立后，全国有十多所师范大学也相继成立了类似的研究中心或者研究所。

北大语文所的成立，也是承接了北大的传统，是关注社会的传统，也有语文教育的传统。京师大学堂时期就有师范馆，西南联大也有师范学院中文系。我们只是把一度几乎中断了的传统继承下来罢了。"多管闲事"也好，"敲边鼓"也好，语文所一做就是20年。现如今中文系的党政班子也很重视语文教育研究，作为学科建设的一个新的生长点。

回头想想，20年来，北大语文所大致做了六件事，一是开展大面积的中小学语文教学状况的调查，是非指向性的调查，提供决策参考；二是开展语文教育的研究，重视往学理性方面引导提升，培养这方面的博士、硕士生；三是参与义务教育语文课程标准（2011年版）的修订；四是承担教育部的"国培"任务；五是和人教社合作，编写2003年版高中语文教材；六是最近十年，参与和主持编写小学到高中的部编本语文统编教材。

2018年，温儒敏与参加北大"国培"的中学老师课后合影

语文所只是个不起眼的虚体，没有编制，没有拨款，甚至没有办公室，也就是一个平台，通过一些研究专题联结和组织校内外对语文教育热心、有兴趣的专家和一线老师，共同来做，参与者来自不同专业，各自还有自己的学术本业，参与语文所的研究带有志愿者业余的性质，但也能发挥不同的专业优势。比如古典文学的学者在中小学古诗文教学方面开展研究，语言学的学者在语言运用教学方面发挥作用。虽然在我们相对规范的学科评价体系中，关于语文教育的成果是没有学术显示度的，俗话说，就是"不挣工分"的，填表也填不上去。但大家还是乐意用部分精力做一些务实的研究。

虚体也有其好处。没有编制，也就没有人事纠纷，不用管吃喝拉撒，不用管职称评定等。没有拨款也很好，不用到处找发票，不用为分配不均发愁，不用年终想办法突击花钱。以语文所的影响，办班赚钱也是可以的，但没有这样做。我非常感恩的是，这样一个机构，居然三次获得北大社科部的奖励，评为优秀科研单位。按照规定，虚体研究机构必须每年有经费进账，有多少平方的办公室，这都是硬指标，可是语文所没有，本来是不达标的。但北大居然还破格颁奖，这也可见北大的宽容。顺便一说，原来语文所没有办公室，郑富芝部长知道这样一件芝麻绿豆小事，还特别建议北大管理部门在南门资源楼给了一间办公室。

语文所20岁了，还是个刚成年的小青年，今天这个聚会，其实不是什么庆典，还是讨论问题的研讨会。但在这个时刻，我还是想起语文所成立之时那些出过力的师友。林焘、袁行霈、徐中玉、刘中树等老先生曾担任语文所顾问，还有陆俭明、王宁、巢宗祺、蒋绍愚、钱理群、李小凡等著名学者加盟，汪锋、蔡可、曹文轩、张联荣、苏培成、漆永祥、吴晓东、姜涛、刘勇强、孔庆东、程翔、周群、顾之川、王荣生、李二民、郑桂华、陈维贤、李国华、周昀等校内外的同人先后参与其事。我们不会忘记这些学者对语文教育事业的无私贡献。

还要特别说说，最近十年来，教育部聘任我主持中小学语文统编教材编写，这和语文所也有关，因为语文所的成员中也有好几位是参与教材编写工作的。教材编写是国家的事权，是公共知识产品，上下左右都有要求，都很关注。除了研究和编写，大量的工作是协调、平衡，还需要像消防队一样经常紧急"救火"，应对突发的舆情。有时候还要无端遭受网络暴力的攻击。编教材这件事，的确是我一生中做过最难的事。甚至几次都要打退堂鼓了。但是教育部、教材局始终在支持、协调和指导我们的工作，能坚持到现在，也很感激郑部长、刘宏杰副局长和李斌处长等许多领导。他们也是兢兢业业在做最难的工作。今天他们有几位也出席了，我要特别对他们表示感谢。

还有人教社，20年来，我与人教社有过三次合作，语文所也得到过人教社的许多支持，在此也表示我诚挚的感谢。我还要感谢在语文所成立时给过大力支持的重庆《课堂内外》杂志。当然，还要感谢今天来开会的许多朋友，他们中有些人也是伴随语文所走过20年的，谢谢大家。

会议的下半节，将讨论当前语文教学中亟待解决的问题。这是汪锋所长出的很好的题目。我的基本想法，在之前一些场合也讲过的，三句话，那就是要遵循课标精神，尊重教学实际，用好统编教材，三方面彼此连带，解决好如何落地的问题。课标提出的素质教育，语文核心素养，是着眼于立德树人，培养有理想、有责任感、有本事的人，同时也是为了改变目前教学中存在的扼制学生健康成长的应试教育倾向的，一定要遵循课标的精神，不断推进课程改革。但是如何让课标精神转化为有效的教学实践？要防止现在已经出现的形式主义、假大空的倾向，不宜笼统提倡大语文、大单元、大情景教学，课程一定要改革，但不是推倒一切的革命，不能搞一刀切，全国那么大，还是要照顾不同地区学校的不同学情，是在现实基础上的改良和革新。因此，既要克服那种我行我素、以不变应万变的保守的做法，也要避免那种用一种教学方式（如任务驱动、群文教学或者大情景、大单元）包揽全局，一刀切的奢望。现在守旧与形式主义都是语文教学亟待解决的问题。如今教育有了很大发展，但也遗留大量有待解决的问题，还必须面对高考这样的巨大的现实。改变现状有必要，但要考虑改革的成本与可行性，"多动症"已经让一线老师疲于奔命，拍脑袋的措施则往往欲速则不达，比如一些比较理想主义的教学方法，要经过试验田的实践检验，可以提倡、示范，但不宜用行政手段大面积推开。我也希望能围绕这些问题开展讨论。我主张语文所能联合一批专家和一线老师,做点调查,直面现实问题,认真研究,充当语文教育改革负责任的智囊团。

2024 年 1 月 5 日

辑三

我的阿嬷

"阿嬷"("嬷"读 mí)是我对母亲的称呼,如同叫"妈妈"。后来才知道这是古音,有些客家人保留了这种古代的称谓。我从小就这样称呼妈妈,有些特别,反而觉得亲切。遗憾的是,阿嬷离开我们十二年了,我已经有十二年没有当面喊过"阿嬷"了。每年回广东老家给父母扫墓,兄弟姐妹、亲戚友朋几十口人,到了墓前拔草、祭奠、放鞭炮,每次都是那样"热闹"一番就过去了。我就想,若有机会能安静一点,让我一人在墓前坐坐,喊几声"阿嬷",和母亲说说话,该多好呀。

今年,我特意选择一段平常的日子,与妻子回老家扫墓。到墓地的人少,祭扫完毕,和妻子及陪同的亲戚说,请你们先去别处等我,让我单独和阿嬷说说话。这才有了和我的阿嬷独处、可以痛快地喊声"阿嬷"的机会。

二十年前,阿嬷随我姐姐住广州,后又跟妹妹居深圳,年迈多病,心里肯定很盼我去看看她,但从来没有明说过。我老是工作呀,事业呀,一两年才去探望一次。阿嬷患青光眼,视力极差,模模糊糊见到儿子,满脸皱纹松弛下来,绽放出笑容。她最欢喜的事情便是给儿女讲圣经故事，我从小就听过无数遍，也许她不记得，或者是陶醉于这种讲述，还是要不厌其烦地讲。我乖乖地倾听，有时装作对某些情节特别有兴趣，要她复述，她就兴致特别高，耶和华呀，摩西呀，所罗门呀，连声调都颇有些抑扬顿挫。这可能是她最快乐的时分吧。

但我每次回去探望也就住三五天，还有许多应酬，便要匆匆回北京了。她便有些焦虑，尽管不舍，还总是说，工作要紧，看看就赶紧回吧。现在回想，为何不能多陪老人几天，真的就那么忙，一年到头就很难多挤些时间和阿嫲说说话吗？而现在只能在墓地里和阿嫲说话了，真是后悔呀。

阿嫲名叫黄恩灵，1917年生于广东紫金一个基督教家庭。我外祖父是牧师，毕生传教，乐善好施，在当地有很高的威望。牧师享年八十五岁，去世时正值"文革"爆发，却也未曾受到冲击，甚至还有很多人披麻戴孝去参加葬礼，这也堪称传奇。阿嫲幼时颇受父母宠爱，上过教会学校，读到初中毕业。在20世纪二三十年代，女孩子读书是非常奢侈的事。十九岁，她由父母做主嫁给我父亲温鹏飞（望生）。父亲出身贫寒，虽然我祖父是崇真会教士，也以传教为业，但"级别"比牧师低，家里穷。父亲十六七岁就离家外出打工，在香港东华医院当学徒，多年苦练掌握了一些医术。二十八岁到紫金龙窝镇开设西医诊所，是当地最早的西医之一。阿嫲嫁给父亲是不太情愿的，据说新婚不到一个星期就写信回娘家诉苦，毕竟大家闺秀，一时适应不了比较苦的生活。又因为父亲不是虔诚的基督徒，彼此感情始终不是很好，但也就这样互相扶持，过了一辈子，生下九个孩子（有两个夭折了）。作为子女评论父母的婚姻是有点难堪也不客观的，但我小时就感受到家里有不和谐的气氛。尽管如此，父母都很爱我们，他们很辛苦地把我们兄弟姐妹七人全都养育成人。

阿璎有"男女平等"的想法，性格倔强，总希望能相对独

全家福（1964年）

立，有一份自己的工作。1950年代土改时，她独自一人带着我的两个姐姐回去乡下，分了田地，盖起房屋。一个女人家，多不容易！后来公私合营，父亲的诊所被强行合并到国营的卫生院，父亲当了卫生院的医生。阿嬰说"我连拉丁文都认识，看得懂药方"，也要求去卫生院"工作"。那时有个"工作"似乎是很体面的事情。阿嬰果真当了大半年的药剂师，每天上班穿着白大褂给病人拿药。那是她最舒坦的日子，后来常常要提起的。

可惜很快就赶上各种运动，阿嬰重回家当家庭妇女。此后几十年，经历了"大跃进"、三年困难时期、"文革"动乱，一家人生活过得非常艰难。五六十年代，父亲的工资每月80元，当时可谓高薪。可是家里人口多，七个孩子都要上学，花销很大，总是寅吃卯粮，入不敷出。阿嬰要靠为人家织毛线衣来补贴家用。一件毛衣织七八天，也就得八九元工钱，她总是在昏暗的油灯下织呀织，把眼睛都熬坏了，后来得了青光眼。

"文革"前后，父亲先是下放到乡下，降格为"赤脚医生"，后又到一个制作铁锅的小厂当厂医，他到七十多岁才退休，长年累月在外边，很多时候都不能和阿嬰在一起。孩子们陆续都成家了，像我早就远走高飞、到遥远的北京上学了，阿嬰经常一个人守着小镇上的店家，后来又独自回去乡下的老家，过"空巢"生活。那时她六十多岁了，还得自己烧柴打水。我们也不时会寄点钱给她，她连一盏灯都舍不得点，孩子们寄来的生活费，绝大部分都捐献给了当地的教会。据教会人士说，阿嬰的奉献是全县第一多。其实当时我们也知道她总是省吃俭用在做捐献，但只能随她，这是精神依托。

兄弟姐妹都想接阿嫛到城市住，七个子女的家她都住过，但终究还是想住自己的老屋。有一年回去她和我说，老了，还和"徙兜猫"（客家话，意思是居无定所的猫）一样！有些伤感。阿嫛何尝不想和孩子在一块，可是住个三月五月，她又要回乡下。阿嫛希望一个人独立清净，更怕"拖累"孩子，她总是为孩子着想。一直到八十岁上下，实在走不动了，才不得不到广州、深圳等地，由我的姐妹来照顾她。她最后就终老在深圳——对她来说总是喧嚣而又陌生的城市。

20世纪80年代初和90年代初，我也曾经接她老人家到北京来过，那是母子团聚的欢乐时光。上街时，我想搀扶她，她会突然甩开我，表示还不至于老成那样呢。我们陪她游北京动物园，她有些返老还童，最喜欢看老虎、狮子和大象，扒着围栏老半天不愿离开。那时我在中南海的业余大学兼课，想办法找来参观券，陪她参观过毛主席的菊香书屋。我们还游览过颐和园与故宫。每当她看到自己认为有趣的东西，就会像孩子一样惊呼"果绝呀！"（这是客家话中骂人的话，常在惊叹无语时使用）。这时，我是多么惬意。

可是阿嫛两次来京，都只住了个把月，就着急要回广东。她眼睛不好，希望住亮堂的地方，而我当时的寓所在未名湖北畔，老旧的四合院，树荫和竹影太浓，她觉得暗，住不惯。现在想来，阿孆的不惯，也因为我当儿子的照顾不周。比如，有什么我们觉得好吃又有营养的东西，总希望阿孆能多吃点，若老人不吃，就跟她急，不会从老人角度想想，为何不吃。我对自己的孩子有耐心，但对老人就不见得，当初若有对孩子耐心的三分之一去侍奉阿孆，也许再"不习惯"，她也乐于在北方多住些时日吧。

现在，我能做什么？只能一两年找个机会，独自上山坐在阿孆的墓前，和她说说话，"逗"她喜欢。

墓前待久了，有时仿佛又能看到阿孆正静静地坐在椅子上，拿着放大镜费劲地读《圣经》。阳光透过窗户流泻在阿孆佝偻的身上，如同一幅迷离的油画。

2016 年 1 月

星花碎影少年时[1]

我在粤东山区的紫金龙窝中学上的初中。当时正值"大跃进"的年代,没有太大的考试压力,无所谓考"重点"什么的,我的童年有些任性,却自由而快乐。

"大跃进"过后就正规上课了。我还是恋着玩,迟到、旷课是家常便饭,被老师批评也是常事,当三好学生、评优秀生更不会有我的份。但有一件事极大地改变了我,那就是老师居然推选我当一家专区报纸的小通讯员。现在回想起来我还特别感谢老师。他大概发现我有些特点,喜欢写个歌谣、编个街头剧什么的,所以才决定发挥我的"专长",而不再计较我有时调皮违反纪律。这件事使我第一次静下来琢磨自己,慢慢懂得了要把劲使在正道上。

当了半年的通讯员,一篇新闻稿子也没有登过,倒是把写作的欲望调动起来了。当看到自己一首四行小诗真的登在《紫金农

---

[1] 大约写于1990年,曾收入《100个博士的少年情》一书,少年儿童出版社,1996年版。

小学毕业照(1957年)

民报》上时，我是那样的兴奋与自豪，到邮局去领那五角钱的稿费，好像谁都在用羡慕的目光打量自己似的。我爱上写稿投稿，刊出的机会其实不多，但能收到退稿信，也有几分得意。初中毕业时，我已经在地方报纸和《红领巾》等一些少年期刊上发表多篇诗作了。我甚至整整一个暑假闷在家里，写出一篇中篇小说《悠扬的笛声》。那是以大革命时期老区的斗争生活为题材的，我并不理解和熟悉这种题材，不过是模仿峻青、王愿坚等作家的笔调，将"访贫问苦"中所得的素材加以想象虚构而成。写完后自己就觉得拿不出手，也未曾投稿。这种模仿性的写作对我的文字能力训练倒是很有好处的。几十年过去了，我还保存着这份稚嫩的稿子。

1961年，正值国家严重困难时期，我考入县城紫金中学高中部，难以承受的饥馑就直逼过来了。那时每个城镇户口的高中学生一个月只配给十几斤大米、一二两食油，根本没有肉食，天天都饿极了。我在学校附近一户居民家中租住（学校无寄宿），通常早上蒸一小碗米饭，划成三份，供一日三顿就着酱豆腐吃。早餐吃掉三分之一，没油水，到第二节课就饿得头昏眼花，提前回去吃掉那当午餐的三分之一，午餐又提前吃掉晚餐那三分之一，晚餐就没有饭吃了。晚上自习，只好硬挺着饿劲，实在挺不住，就弄来野菜或稻草做的糕饼填填肚子。当时许多同学都因营养不良病倒了，开会、上课时常有人晕倒。为了减少活动量，有一段时间体育课也取消了。一些同学饿得受不了，或因营养不良得了水肿病，便陆续退学了。留下来的则在学校的组织下一边生产自救，养猪种菜，一边坚持读书。

　　尽管生活如此艰苦，但并未减弱我当文学家的念头。在困难中我总是憧憬未来：想着电影《列宁在一九一八》中那句话"面包会有的"；《钢铁是怎样炼成的》中保尔·柯察金关于"人的一生应当怎样度过"那段名言，我也当作座右铭，激励我为理想而奋斗。我除了上好课，完成作业，还争分夺秒挤时间读更多的书。我在用两块半钱租来寄住的那间潮湿发霉的小屋里做着自己的文学梦。在昏黄的煤油灯下，我如饥似渴地读书。读书使我忘记了饥饿，使我感到精神上的满足与超越。

　　高中三年，我不像初中那样凭兴趣去写作投稿了，而是接受比较完整的教育，打好学文科和写作的基础。课外，我找来一大堆有关哲学、历史、逻辑学、修辞学、古代汉语，甚至天体物理等方面的书，闷头苦读。有很难懂的书也找来读，比如康德的哲学，似懂非懂中激发了理论的兴趣。

我按计划选读了上百本课外书，先是读概论性、常识性的，如杨伯峻的《古代汉语语法》，巴人的《文学论稿》，还有《外国文学史》《中国文学史》，等等，以期对各学科轮廓有所了解，然后再读更加专门化的书，如一些断代史、文学家专题研究，等等。其中不少是大学的教程，我当时读起来比较吃力，但力求认真细读，目的很明确，就是扩大知识面，同时阅读大量的中外文学名著。那时中华书局出一种古诗文活页文选，2分钱一薄本，几乎每出一本都要买来看的。我采用快读法，连滚带爬地读，有时一天就读一部长篇，主要获取直观的整体审美感受，了解各种不同的创作风格与体式。快慢结合的两种读书法为我打下了一个较好的文科知识基础，直到今天，我还经常同时使用这两种不同的阅读方法。

紫金中学的副校长叶启青，支持我成立鲁迅文学社，还出版壁报。把自己写的诗文抄录到壁报上，那种满足感不下于报刊上的发表。紫金中学一度文风鼎盛，与这位校长的鼓励有关。我的语文老师是钟川先生，做过记者，读书很多，知识面很宽，很令我崇拜。他的宿舍有一个书柜，里边摆满了《安娜·卡列尼娜》《白痴》《草叶集》等名著，每次到老师宿舍，摸一摸那些书脊，都挺美的,既羡慕又向往。老师介绍我们读一些名著,还重视指导写作。他几乎每星期都对学生作文进行讲评。钟川老师似乎并不关心考场上如何应付,也不去猜题,而总是很有针对性地评讲我们写作中常见的问题,打好写作的"底子"。我的一些作文经他细心批改,哪儿欠缺,哪儿不错,哪儿可以变通,至今还有印象。老师还常为一些喜欢文学的同学"开小灶",指导我们将阅读、欣赏与写作结合起来。记得《青春之歌》出版后,学校只购得两本,只好撕开来一张张贴到布告栏上,每贴几张,我们就挤到布告栏下去读,边读边讨论开来,从文学形象、艺术特点、作品思想意义一直到人生观等问题,有时争论得面红耳赤,老师则将这种阅读、讨论引导到作文之中,我们写成了一些颇有生气的文章,参加报刊上的讨论。我因此对文学评论写作有了兴趣,记得有一年紫金花朝剧团演出历史剧《冰娘惨史》,我还写过一篇万余字的评论,挺勇敢地给剧团的导演送去。导演大概从未得到过这种评论,也很是惊奇。

现在的年轻朋友常用更现实而怀疑的眼光去看我们那一代的单纯与理想主义,有时他们可能很难理解。不管怎样,我确实是在理想的激励下发奋读书,度过那艰难的岁月的,那时我很充实。中学的学习生活在相当程度上奠定了我后来的学业基础,决定我人生道路的选择。我至今常迷恋紫金山下的读书生活。

难忘的北大研究生三年

人生的路可能很长，要紧处常常只有几步，特别在年轻的时候。也许就那几步，改变或确定了你的生活轨道。1978—1981年，是我在北大中文系读研究生的三年，就是我一生最要紧、最值得回味的三年。

1977年10月22日，电台广播了中央招生工作会议的精神，要恢复研究生培养制度，号召青年报考。我突然意识到可以选择人生的机会来了，很兴奋，决定试一试。当时我从中国人民大学语文系毕业已七年，在广东韶关地委机关当秘书，下过工厂、农村，按说也会有升迁的机会，但总还是感到官场不太适合自己。我希望多读点书，能做比较自由的研究工作。我妻子是北京人，当然也极力主张回北京。1978年3月，我着手准备考研究生。我的兴趣本在古典文学，但找不到复习材料，刚好从朋友那里借来了一本王瑶的《中国新文学史稿》（上册），就打算考现代文学了。临考只有两个多月，又经常下乡，只能利用很少的业余时间复习，心里完全没有谱。好在平时读书留下一些心得笔记，顺势就写成了三篇论文，一篇是谈论现实主义和浪漫主义"两结合"

的,一篇是讨论鲁迅《伤逝》的,还有一篇是对当时正在热火的刘心武《班主任》的评论,分别给社科院唐弢先生和北大中文系的王瑶先生寄去。这有点"投石问路"的意思。想不到很快接到北大严家炎老师的回信,说看了文章,"觉得写得是好的",他和王瑶先生欢迎我报考。这让我吃了颗"定心丸",信心倍增。多少年后我还非常感谢严老师,他是我进入北大的第一个引路人。

考后托人打听,才知道光是现代文学就有800多人报考,最高的平均分也才70左右(据说是凌宇和钱理群得到最高分),我考得不算好,排在第15名。原计划招6人,后来增加到8人(其中2人指定学当代文学),让11人参加复试。我想自己肯定"没戏"了,不料又接到了复试通知。大概因为看了我的文章,觉得还有些潜力吧,加上考虑我的工作是完全脱离了专业的(其他同学多数都是中学教师,多少接触专业),能考到这个名次也不容易,王瑶先生特别提出破格让我参加复试。这就是北大,考试重要,但不唯考分,教授的意见能受到尊重。破格一事我后来才知道,这真是碰到好老师了,是难得的机遇,让我终生难忘。我自己当老师之后,便也常效法此道,考查学生除了看考分,更看重实际能力。

有了一个多月的准备,我复试的成绩明显上去了。先是笔试,在图书馆,有4道题,3道都是大题,每个考生都不会感到偏的,主要考查理解力和分析力。比如要求谈对现代文学的分期的看法，没有固定答案，但可以尽量发挥。还有面试，在文史楼，王瑶先生和严家炎老师主考，问了8个问题，我老老实实，不懂的就说不懂，熟悉的就尽量展开。如问到对于鲁迅研究状况的看法，我恰好有备而来，"文革"期间当"逍遥派"，反而有空东冲西撞地"杂览"群书，自然读遍了鲁迅，对神化鲁迅的倾向很反感，于是就说了一通如何"拨乱反正"和实事求是，等等。大学我只上了两年就"停课闹革命"了，不过还是有"逍遥派"的缝隙，反而读了许多书，积蓄了一些思考，此时不妨翻箱倒柜，大胆陈述。现在想当时回答是幼稚的，两位主考不过是放了我一马。我终于被录取了。

1978年10月9日，我到北大中文系报到，住进了29楼203室。新粉刷的宿舍油漆味很浓，十多平米，四人一间，挤得很，但心里是那样敞亮。戴上红底白字的北京大学校徽（老师也是这种校徽），走到哪里，仿佛都有人在特别看你。那种充满希望与活力的感觉，是很难重复的。

北大中文系"文革"后第一届研究生一共招收了19名，分属7个专业，现代文学专业有6名，包括钱理群、吴福辉、凌宇、赵园、陈山和我，另外还有一名来自阿根廷的华侨女生张枚珊（后来成了评论家黄子平夫人）。导师是王瑶先生和严家炎老师，乐黛云老师是副导师，负责更具体的联络与指导。当时研究生指导是充分发挥了集体作用的，孙玉石、唐沅、黄修己、孙庆升、袁良骏，以及谢冕、张钟、李思孝等老师，都参与了具体的指导。校外的陈涌、樊骏、叶子铭、黄曼君、陆耀东等名家也请来给我们讲过课。这和现在的状况很不同。现在的研究生读了三年书，可能只认识导师和几位上过课的教员，学生也因导师而分出不同"门派"，彼此缺少交流。而当年的师生关系很融洽，我们和本专业以及其他专业的许多老师都"混得"很熟。孙玉石、袁良骏老师给1977级本科生上现代文学基础课，在老二教阶梯教室，两百多人的大课，抢不到座位就坐在水泥台阶上，我们一节不落都跟着听。吴组缃教授的古代小说史，金开诚老师的文艺心理学，也都是我们经常讨论的话题。语言学家朱德熙、芩麒祥，文字学家裘锡圭等，三天两头来研究生宿舍辅导，有时我们也向他们请教语言学等方面的问题。有一种说法，认为理想的大学学习是"从游"，如同大鱼带小鱼，有那么一些有学问的教授带领一群群小鱼，在学海中自由地游来游去，长成本事。当年就有这种味道。

对我影响最大的是王瑶先生。我们上研究生时王先生才65岁，比我现在的年龄大不了多少，但感觉他是"老先生"了，特别敬畏。对不太熟悉的人，先生是不爱主动搭话的。我第一次见王先生，由孙玉石老师引见，那天晚上，他用自行车载着我从北大西门进来，经过未名湖，绕来绕去到了镜春园76号。书房里弥漫着淡淡的烟丝香味，挺好闻的，满头银发的王先生就坐在沙发上，我有点紧张，不知道该怎么开场。王先生也只顾抽烟喝水，过了好久才三言两语问了问情况，说我三篇文章有两篇还可以，就那

王瑶先生和研究生

篇论《伤逝》的不好，专业知识不足，可能和多年不接触专业有关。先生给我的第一印象就是不客套，但很真实。有学生后来回忆说见到王先生害怕，屁股只坐半个椅子。这可能是真的。我虽不至于如此，但也有被先生批评得下不来台的时候。记得有一回向先生请教关于1930年代左翼文学的问题，我正在侃侃陈述自己的观点，他突然离开话题，"节外生枝"地问我《子夜》是写于哪一年，我一时语塞，支支吾吾说是三十年代初。先生非常严厉地说："像这样的基本史实是不可模糊的，因为直接关系到对作品内容的理解。"这很难堪，但如同得了禅悟，懂得了文学史是史学的分支之一，材料的掌握和历史感的获得，是至关重要的。有些细节为何记忆那么深？可能因为从中获益了。

王先生其实不那么严厉，和他接触多了，就很放松，话题也活跃起来。那时几乎每十天半个月总到镜春园聆教，先生常常都是一个话题开始，接连转向其他多个话题，引经据典，天马行空，越说越投入，也越兴奋。他拿着烟斗不停地抽，连喘带咳，说话就是停不下来。先生不迂阔，有历经磨难的练达，谈学论道潇洒通脱，诙谐幽默，透露人生的智慧，有时却也能感到一丝寂寞。我总看到先生在读报，大概也是保持生活的敏感吧。辅导学生时也喜欢联系现实，议论时政，品藻人物。先生是有些魏晋风度的，把学问做活了，可以知人论世，连类许多社会现象，可贵的是那种犀利的批判眼光。先生的名言是"不说白不说，说了也白说，白说也要说"，其意是知识分子总要有独特的功能。这种入世和批判的精神，对我们做人做学问都有潜移默化的影响。

先生的指导表面上很随性自由，其实是讲究因材施教的。他很赞赏赵园的感悟力，却又有意提醒她训练思维与文章的组织；钱理群比较成型了，先生很放手，鼓励他做周作人、胡风等在当时还有些敏感的题目。我上研究生第一年想找到一个切入点，就注意到郁达夫。那时这些领域的研究刚刚起步，一切都要从头摸起，我查阅大量资料，把郁达夫所有作品都找来看，居然编写了一本20多万字的《郁达夫年谱》。这在当时是第一部郁达夫年谱。我的第一篇比较正式的学术论文《论郁达夫的小说创作》，也发表于王瑶先生主编的《中国现代文学研究丛刊》（1980年第二辑)。研究郁达夫这个作家,连带也就熟悉了许多现代文学的史实。王先生对我这种注重第一手材料、注重文学史现象,以及以点带面的治学方式,是肯定的。当《郁达夫年谱》打算在香港出版时,王先生还亲自写了序言。

硕士论文写作那时很看重选题,因为这是一种综合训练,可能预示着学生今后的发展。我对郁达夫比较熟悉了,打算就写郁达夫,可是王先生不同意。他看了我的一些读书笔记,认为我应当选鲁迅为题目。我说鲁迅研究多了,很难进入。王先生就说,鲁迅研究比较重要,而且难的课题只要有一点推进,也是成绩,总比老是做熟悉又容易的题目要锻炼人。后来我就选择了《鲁迅的前期美学思想与厨川白村》做毕业论文。这个选题的确拓展了我的学术视野,对我后来的发展有开启的作用。研究生几年,我还先后发表过《试评〈怀旧〉》《外国文学对鲁迅〈狂人日记〉的影响》等多篇论文,在当时也算是前沿性的探讨,都和王先生的指导有关。

1981年我留校任教,1984至1987年又继续从王瑶师读博士生。那是北大中文系第一届博士,全系只有我与陈平原两人。我先后当了王瑶先生两届入室弟子,被先生的烟丝香味熏了七年,真是人生的福气。1989年5月先生75岁寿辰,师友镜春园聚会祝寿,我曾写诗一首致贺:"吾师七五秩,著书百千章,俊迈有卓识,文史周万象,陶诗味多酌,鲁风更称扬,玉树发清华,惠秀溢四方,耆年尚怀国,拳拳赤子肠,镜园不寂寞,及门长相

王瑶先生与研究生。右起：王瑶、钱理群、陈平原、温儒敏

望，寸草春晖愿，吾师寿且康。"当时先生身体不错，兴致盎然的，万万想不到半年之后就突然过世了。

读研期间给我帮助最大的还有严家炎和乐黛云两位老师。

那时还没有学分制，不像现在，研究生指定了许多必修课。这在管理上可能不规范，但更有自由度，适合个性化学习。除了政治课，我们只有历史系的"中国现代史专题"是必须上的，其他都是任选。老师要求我们主要就是读书，先熟悉基本材料，对现代文学史轮廓和重要的文学现象有大致的了解。也没有指定书目，现代文学三十年，大部分作家代表作以及相关评论，都要广泛涉猎，寻找历史感。钱理群比我们有经验，他把王瑶文学史的注释中所列举的许多作品和书目抄下来，顺藤摸瓜，一本一本地看。我们觉得这个办法好，如法炮制。我被推为研究生班的班长,主要任务就是到图书馆借书。那时研究生很受优待,可以直接进入书库,一借就是几十本,有时库本也可以拿出来,大家轮着看。研究生阶段我们的读书量非常大,我采取浏览与精读结合,起码看过一千多种书。许多书虽然只是过过眼,有个大致了解,但也并非杂家那种"漫羡而无所归心",主轴就是感受文学史氛围。看来所谓打基础,读书没有足够的量是不行的。

读书报告制度那时就有了,不过我们更多的是"小班讲习",有点类似西方大学的 Seminar,每位同学隔一段时间就要准备一次专题读书报告,拿到班上"开讲"。大家围绕所讲内容展开讨论,然后王瑶、严家炎等老师评讲总结。老师看重的是有没有问题意识,以及材料是否足以支持论点,等等。如果是比较有见地的论点,就可能得到老师的鼓励与指引,形成论文。这种"集体会诊"的办法,教会我们如何寻找课题,写好文章,并逐步发现自己,确定治学的理路。记得当时钱理群讲过周作人、胡风和路翎,吴福辉讲过张天翼与沙汀,凌宇讲过沈从文和抒情小说,赵园讲过俄罗斯文学与中国,陈山讲过新月派,我讲过郁达夫与老舍,等等。后来每位报告者都根据讲习写出论文发表,各人的学术发展,可以从当初的"小班讲习"中找到源头。

那是个思想解放的年代,一切都来得那样新鲜,那样让人没法准备。当《今天》的朦胧诗在澡堂门口读报栏贴出时,我们除了惊讶,更受到冲击,议论纷纷,开始探讨文学多元共生的可能性;当张洁《爱是不能忘记的》发表后,引起的争论就不只是文学的，更是道德的、政治的。什么真理标准讨论呀，校园选举呀，民主墙呀，行为艺术呀，萨特呀，弗洛伊德呀，"东方女性美"呀……各种思潮蜂拥而起，极大地活跃着校园精神生活。我们得到了可以充分思考、选择的机会，对于人文学科的研究生来说，这种自由便是最肥沃的成长土壤。我们都受惠于那个年代。

难忘的还有研究生同学和当时的学习生活。我们读研时都已过"而立"之年，有些快到"不惑"，而且都是拖家带小有家庭的，重来学校过集体生活，困难很大。但大家非常珍惜这个机会，都很刻苦。每天一大早到食堂吃完馒头、咸菜和玉米粥，就到图书馆看书，下午、晚上没有课也是到图书馆，一天读书十二三个小时，是常有的。最难的是过外语关。我们大都是三十以上的中年了，学外语肯定要加倍付出。常看到晚上熄灯后还有人在走廊灯下背字典的。和我同住一室的任瑚琏，是现代汉语研究生，原来学俄语，现在却要过英语关，他采取的"魔鬼训练法"，宿舍各个角落都贴满他的英语生词字条，和女友见面也禁止汉语交谈，据说有一回边走路边背英语还碰到电线杆，幸亏他那很厚的近视眼镜没有打碎。果然不到一年他就读写全能。

我们那时大都还是拿工资，钱很少，又两地分居，除了吃饭穿衣，不敢有别的什么消费。可是碰到好书，就顾不得许多，哪怕节衣缩食也得弄到。1981年《鲁迅全集》出版，60元一套，等于我一个月工资了，毫不犹豫就买下了，真是嗜书如命。那时文艺体育活动比较单调。砖头似的盒式录音机刚面世，倒是人手一件的时髦爱物,主要练习外语,有时也听听音乐。舞会开始流行了,我当过一两回看客,就再也没有去过。看电影是大家喜欢的,五道口北京语言学院常放一些"内部片",我们总想办法弄票,兴高采烈骑自行车去观赏。电视不像如今普及,要看还得到老师家里(后来29楼传达室也有了一台电视)。日本的《望乡》,记得我是到燕东园孙玉石老师家里看的。下午5点之后大家可以伸伸筋骨了,拔河比赛便经常在三角地一带举行,一大群"老童生"那么灰头土脸卖力地鼓捣这种活动,又有那么多啦啦队在一旁当"粉丝"喝彩,实在是有趣的图景。

那时好像并不太觉得艰苦,大家都充实而快乐,用现在的流行语说,"幸福度"不低。记得吴福辉的表姐从加拿大回来探亲,到过29楼宿舍,一进门就慨叹"你们日子真苦",可是老吴回应说"不觉得苦,倒是快活"。老吴每到周末就在宿舍放声唱歌,那东北味的男中音煞是好听,也真是快活。"不觉得苦"可能和整体气氛有关,同学关系和谐,不同系的同学常交往,如同大家庭,彼此互相帮忙,很熟悉。后来知名的学者,如数学家张筑生,哲学家陈来,比较文学家张隆溪,外国文学家盛宁,经济学家梁小民、李庆云,历史学家刘文立,评论家曾镇南,古文字学家李家浩,书法家曹宝麟,语言学家马庆株,等等,都是当时29楼的居民,许多活动也一起参加。张筑生是北大授予学位的第一位博士,非常出色的数学家,可惜英年早逝,我至今还能想起他常来中文系宿舍,蹲在地上煮"小灶"的情形。中文系宿舍紧靠29楼东头,老钱、老吴、凌宇和张国风住202,他们每天晚上熄灯后都躺在床上侃大山,聊读书,谈人生,这也是课堂与图书馆作业的延伸吧。有时为了一个观点他们可以吵得很"凶",特别是凌宇,有湘西人的豪气,声响如雷,我们在隔壁都受干扰,但是大家从来没有真正伤过和气。几十年来,我们这些同学在各自领域都取得显著成绩,大家的治学理路不同,甚至还可能有些分歧,但彼此又都保持着北大29楼形成的友谊,这是最值得骄傲和珍惜的。

2008年1月29日

1998年北大百年校庆期间,温儒敏与研究生同学在未名湖畔合影。
左起:温儒敏、陈山、钱理群、吴福辉、赵园、陈平原、凌宇

北大"三窟"

这个标题有些费解,所谓"三窟",是指我这几十年在北大校园的几个住处。不是同时拥有的所谓"狡兔三窟",而是先后三个"定居"点。时过境迁,这些地方都变化很大,人事的变异更多,写下来也是一种念旧吧。

1981年我从北大中文系研究生毕业,留校任教,起先被安排住到南门内的25楼学生宿舍,说是临时的,和李家浩(后来成了著名的战国文字研究专家)共处一室。李兄人极好,是个"两耳不闻窗外事"的书呆子,除了看书就是睡觉,偶尔用很重的湖北腔说些我不怎么明白的"文字学"。我们倒是相安无事。住25楼的都是"文革"后毕业的第一届研究生,多数拖家带小的,老住单身宿舍不方便。大约住了快一年吧,这些"老童生"就集体到朗润园当时北大党委书记家里"请愿",要求解决住房问题。果然奏效,不久,就都从25楼搬到教工宿舍。1982年我住进21楼103室。本来两人一间,系里很照顾,安排和我合住的是对外汉语的一位老师,还没有结婚,可以把他打发到办公室去住,这样我就"独享"一间,有了在北大的家,妻子带着女儿可以从北京东郊娘家那里搬过来了。

这算是我在北大的第一"窟"。

21楼位于燕园南边的教工宿舍区，类似的楼有9座，每3座成一品字形院落。东边紧挨着北大的南北主干道，西边是学生宿舍区，往北就是人来人往的三角地。全是筒子楼，灰色，砖木结构，3层，共六十多个房间。这个宿舍群建于1950年代，本来是单身教工宿舍，可是单身汉结婚后没有办法搬出去，而我们这些有家室的又陆续搬了进来，实际上就成了家属宿舍了。每家一间房子，12平方米左右，只能勉强放下一张床（一般都是碌架床）、一张桌，做饭的煤炉或煤气罐就只能放在楼道里，加上煤饼杂物之类，黑压压的。记得20世纪80年代初有个电影《邻居》，演的那种杂乱情景差不多。每到做饭的时候，楼道烟熏火燎，很热闹，谁家炒萝卜还是焖羊肉，香味飘散全楼，大家都能"分享"。缺个葱少个姜的，彼此也互通有无。自然还可以互相观摩，交流厨艺，我妻子就是从隔壁闫云翔（后来是哈佛大学的人类学博士）的太太那里学会熘肝尖的。有时谁家有事外出，孩子也可以交给邻居照看。曹文轩老师（如今是知名作家）住在我对门，他经常不在，钥匙就给我，正好可以"空间利用"，在他屋里看书。21楼原"定位"是男宿舍，只有男厕所，没有女厕所，女的有需要还得走过院子到对面19楼去解决。（19楼是女教工宿舍，也一家一家的住有许多男士。陈平原与夏晓虹结婚后，就曾作为"家属"在19楼住过。）水房是共用的，每层一间。夏天夜晚总有一些男士在水房一边洗冷水澡，一边放声歌唱。当时人的物质需求不大，人际关系也好，生活还是充实而不乏乐趣的。那几年我正处于学术的摸索期也是生长期，我和钱理群、吴福辉等合作的《中国现代文学三十年》最早一稿，就是在 21 楼写成的。

不过还是有许多头疼的事。那时一些年轻老师好不容易结束两地分居，家属调进北京了，可是 21 楼是单身宿舍，不是正式的家属楼，公安局不给办理入户。我也碰到这个问题。那时我是集体户口，孩子的户口没法落在北大，要上学了，也不能进附小。又是系里出面周旋，花了很多精力才解决。连煤气供应也要凭本，集体户口没有本，每到应急，只好去借人家的本买气。诸如此类的大小麻烦事真是一桩接一桩，要花很大精力去应对。钱理群和我是研究生同学，同一年留校，又同住在 21 楼，他更惨，和另一老师被安排在一层的一间潮湿的房子（原是水房或者厕所），没法子住，要求换，便一次次向有关机构申请，拖了很久，受尽冷遇，才从一楼搬到二楼。我开玩笑说，老钱文章有时火气大，恐怕就跟这段遭遇有关。有时我也实在觉得太苦，想挪动一下，甚至考虑过是否要回南方去。当时那边正在招兵买马，去了怎么说也有个套间住吧。可是夜深人静，看书写字累了，走出 21 楼，在校园里活动活动，又会感觉北大这里毕竟那么自由，舍不得离开了。

20 世纪 50 年代以来，北大中文系老师起码三分之一在 19、

20或21楼住过。与我几乎同时住21楼的也很多,如段宝林(民间文学家)、钱理群(文学史家)、曹文轩(作家)、董学文(文艺学家)、李小凡(方言学家)、张剑福(中文系副主任)、郭锐(语言学家),等等。其他院系的如罗芃(法国文学学者)、李贵连(法学家)、张国有(经济学家、北大副校长)、朱善璐(北京市委常委),等等,当初都是21楼的居民,彼此"混得"很熟。20多年过去,其中许多人都成为各个领域的名家或者要人,21楼的那段生活体验,一定已在大家的人生中沉淀下来了。

我在21楼住了三年,到1986年,搬到畅春园51楼316室。这是我在北大的第二"窟"。

畅春园在北大西门对过,东是蔚秀园,西是承泽园,连片都是北大家属宿舍区。畅春园可是个有来历的地方。据说清代这里是皇家园林别墅,有诗称"西岭千重水,流成裂帛湖。分支归御园,随景结蓬壶"(清代吴长元《宸垣识略》),可见此地当时水系发达,秀润富贵。康熙皇帝曾在此接见西洋传教士,听讲数学、天文、地理等现代知识。乾隆、雍正等皇帝也曾在此游玩、休憩。如今这一切都烟消云散,只在北大西门马路边遗存恩佑寺和恩慕寺两座山门,也快要湮没在灯红酒绿与车水马龙之中了。1980年代初北大在畅春园新建了多座宿舍,每套90平米左右,三房一厅,当时算是最好的居室,要有相当资历的教授或者领导才能入住。为了满足部分年轻教工需要,在畅春园南端又建了一座大型的筒子楼,绿色铁皮外墙,5层,共一百多间,每间15

平米,比21楼要大一些。我决定搬去畅春园51楼,不因为这里房子稍大,而是为这里是正式的宿舍,可以入户口,不用再借用煤气本。

毕竟都是筒子楼,这里和21楼没有多大差别,也是公共厕所,也不用在楼道里做饭了,平均五六家合用一间厨房。房子还是很不够用,女儿要做作业,我就没有地方写字了。那时我正在攻读博士学位,论文写作非常紧张,家里挤不下,每天晚上只好到校内五院中文系教研室用功。51楼东边新建了北大二附中,当时中学的操场还没有围墙,我常常一个人进去散步,一边构思我的《新文学现实主义的流变》。生活是艰苦的,可是那时"出活"也最多,每年都有不少论作发表,我的学业基础很大程度上就是那几年打下的。51楼的居民比21楼要杂一些,各个院系的都有,不少是刚从国外回来的"海归"。如刘伟(经济学家,现北大经济学院院长)、曾毅(人口学家)都是邻居,我在这里又结识了许多新的朋友。这里还有难忘的风景。我们住房靠南,居然还有一个不小的阳台,往外观望,就是大片稻田,一年四季可看到不同的劳作和变换的景色。后来,稻田改成了农贸市场,再后来,农贸市场又改成了公园,那时我们已经离开畅春园。偶尔路过51楼跟前,想象自己还站在三层的阳台上朝外观望,看到的公园虽然漂亮,可是不会有稻田那样富于生命的变化,也没有那样令人心旷神怡。还是要看心境,稻田之美是和二十多年前的心绪有关吧。

镜春园82号

后来我又搬到镜春园82号,那是1988年冬天。

这是我在北大的第三"窟"。

镜春园在北大校园的北部,东侧是五四操场,西侧是鸣鹤园和塞克勒博物馆,南边紧靠有名的未名湖。这里原为圆明园的附属园子之一,乾隆年间是大学士和珅私家花园的一部分,后来和珅被治罪,园子赐给嘉庆四女庄静公主居住,改名为镜春园。据史料记载,昔日镜春园有多组建筑群,中为歇山顶殿堂七楹,前廊后厦,东西附属配殿与别院,复道四通于树石之际,飞楼杰阁,朱舍丹书,甚为壮观。(据焦熊《北京西郊宅园记》)后历沧桑之变,皇家庭院多化为断壁残垣,不过也还可以找到某些遗迹。过去常见到有清华建筑系学生来这里寻觅旧物,写生作画。20世纪90年代初在此修建中国经济研究中心,工人还从残破旧建筑的屋顶发现皇家院落的牌匾。六七十年前,这里是燕京大学教员宿舍，包括孙楷第、唐辟黄等不少名流，寓居于此。50年代之后成为北京大学宿舍区，不过大都是四合院，逐步加盖，成一个个大杂院。其中比较完整的院落，一处是76号，原为王瑶教授寓所（曾为北洋政府黎元洪的公馆，现为北大基金会所在）；另一处就是我搬进的镜春园82号。

这个小院坐北朝南，院墙虎皮石垒砌，两进，正北和东、西各有一厢房，院内两棵古柏，一丛青竹，再进去，后院还有几间平房，十分幽静。20世纪50年代这里是著名小说家和红学专家吴组缃先生的寓所，后来让出东厢，住进了古典文学家陈贻焮教授。再后来是"文革"，吴先生被赶出院门，这里的北屋和西屋分别给了一位干部和一位工人。陈贻焮教授年岁大了，嫌这里冬天阴冷，于1988年搬到朗润园楼房住，而我则接替陈先生，住进82号东屋。虽然面积不大，但有一个厅可以作书房，一条过道连接两个小房间，还有独立的厨房与卫生间。这一年我42岁，终于熬到有一个"有厕所的家"了。

我对新居很满意，一是院子相对独立，书房被松柏翠竹掩映，非常幽静，是读书的好地方。《中国现代文学批评史》就是在这里磨成的。二是靠近未名湖，我喜欢晚上绕湖一周散步。三是和邻居关系融洽，也很安全，我们的窗门没有加任何防盗设施，晚上不锁门也不要紧，从来没有丢失过东西。四是这里离76号王瑶先生家只有五六百米，我可以有更多机会向王先生聆教。缺点是没有暖气，冬天要生炉子，买煤也非易事，入冬前就

在未名湖畔镜春园 82 号寓所门前（1988 年）

得东奔西跑准备，把蜂窝煤买来摞到屋檐下，得全家总动员。搬来不久就装上了电话，那时电话不普及，装机费很贵，得五六百元，等于我一个多月的工资，确实有点奢侈。我还在院子里开出一块地，用篱笆隔离，种过月季、芍药等许多花木，可是土地太阴，不会侍候，总长不好。唯独有一年我和妻子从圆明园找来菊花种子，第二年秋天就满院出彩，香气袭人，过客都被吸引进来观看。院子里那丛竹子是陈贻焮先生手栽，我特别费心维护，不时还从厨房里接出水管浇水，春天等候竹笋冒出，是一乐事。陈贻焮先生显然对 82 号有很深的感情，他在这里住了二十多年，《杜甫评传》这本大书，就诞生于此。搬出之后，陈先生常回来看看。还在院墙外边，就开始大声呼叫"老温老温"，推开柴门，进来就坐，聊天喝茶。因为离学生宿舍区近，学生来访也很频繁，无须电话预约，一天接待七八人是常有的。我在镜春园一住就是十三年，这期间经历了中国社会的大变革，也经历了北大的许多变迁，我在这里读书思考，写作研究，接待师友，有艰难、辛苦也有欢乐。这里留下我许多终生难忘的记忆。

前不久我陪台湾来的龚鹏程先生去过镜春园，82号已人去楼空，大门紧闭，门口贴了一张纸，写着"拆迁办"。从门缝往里看，我住过的东厢檐下煤炉还在，而窗后那片竹子已经枯萎凋残。据说82号以东的大片院落都要拆掉改建，建成现代数学研究中心的研究室了。报纸上还有人对此表示不满，呼吁保留燕园老建筑。但最终还是要拆迁的。我一时心里有点空落落的。

我是2001年冬天搬出镜春园，到蓝旗营小区的。小区在清华南边，是北大、清华共有的教师公寓。这是第四次乔迁，可是已经迁出了北大校园，不能算是北大第四"窟"了。蓝旗营寓所是塔楼，很宽敞，推窗可以饱览颐和园和圆明园的美景，但我似乎总还是很留恋校园里的那"三窟"。我的许多流年碎影，都融汇在"三窟"之中了。

2008年春

今夜清晖"师门"聚

——记六十岁生日聚会

我不太喜欢过生日,有时是家人提起,才想到又一年光阴流逝。年岁大了,时空观念都在变,更不在乎过生日。但今年(2012)这个生日给我精神的震撼,也许会终生记忆。

赵、张同学开车来接我,我还以为只是几个人聚一聚。到了中关新园 3 号楼,一身漂亮旗袍的高同学在门口接引,我关心的还是她的公司的状况,没想到大门开启,五六十位同学已经在屋里迎候。我非常惊讶,我爱人王老师眼泪唰地就流下来了。

屏幕上放映视频,很多照片本来也熟悉,但联接一起,从我三十多岁到六十多岁,生命的年轮是如此清晰。我是逐渐老去,身边的同学却总是那样年轻,这也是当老师的骄傲吧:他们永远可以在学生身上看见自己青春的样貌。远在新加坡的胡同学拿着中央台话筒祝词,韩国的权、任同学发来视频,他们 4 岁的孩子穿着鲜艳的韩国民族服装在视频中给我磕头拜寿,那幼稚的动作,让满堂笑语欢腾。

这次聚会主要是我指导过的博士生和硕士生,但带头的却是所谓"编外"的老孔(其实也不是编外,我曾担任过他们文 83

的班主任。去年他们文83还给我办过一次生日聚会）。他和江同学在台上展示一副大红寿联，上书"温良风范儒雅人生，敏行天下寿比岱岳"，竟是年届九旬的著名书法家杨辛先生的墨宝。老孔提到我任职北大中文系主任十年，实施"守正出新"。这让我感动。卸任多年，仍然有人记得这个理念。

来自上海的丁担任司仪，同学们按照进校的年级排序，每一位都发言。

刘、何等几位"老同学"回忆当年怎样考进北大，在镜春园82号小院师生如何品茗聊天。那时学生来家里，不用电话预约，王老师还时常请他们在家里吃饭。

陈同学说她读研究生时怀孕了，不知所措，是我一句"孩子比论文重要"，她才放心生下孩子再写论文。说着说着，掉下眼泪。

1990年代末气氛低迷，丁在南方一个小地方工作，很郁闷，接到我的信，决心重返北大求学。她回忆做论文很艰难，春节回不去家里，就在我家过年。这也勾起我的回忆，当时为她找工作，我还骑着自行车到处跑呢。

李同学谈到她二十多年前在烟台大学听我讲课，然后如何努力考上北大研究生。说话间竟几次哽咽，说不下去。

赵同学说因为从一篇文章上看到我的名字，然后到北大考研，没想到从此改变了她的人生。

张同学说起二十多年前我给他们本科生上第一堂课的情形。

六十六岁生日聚会合影,中为温儒敏和妻子王文英

想想二十多年前,我还年轻,仿佛一切刚开始呢。段、熊说到我希望同学们人格健全,学问要做,更要做"正常"的人。的确,我们现在做"正常"的人也是需要努力的。

吴回忆刚参加工作就被派去新疆支边,本来希望我出面给他们领导说说情的,不料我却鼓励他去基层。看来我是有点"不近人情"。

蔡、陈等几位同学回忆起我对他们说要记住"为人民做点事","起码用五分之一精力回报社会"。王说起每年春节都选择初二给我拜年,感觉就是"回娘家"。

李回忆我在北大一教给研究生上的最后一课,当我说下学期就要离开北大到山大去任教,有的同学当场哭了。

杨说起她和我通信、见面、听课等许多"第一次",连具体哪一天都记得。还有同学回忆我如何给修改论文。

姜、程、康、艾、程、陈、张、刘、郑、吴、李、艾、费等都回忆过去师生交往的点滴片段。马不知从哪里"发掘"了我年轻时写的诗《瓶中的干支梅》,在会上放声朗诵……

很多事我都忘记了,但学生连细节都记得那样清楚。有些偶然的遇合被感情的回忆发掘,显得愈加可贵。老师不经意的一句话或者一个举动,也许就给人影响,在人家脑子里留下烙印。我知道自己做得不见得如学生所说的那样好,但也是尽力了。从教几十年,今晚才愈加感到"为人师表"这句话的分量。

同学们为这次聚会准备那么精心,詹写了寿联,邵第一次专门学做了巧克力蛋糕,王手工制作了相册,里边有每一位同学的照片和留言……那么多绿色的回忆,把疲倦的心轻抚,让粗糙的世界变得柔和。

我发表感言,感谢同学们的心意。特别谢谢许多从外地赶来的同学。我不太赞同同学依照老师分为这个那个"师门",都是北大中文系的学生,系里的老师都是大家的老师。但希望同学之间多一些问候,多一些联系,很自然形成学术的精神的共同体。在这个功利的浮泛的时代,师生情谊是那样宝贵。我们可以不时进入这块精神家园,去漫步休憩,寻觅人生温暖的阳光。

我戴上"寿星冠",切了蛋糕,几个"第三代"小孩子"献词"，大家热情合唱，又做"成语连环套"的游戏。三个多小时过去了，我和王老师先退席，他们开车送我回家。我把大红寿联挂在客厅墙上，整个房间顿觉流光溢彩。

后来听说同学们久不散席，畅聊到凌晨4点。

在美国的郑、斯洛伐克的李打来电话或发来电邮祝愿。

2012年2月10日

与硕士生、博士生在长城脚下聚会

我当北大出版社总编辑

1996年我在北大中文系担任副主任,负责研究生工作,一年多以后,调到北大出版社任总编辑。去出版社之前,我犹疑,舍不得离开教学岗位。当时的常务副校长迟惠生教授就把我找去,好说歹说动员我赴任。我当时莫名其妙说了一个词,"诚惶诚恐"。现在分析,这不当的用词可能隐藏着一种潜意识:我怕担负不了总编辑的职责,更怕改变当教授的生活轨道。我要谢绝这一任命。可是我上大学的女儿一句话,又松动了我的意志。女儿说,爸爸,人生多尝试一些不同的生活多好呀!加上妻子也一旁鼓动,我终于又决定接受学校任命,去出版社了。当时和学校说好的条件,是关系不转,不脱离教学。所以任总编辑那几年,我还兼任中文系学术委员会主席,带博士生,给本科生上课。

1997年7月底,我从欧洲访问回来,就被催促去出版社报到。那是一个夏日的晚上,在出版大楼开了一个干部会,校党委副书记岳素兰同志宣布了我的任职。和我搭班子的是社长彭松建,以及社党委书记周月梅。大概考虑当时出版社的实际情况,强调集体领导,岳素兰书记特别提醒说,"你们三位都是一把手"。后来我们三人配合还是默契的。彭松建社长负责抓全面，偏重经营管理；周月梅书记管理人事与党务；我主要负责选题和出版。当时出版社班子力量很强。彭社长学经济出身，搞出版多年，在出版界人脉通达，还兼任版协负责人职务，业务很在行，也有威信。还有张文定（副社长）是出版社元老，思想活跃，点子很多；王明珠（当时副总编，如今是出版社社长）学数学出身，年轻而睿智，曾成功策划过影响极大的畅销书《未来之路》。我和他们关系处得很融洽，他们也给过我很多支持与帮助。出版社人员比教学单位要复杂一些，遇事不决断，是不行的。老彭不止一次说，"有人在会上吵闹，甚至拿起烟灰缸就朝你砍过来"。这在院系不可想象。我还真的碰到过这一类事情。照说，我当时已经是博士生导师，博导来当总编辑大家都觉得新鲜（那时博导很少），表面上应当有些威信的吧。可是不见得，我说的话有时没有人听。后来我有意识抓住一个在社里有些跋扈的典型，当面清楚表明自己的处理意见，算是"亮相"。几次全社大会上，我都旗帜鲜明地表扬工作负责的，批评那些拉拉扯扯吊儿郎当的。我还和总编室一起，摸索建立了选题计划论证、专家咨询、稿件匿名外审，以及书号严格管理等几样制度，抓典型，抑制那些散漫随意、不负责任的行为，虽然阻力重重，但总算做到有章可循了。我是"外派"进去的，没有根，人家不理睬也正常。当时我真是有点"冲"，好像并不符合我的个性，在系里我是不可能这样"强势"的。

到出版社碰上第一件大事就是筹备北大百年校庆。那时学校要编一本展现北大历史与现状的大型画册，由宣传部长赵为民、干事张黎明（如今是北大出版社总编辑了）、编辑张凤珠、美编林胜利，加上我，几人组成一个班子，负责编写和出版这个画册。虽是一本画册，可是很难着手。这不是个人著作，政策性强，北大又还没有个比较认可的校史，历史怎么评价？哪个人物上哪个不上？哪张照片大些哪张小些？都要反复琢磨讨论，平衡斟酌。我们从校档案馆找来了上千幅图片，翻来覆去，从中挑选一部分，以反映北大百年的历程。而现状的照片，许多需要补拍。为了给燕园俯拍全景，林胜利还特地托人，向有关部门申请了飞机航拍。许多院系为了上画册，专门照了全体像。其中许多照片的确下了大的功夫，都成为"经典"了，至今常为各种书刊选用。我们在勺园五号楼租了个套间，有一个多月，夜以继日，在那里讨论编写，反复多次，终于把这本中英文对照的大型画册编成，收录400余幅珍贵图片，印刷4万多本，是校庆赠送贵宾校友的主要礼物。从画册构思、图片选择、文字编写、英文翻译，到发排印刷，我一路盯下来，也算是我到出版社的业务见习了。

除了画册，校庆图书有五六十种，都要赶在半年多时间内出版，任务相当艰巨。我和彭社长几次召开大会动员，要求团结奋战，全力以赴。如《北京大学》（画册）、《今日北大》、《青春的北大》、《巍巍上庠百年星辰：名人与北大》、《我与北大》、《如歌岁月》（北大研究生访谈录）、《北大校长与中国文化》、《北大创办史实考源》、《北大百年国学文粹》、《蔡元培先生年谱》、《北大史料》、《北大百年校庆北大人书画作品集》，以及各院系为校庆专门编辑的学术论集，等等，都是在校庆前几个月突击出来的。我自己还亲自主持编辑了书籍多种（有的就是责任编辑），包括《北大中文系简史》（马越的硕士论文，由我指导）、《百年学术：北大中文系名家文存》（我与费振刚主编）、《北大风》（北大历史上学生刊物文选，我与李宪瑜编）、《我爱燕园》（宗璞的散文集）、《北大缤纷一百年》（校庆记盛资料集，由我指导，李宪瑜主编），等等。后来想想，当时既没有加班费，也没有码洋提成之类，就是有一股热情，依靠群策群力，才能干这么多的事情。值得一提的是，"北大校庆藏书票"的出版。这套藏书票100枚，收录了有关北大历史的许多极其珍贵的图片资料，由江溶和林胜利设计，校庆时首发，限售1000枚，被誉为最有创意的出版物。在印制第二套时，我亲自参与方案设计，下厂督印，并在三联和西单图书大厦主持发行仪式。这几套藏书票现在已经成为民间收藏的珍品。1998年5月，由迟惠生副校长带队，我们在香港天地图书公司组织了北大校庆图书展销，引起很大轰动。我为展销会设计了主题条幅，"学术的尊严，精神的魅力"。后来就成为北大出版社的"社训"。

北大出版社是一个学术出版单位，依靠北大的资源优势，条件是非常好的。我当总编辑那时，北大社的编辑力量相当强。如政经法编辑室的苏勇、张晓秦、李昭时、符丹，语言编辑室的郭力、许耀明，理科编辑室的邱淑青、赵学范、刘勇、王明舟，文史编辑室的乔征胜、江溶、胡双宝、宋祥瑞、张凤珠、马辛民，等等，都是学有专攻的编辑行家。我深知当一个编辑相对容易，当学者型的出版家就很难。而当年北大社就有许多学者型的出版家，他们也是北大的财富，我对他们是非常尊敬的。记得我多次登门向这些专家求教，请他们策划选题，为出版把关。按照规定，我得负责每一本书的终审，签字之后就是放行付印了。这个责任很大，都包揽下来得把自己忙死。我就"权力下放"，把一些资深编审发动起来，请他们审阅把关，确保了编辑质量。当时每年出书种数已经七八百，重印率很高，但差错率控制得还是比较低的。

当时市场化大潮正冲击各个出版社，码洋与利润成为衡量出版社地位的主要标准。我在业界一些应酬场合，感觉到了金钱的分量。这和在中文系的感觉完全不一样。那时有民间书商推出一本《学习的革命》，广告做得满天响，据说几个月就推销了500万册。大家都很羡慕，连某些出版界的官员也在会上说这是值得提倡的新事物。我找了那本书来看，觉得其实对学习帮助不大，起码不是什么"革命"。我认为一本好书如果推销越多，社会受益会越大，出版者也能赚钱，这是"佳境"；但是如果一本并不怎样的书，包装宣传过分，销售很多，结果读者被你动员买了，不见得看，也不见得受益，就是资源浪费，对社会有害。也许从广告营销角度看,《学习的革命》有成功之处,但从出版的角度,则是失败的。我在一次全国书展的论坛上,发表了自己的这种看法。但是这声音如同泥牛入海,甚至有人认为是书呆子的"较真"。

还有,那时出版界时兴"策划"二字,北京许多大出版社都纷纷"挖角"所谓"策划编辑"。这些编辑确实有两下子,就是能出点子,让学者专家跟着他来做书,等于他们在指挥学者,或者通过某些炒作引起读者对他们书籍的注意。对此,我又在出版界的杂志上发表不同意见。认为编辑的功能和作者不同,编辑的"策划"应当是有"度"的,不能"过度"。特别是学术类图书,必须建立在正常的学术生长的基础上,先要有扎实的成果,你才好组织出版。学术生产及学术评价,有它自己的规律,学术成果需要沉淀,传媒与出版过度介入,可能会搅乱学术生态。我还认为,在学术图书出版方面,不能拔苗助长,也不宜过分宣传,否则会帮倒忙的。但是,诸如此类"不合群"的意见,几乎不会有人重视。甚至有些记者来采访,听了我的话也觉得"扫兴",或不以为然。我感到有些寂寞,甚至怀疑自己"入错"了出版这个门。

不过,我想既然学校派我担任这个总编辑职务,北大社又有比较好的空气,还是可以做一点事情的。我征求了许多老编辑的意见,认真了解了北大出版的历史,心中有数了,就努力争取班子支持,提出北大出版社必须以学术为本。我认为这不是说说看的,而是立社之本,是我们出版的命根子。我利用许多场合提出,出版社当然要经营赚钱,但不是把赚钱放在第一位,多出好书,又能顺理成章地赢利,才是正道。不能让社里编辑有太大的经济指标压力,有相对自由的心态,才有精力和兴趣去做有品位的好书。北大出版社和"北大"这个名字联系一起,应当很珍惜,做到既进入市场,又和市场保持一定的距离,处处不忘维护学术品位。我们北大社没有必要和社会上某些赚大钱的出版单位去比拼,不以码洋、利润论英雄。我曾经向学校领导进言,不要把出版社作为纯粹的经营单位,也别指望出版社给学校多赚钱进账,应当把出版社和图书馆那样,当作一个重要的学术窗口,展现北大的学术成果。我提出北大社要发展,更要质量,希望能出一些比较大气而且具有标志性的书。我把这种书叫作"大书"。

我首先注意到《全宋诗》。这是大型古籍整理项目,由北大古籍所牵头,已经经营多年。共有72卷,1997年我到出版社时,这个项目出书已经拖了三四年了,才出版7卷。由于对这个项目比较熟悉,我对它的学术意义有足够的把握。所以我希望能集中力量打歼灭战,用一年多时间把72卷出齐。这得到社里几位社领导支持,但也担心短期内完不成任务,何况投资很大,盈利不多。反对的声音也是很强的。于是我在一次会上说,我们写的一些书,卖得也不错,但二十年后可能就很少有人看了。而《全宋诗》这样的"大书",即使有千百个差错,也肯定会流传下去,有可能成为与《全唐诗》媲美的双璧。北大社能出这样的书,是一种荣誉，也是责任。可是，能否一年内把72卷出齐，许多人都表示怀疑。有一位老编辑径直对我说："您不懂，要一年出齐72卷，除非不睡觉。"我也半带夸张地说："不睡觉也要出来。"

决定下来，就全力以赴。除了校庆的书，其他许多选题都停下来，或者往后放。这就惹上了麻烦。其中有一套书规模大，是重点项目，我建议停下来，还给它找了校外一家对口的出版社来接手。该书的主编原也同意的，后来却反悔，对我展开攻击。他甚至印发简报，给北大各位校领导，申斥我把北大出版社变成文学出版社了。做点事情就是这样的不容易。我没有放弃，还是坚持把《全宋诗》放在主要位置，依靠全社力量，终于在一年多时间里出齐了72卷，并在1999年获得了国家图书奖。这套"大书"至今仍然是北大出版社首屈一指的标志性出版物。

值得一提的还有《十三经注疏整理本》的出版。该书原是民间出版人卢光明先生策划的，邀集了数十位专家参与投入。我得知此事，感到该选题意义重大，就专门和彭松建社长到动物园门外的宾馆，与卢先生接洽，希望拿到北大社来出版。为了慎重，又请古籍编辑马辛民等组织专家论证。专家认为该书是系统整理前人注疏校勘的成果，对注疏进行了全面的整理，是重大的学术建树。这套书共26册，分为繁体与简体两种版本，规模之大和投资之大，是北大出版社从来罕见的。我和社长拍板要出这套书。在我调离北大社的第二年，《十三经注疏整理本》问世了,在学界与出版界都影响巨大。这是又一套标志性的北大版"大书"。去年我们原来在人民大学毕业的同学聚会,要给母校送礼物,我就买了一套《十三经注疏整理本》献给人大中文系。在我看来,这比送几本自己的著作更有分量。

最后我还得说说《中国现代文学三十年》。这是一本教材,我和钱理群、吴福辉合著的,1998年北大社出版,至今已27次印刷,印数达60多万册。说来有点意思,这本教材成稿于1985年前后,是王瑶先生建议我们合作编写的,当时参加者还有王超冰。初稿在并不起眼的杂志《陕西教育》上连载,后来修改,准备正式出书。我就代表四位作者和北大出版社联系。记得当时在校内32楼南边平房,我带着一大摞稿子找到当时的文史编辑黄子平(现在香港,是大名鼎鼎的评论家),他说"没问题,没问题",但要通过编辑部讨论。过些天回话,说很遗憾没有通过,就给退稿了。只好另找门路,就找到上海文艺出版社。倒还顺利,上海方面接纳了稿子,出版了,居然还印刷五六次,颇有些影响。我就任北大出版社总编辑后,打算大力扶持教材,就想到这本《中国现代文学三十年》已经有些基础,不妨修订,拿回北大社来出版。文史室的乔征胜和张凤珠很支持。他们安排我和钱理群、吴福辉在香山住了几天,拟定了修订计划,然后用了两个多月时间,对原书做了很大修改,几乎就是重写了。1998年该书修订本出版。不久这本书被教育部指定为"九五"全国重点教材,影响越来越大,被我们现代文学界誉为改革开放以来最重大的研究成果之一，还获得行内看好的"王瑶学术奖"。我重提旧事，不是埋怨当初北大社拒绝此书。想来那时我们几个都还只是讲师，写教材似乎不够资格的，那时出版教材又是非常慎重的事，也怪不得拒绝。不过《三十年》在北大社出版之后，我更加认定北大社应当把教材出版当作主攻方向，常抓不懈。事实上这些年来北大社一直都是重视教材出版的。我认为这是正路。

1999年7月，学校又决定把我调回北大中文系担任系主任，我在出版社的时间刚好两年。如今离开出版社快十年了，我始终和北大社保持非常密切的关系，也不时帮助出版社策划一些图书。我对北大出版社充满感激，那段生活给了我许多感悟与收获，真的就印证了女儿当初那句话：人生多尝试一些不同的生活多好呀！

2008年2月

我与人教社的三度合作

1952年我上小学,读的语文课本就是人民教育出版社的。当时年纪小,不太注意谁编的教材,后来才意识到,自己的童年生活与精神成长竟然和一个出版机构有如此紧密的联系。我们这一代,以及我们的儿孙两代,都是读着人教版教材长大的,如今人教社七十大寿了,饮流怀源,受施勿忘,请接受我诚挚的感恩与祝贺。

20世纪五六十年代读人教版的学生,万万想不到,几十年后居然能参与这个出版社教材的编写,这工作一做就是十七年。

2003年1月,人教社中学语文编辑室的顾之川和顾振彪先生来找我,说打算编一套新课标高中语文教材,希望我促成此事。虽然编教材在大学不算学术"业绩",却是淑世之举,我二话不说,就答应下来。又提出请袁行霈先生领衔主编,顾之川和我来做具体工作,当"执行主编"。我出面请了北大中文、哲学、新闻等院系十多位教授参与编写团队。他们中有陆俭明、何九盈、苏培成、曹文轩、陈平原、刘勇强、何怀宏、常森、沈阳、姜涛、张辉、陈昌凤等;还请了清华中文系主任徐葆耕和首师大文学院院长吴思敬加盟。一批优秀的语文教师,包括程翔、翟小宁、管然荣、邓彤、郑晓龙等,也鼎力参与。中语室更是热情高涨,全力以赴,顾之川、顾振彪、张厚感、熊江平、朱于国、刘真福、李世中、王本华、贺敏、王涧、赵晓非,等等,都曾参与编写,担任责编,或者审稿。以前编教材主要靠出版社的内部运作,邀集社外这么多专家教授联袂勠力,大概是头一回。

记得在启动会上,我提出要"守正创新",按照课标的精神来编写,内容与方法上推进改革,但不是颠覆,过去教材编写好的经验也应当吸收进来。要总结课改实践的得失,还要充分考虑大面积使用的可行性。从 2003 年启动,到 2006 年完成,编写团队先做大量的调查,认真学习新课标,研究中外母语教材的经验,然后拟定框架体例,选择课文,设计教学,每一步都充分发挥大家的才智,团结协作。这也因为有中语室在其中起纽带和核心作用。不到三年,人教版的"普通高中课程标准实验语文教科书"就通过审查投入使用,其中必修 5 册,选修 15 种,既有"基本口粮",又有自主学习选择的空间。我本人是很看重这套教材的,认为它的课文选得好,经典性、可读性都兼顾到了,读写教学的设计有许多创新,又稳妥实用。选修教材是个尝试,也深入浅出,各有特色。在几个版本激烈竞争的情况下,这套教材脱颖而出,获得广大师生的肯定,全国的使用率最高。

十多年过去,我还常想起和人教社同人一起编新课标高中语文教材的情形。在景明园、西郊宾馆和金台饭店等处,封闭式工作，有时一住就七八天，虽然辛苦，却又充实并快乐。

后来又有第二次合作，编小学和初中语文统编教材，是教育部布置的任务。记得是2012年2月26日，在人教社会议室，教育部基础二司转达了部领导的意见，聘任我担任义务教育语文统编教材的总主编。为何会选上我？可能因为此前我主持过义务教育语文课程标准的修订，也因为人教社申报义教语文统编教材的方案时，推举我担任主编。后来教育部从全国遴选，就确定了让我来担纲。编写团队是由人教社主导的，邀请了社内外许多专家和一线教师，小学与初中两个组加起来有40多人。曹文轩、李吉林、崔峦、顾之川、张笑庸等分别担任小学与初中的主编，陈先云、王本华任"执行主编"。人教社参与编写团队的主要有：徐轶、朱于国、郑宇、何源、刘真福、李世中、王涧、胡晓、张立霞、熊宁宁、常志单、韩涵、陈尔杰、陈恒舒等。列出这么长的一个名单，是想说明人教社小语和中语两个编辑室在这套教材编写中起到的中坚作用。从小学到初中，9个年级18册教材，工作量巨大，虽然框架体例和课文都是整个编写组设计和论定的，但很多具体的文字操作，包括导语、习题、注释，等等，都得依仗小语室的同人。他们默默耕耘，贡献最大。

因为是统编本，全国就这一套，审查非常严格，前后有20多轮审查。最后一关是中央的审查，两次进中南海直接听取领导的指示。刘延东副总理把我们送出会议室时，握着我的手说："语文编得不错。"这回真体会到教材编写作为"国家事权"的分量了。2016年秋季，小学和初中统编语文教材投入使用，社会反响很大，央视《新闻联播》也做了报道。回头看，这套教材强调"立德树人"和"读书为要"，小学学拼音之前先安排几课识字，设计了《和大人一起读》《快乐读书吧》等延伸阅读的栏目，初中实行"教读""自读"与"课外阅读"三位一体，等等，都是特色。有报道说这套新教材"专治"不读书，说到点子上了。这几年的试用反馈的意见也是充分肯定的。

编完小学和初中语文后，接着要编高中，2017年6月启动。这是我与人教社的第三次合作。那时我济南、北京两地跑，又刚动过一次手术，有点疲惫；再说高中语文新课标颁布前我看过送审稿，感觉改革的力度很大，教材很难编，自感力不胜任，就向教育部表示不打算再接高中的编写任务了。但教育部副部长郑富芝同志（当时任教材局长）两次纡尊登门，来家里说服我继续担任总主编，说这事中央定了，换人不太好办。人教社韦志榕总编辑也来看我。他们的诚恳让我感动，就还是勉为其难，接着做下去吧。

高中语文的编写果然和前两次不一样。以前都是由人教社主导，小语和中语两个编辑室人员从编写、编辑到出书一条龙做下来。而高中的编写是教材局直接领导的，大事小事都过问很细。教育部组织了编写组，有各方面的专家、语文特级教师，还有以前几个不同版本的主编，包括刘勇强、过常宝、陈章灿、杨九俊、柯汉琳、王荣生、王立军、郑桂华，等等，有二十多人，阵容豪华。大概考虑这是统编本吧,一开始有意识要"淡化"原人教版的"色彩",中语室的编辑基本上只管编辑,不参加编写。我向领导提出,教材编写的专业性很强,若只靠我们这些外请的专家,人教社不全程介入,显然是不行的。编写的事务的确非常繁杂,后来领导也只好同意中语室的编辑参与编写。王本华、朱于国、李世中、尤炜、王涧、胡晓、韩涵、陈恒舒、陈尔杰、曹眖、覃文珍等,都是既参与编写,又负责编辑,还有各种繁杂的编务,包括安排会议、试教、培训、教师用书,以及应对网络舆情、做总结、写报告,等等,教材局一个电话,中语室就得行动。

高中语文的编写可谓举步维艰。因为社会关注度高,网上不时拿教材来炒作,压力很大。要严格落实新课标的规定,比如以"学习任务群"组织单元,实施以活动为主线的"自主性学习",以及特别强调立德树人,政治上把关,等等,要求非常高。而我们学习领会也需要有一个过程,如何体现改革,如何把课标的精神转化为教材,如何满足大面积使用的需要,要不要安排习题,"学习任务"如何避免"蹈空",等等,都是很具体的,真是费尽脑汁。教育部要求实施"编审结合",课标组和指导组除了审查教材,几乎全程指导并参与部分编写。因为"角色"不同,观点有异,有时会有一些争议,甚至还比较激烈。但教材毕竟是公共知识产品,最终都要求同存异,达成共识。"绳墨以外,美材既斫"的遗憾也是难免的。

高中语文统编教材真是好事多磨。熔裁洗涮，权衡益损，光是框架体例就改动五六遍，有的单元稿子重写二三十遍。编写组人员分布全国各地，聚会不容易，不能一有问题就召集讨论，很多时候只能把领导或者专家的意见转给我，我和中语室再研究处理。好在我们彼此的合作很默契。最后定稿，时间非常紧，要消化或回应各方面提出的数百条意见，甚至还要调整单元，也是以中语室为主，加上编写组部分成员、教材局的领导和人教社总编辑郭戈同志亲自督战，夜以继日，突击完成。经过反复打磨，层层把关，前后花了近三年时间，到2019年底，全部书稿才得以杀青。

人事倥偬，指顾之间，与人教社合作编书已经十七年。感谢人教社给我机会，让我学到很多书本上和学校里学不到的东西，体会到为社会做实事并不容易。编教材更是如履薄冰，责任重大，而人教社的同人年年月月都在做这难事，这支任劳任怨的专业团队真令人赞佩。

2020年11月

《中国现代文学三十年》出版往事

《中国现代文学三十年》初版是1987年,一晃快三十年了。写这本书的时间更早,是1982年到1983年,那就不止三十年。一本普通的学术性教材,三十年间居然印刷50多次,印数过百万,这也是当初所未能预料的。北大出版社要开个会来纪念一下,不禁想起许多往事。

这本书的"由头",是王瑶先生给的"任务"。

我和钱理群、吴福辉都是1978年考入北大中文系读研究生的,王瑶是我们的导师。1981年毕业,吴福辉分配工作到作协下面的一个机构,参与筹建现代文学馆。我和钱理群则留校在中文系任教。当时全国中小学正从"文革"的困境中走出来,恢复了正常的教学秩序,广大教师渴望进修,提高教学水平。有相当一部分中学老师没有上过大学,希望通过在职学习能拿到大专文凭。于是上"刊授中师""电大"和"自修大学"就成为一股热潮。1982年春,有一份面向中小学老师的刊物《陕西教育》向王瑶先生约稿,邀请他编一套"中国现代文学",作为刊授"自修大学"中文专业的教材。王瑶先生二话不说就答应了。像他这样大名鼎鼎的学者怎么会为一份"小刊物"供稿？是一种责任心和使命感的驱动。记得同时为该刊编教材的还有其他几位著名学者，包括写《文学概论》的郑国铨先生和写《现代汉语》的张志公先生。

当然，王瑶先生也是想为学生提供一个"练手"的机会。王瑶先生就找我们三位，还有他的女儿王超冰（当时也在现代文学馆工作）讨论，希望能承担编写任务。我们几位都非常乐于参与。查了一下日记，1982年5月13日，和钱、吴、王讨论教材的大纲体例，分工落实每人编写的部分。吴福辉和王超冰负责小说，钱理群负责诗歌与戏剧，我主要负责文学运动、思潮和散文部分，每个人还要再写几个作家的专章。1982年10月，我写完关于五四新文学的第一讲。又过了大约半年，写完自己负责的其他5讲。

老钱、老吴他们也是边写边拿去《陕西教育》发表，从1983年10月开始，每月刊出一至二讲，共刊出17次，24讲，约25万字，一直连载到1984年底。每次刊出的署名都是"王瑶主编，某某执笔"。那时我们还年轻，总想超越一般教材的写法，放手往"深"和"新"里写，使教材带点专著性质。这部教材的确不太像一般文学史教材那样严谨，但较有生气，反而受到欢迎。那时思想解放刚刚启动，现代文学研究非常活跃，但基础性的研究还不够深入，很多史料都要重新去寻找、核实和梳理，论述的观点也需要拿捏，许多章节等于是写一篇论文，费力不小。

《中国现代文学三十年》的三位作者

但这项任务也促使我们去考虑如何把新的研究转化为文学史教学，等于是把整个现代文学史认真"过"了一遍，对我们后来的研究开展有莫大的帮助。

《陕西教育》的发行量不小，估计有一二十万，但这部教材刊出后，好像泥牛入海，没有什么反应，学界也并不关心。尽管这样，我们几位还是不甘寂寞，希望能把教材修改好，出单行本。几个人商量，叫什么书名好？老钱建议叫《中国现代文学三十年》，以区别于通行的"现代文学史"，这也是受到胡乔木《中国共产党的三十年》的启发吧。原稿24讲，成书时以三个十年为"经"，以文体及代表作家为"纬"，交织设计，拓展为3

编32章，字数也扩展到46万。

书修改完毕，先是想投给北大出版社。那时北大社刚恢复建制不久，在北大南门一座破庙里办公，一年出版不了几本书。因为有熟人黄子平（后来居香港，成为著名评论家）在那里当编辑，我就去找他。他拍拍胸脯说，"老兄，没问题，我包下了"。可是过了些天，他有些沮丧说，社里讨论没有过，领导说你们只是讲师，写教材还不够权威。我们只好另谋出路。吴福辉说他认识上海文艺出版社的编辑高国平，不妨一试。于是便写信联系高国平。上海文艺社果然思想开放，不论资排辈，很痛快就接纳了这部讲师写的教材，准备出版。当我们把消息告诉王瑶先生时，他边抽烟斗边连连咳嗽，高兴地说他来当"顾问"好了，还专门写了一篇序言。

这篇序言竟然在书正式出版之前一年就写好，发表在《文艺报》上。文中用主要篇幅回顾了自1922年胡适写《五十年来中国之文学》以来新文学研究的历史，认为几经折腾，如今终于进入到"日常的学术建设阶段"。王瑶先生是想从学科史的角度来看几位青年研究者写教材这件事，肯定这是一部"有特色的现代文学史著作""这个事实本身就是令人振奋的"。关于这部书的特色，他说得并不多，但肯定了其"打破狭窄格局，扩大研究领域""力图真实地写出历史的全貌"。另外，指出这本书重视作品的艺术成就和创作个性，注重文学思潮流派及文体的历史考察，并对一些代表现代最高水平的作家进行专章论述。王瑶先生对这本书也有隐性的批评，认为该书体例框架和研究方法上仍然存在欠缺，对文学发展内部规律缺少细致的探究。导师的序言给了我们很大的鼓励，当时书还没有出来，他就为年轻人"鸣锣开道"了。

王瑶先生的序言写于 1985 年 5 月 24 日，全书的修改完稿，则是 1986 年 5 月，正好一年之后。又过了一年多，到 1987 年 8 月，《中国现代文学三十年》（以下简称《三十年》）才由上海文艺出版社出版，初次印刷 6200 册。现在我手头还保存有初版本，32 开，665 页，封面是红蓝条纹的简单构图，定价才 3.40 元。这本书对我们来说，都不是"处女作"。在它之前，我已经出版了博士论文《新文学现实主义的流变》，还有两本比较文学论集，但《三十年》的面世，仍然让我们"振奋"。每听到一线教学使用这本教材的反馈，无论批评还是表扬，我们都有满足感。

《三十年》在上海文艺出版社十年印刷 4 次，估计印数超过 2 万册，教学中的使用率不算很高。它真正为广大师生所熟知，是到出版的"第二个十年"之后。

1997 年我就任北大出版社总编辑。当时有一个想法，就是把教材作为出版社的主业，多出好教材。我首先就想到《三十年》。就和老钱、老吴商量，把上海文艺已经到期的版权要过来，交北大社修订出版。1997 年 10 月底至 11 月初，由北大出版社编辑乔征胜和张凤珠安排，我和钱理群、吴福辉在北京香山蒙养园宾馆"闭门蛰居"多日，认真讨论修订方案，然后分头着手写作。王超冰因在国外，没有参加。那时老钱、老吴不到60岁，我50岁出头，精力都还旺盛，讨论写作之余还一起登鬼见愁呢。那是一段快乐充实的时光。

和10多年前比较，我们3位在学术上开始有些积累了，对教材修订也更有些眼光和把握。老钱这时期除了研究周作人，还和黄子平、陈平原提出"20世纪中国文学"的概念，对现代文学史的整体评价有了较成型的看法。吴福辉正在开展京派与海派的研究，出版了《沙汀传》《带着枷锁的笑》等著作。而我也已有《新文学现实主义的流变》和《中国现代文学批评史》等著作问世。三人的专长不同，风格各异，但在修订《三十年》时却能取长补短，配合默契。

这次修订改动的幅度很大，框架也有调整。原32章减少为29章，取消了"绪论"，把原每个十年小说（上、下）两章合为一章，解放区的小说戏剧两章，并到40年代小说戏剧两章之中，另外又增加了通俗文学的三章和关于台湾文学的一章。代表性作家的专章除了原来的鲁迅、郭沫若、茅盾、老舍、巴金、曹禺、艾青和赵树理，增加了沈从文。此外像张爱玲、林语堂、冯至、穆旦等一批主要作家，也都增加了论述篇幅，有的改为专节评说。这次修订注意吸收学界新的研究成果和自己的研究心得，每人的论述风格也容许略有不同。求新，但也兼顾到教科书相对的稳定性和可接受性。对于现代文学的性质、范围、分期，以及总体特征的概述，虽然已有许多成果（例如"20世纪中国文学"概念），但考虑总的来说还处于探索阶段，修订就没有充分采纳，而对于相对成熟的作家作品和文体研究，则较多吸收并有意突出。修订后的本书更加突出了创作成就的论述，以及对各文体代表性作品的分析、创作演变历史线索的梳理。修订的功夫还放在史述上，一种想法就是文学史重在为教学提供基本的史实与书目，而进一步的理论探究与总结则引而不发，留给教学中去发挥。全书修订稿汇集后，由钱理群统稿，他改得很细，我则最后通读，并做文字润饰和史实审核。清样出来后，又经由严家炎、樊骏、杨义和费振刚等几位权威学者组成专家组审定，封世辉和王信先生做了资料审核。1998年7月，修订本由北大出版社正式出版。

《三十年》修订本面世后，被教育部推荐为"九五"和"十一五"重点教材，又曾获得"王瑶学术奖"首届的二等奖（一

《中国现代文学三十年》的几个版本

等奖空缺)。需要说明的是,尽管这本书影响很大,我们没有去申请任何奖项,"王瑶学术奖"只是现代文学圈子里认可的奖,评得比较认真,"水分"比较少,评上后我们都很开心。有越来越多的学校中文系采用这本书作为现代文学课程的教材,大多数学校都指定本书为现当代文学研究生考试的参考书。

多年来,出版社希望能重新修订这本教材。我们几个也商量过,感觉该书的出版已有些年头,它的时代过去了,应当有新的更好的教材来取代。可是广大师生也频频提出修订的希望。还有一些认真的学者撰文研究这部书,在肯定其特色与成绩的同时,指出不少史实或者观点方面的错漏。既然书还年年在印刷发行,我们总还得吸收大家的意见做些修改。于是2016年在出版社编辑艾英的催促下,《三十年》又做了第二次修订。[1] 这次修订部分章节吸收了学界近年来的一些研究成果,根据教学的需要适当调整了内容的写法,改正了一些字句表述和史料运用上的错漏。其中有些章节的改动比较多。如"文学思潮与运动"(一)(二),"新诗"(一)(三),"散文"(二)、"戏剧"(三)、"郭沫若"、"茅盾"、"巴金"、"沈从文"、"赵树理"。特别是"通俗文学"(一)(二)(三),有的章节几乎是重写。

---

[1] 《中国现代文学三十年》2016年重印版,应当是该书的修订第三版,增删补充和改写是很多的。但因某些原因,未能采用新书号,出版封面上只标明"修订本",容易给读者造成困扰。关于该书版本问题,可参考2016年版的"重印说明"。

《三十年》的三十年，在我们几位撰写者的人生中留下深深的印痕。我们三师兄弟著作都不少，但又都格外看重这本教材。该书的问世、修订、传播及反响，亦能从一个侧面看到一门学科的变迁。感谢导师王瑶先生，感谢所有为这本书出过力的朋友，感谢这本书的上百万读者，因为有你们，这本书才拥有它的学术生命。

2016 年 5 月 17 日

我的现代文学研究之旅

——《为精神界之战士者安在》[1] 题记

"今索诸中国,为精神界之战士者安在?"——这是鲁迅在论文《摩罗诗力说》结尾说的一句话。鲁迅于1907年写下这篇鼓吹浪漫主义反抗之声的檄文,时年26岁,还是个热血青年。怀抱"新生"理想的鲁迅希望能借域外"先觉之声",来破"中国之萧条"。记得四十年前,我还是研究生,在北大图书馆二层阅览室展读此文,颇为"精神界之战士"而感奋,相信能以文艺之魔力,促"立人"之宏愿。40年过去,我要给自己这个论集起名,不假思索又用上了"精神界之战士者安在"。这是怀旧,还是因为虽时过境迁,而鲁迅当年体察过的那种精神荒芜依然?恐怕两者均有。

四十年来,我出版了20多种书,发表200多篇文章。说实在的,自己感觉学术上比较殷实、真正"拿得出手"的不多。现在要出个自选集,并没有什么高大上的理由,也就是做一番回

---

[1] 温儒敏的现代文学自选集《为精神界之战士者安在》,人民文学出版社2021年出版。

2021年4月《为精神界之战士者安在》研讨会合影

顾与检讨——让后来者看看一个读书人生活的一些陈迹，还有几十年文学研究界的某些斑驳光影。

收在这本集子中的，只是我专著之外的部分论文，也有若干是在专著出版之前就单独发表过的，东挑西选，汇集一起，得55篇。论集分为四辑：鲁迅研究、作家作品论、文学思潮与批评研究，以及学科史研究。大致就是我从事现代文学研究的几个方面。当然，我还关注过语文教育等领域，那些论文已经另有结集出版。

我的现代文学研究之旅，是从鲁迅开始的。1978年考研究生，找本书都不容易，但鲁迅还是读过一些，就写了一篇谈《伤逝》的文章（记得还有一篇关于刘心武的），寄给了导师王瑶先生。后来到镜春园86号见王瑶先生，心里忐忑，想听听他的意见，老人家却轻描淡写地说文字尚好，学术却"还未曾入门"。大概因为缺少资料，探讨的所谓观点，其实许多论文早就提出过了。尽管如此，我对鲁迅研究还是一往情深，在研究生期间花费许多精力在这个领域。收在集中的谈论《怀旧》《狂人日记》和《药》的几篇，以及《鲁迅前期美学思想与厨川白村》，都是研究生期间的产品。后者是硕士论文，题目有点偏，想弄清鲁迅为何喜欢日本理论家厨川白村，当时这还是少有人涉足的题目。后来又断断续续在鲁迅研究方面写过一些文字。20世纪80年代受"理论热"的影响，一度还挺热心去"深挖"鲁迅作品的意蕴，做"出新"的解读。比如对《狂人日记》反讽结构的分析，对《伤逝》"缝隙"的发现，对《肥皂》的心理分析，等等，都带有当时所谓"细读"的特点。但我更关心的还是鲁迅的思想价值和现实意义。1990年代以后，学界对鲁迅的阐释注重脱去"神化"，回归"人间"，多关注鲁迅作为凡人的生活一面。这也是必然的。然而鲁迅之所以为鲁迅，还在于其超越凡庸。我这时期写的几篇论文，格外留意鲁迅对当代精神建设的"观照"，对当时那种轻率否定"五四"和鲁迅"反传统"意义的倾向进行批评。如《鲁迅对文化转型的探求与焦虑》《鲁迅早年对科学僭越的"时代病"之预感》，都是紧扣当代"文化偏至"的现象来谈的。始终把鲁迅视为"精神界之战士",看重其文化批判的功能,也许就是我们这一代学人的"宿命"。

我研究的第二个领域,是作家作品,涉及面较广,也比较杂。不过收入文集的评论并不多,只有15篇,研究的大都是名家名作。其中郁达夫研究着手比较早。我在研究生期间,就编撰过一本《郁达夫年谱》。当时还没有出版郁达夫的文集,作品资料都要大海捞针一般从旧期刊中去收集,很不容易,但也锻炼了做学问的毅力。年谱有20多万字,王瑶先生还赐以序言,当时交给香港一出版社,给耽误了。收在集子中的几篇关于郁达夫的论述,因为"出道"早,也曾引起过学界的注意。1990年代以后,我教过一门作家作品专题研究的课,就一些名家名作进行评论,努力示范研究的方法,解决学生阅读中可能普遍会碰到的问题。收在集子中的《浅议有关郭沫若的"两极阅读"现象》和《论老舍创作的文学史地位》,最初就是根据讲课稿整理成文的。后来还写过好几篇类似的作家论,又和人合作,出版了《中国现当代文学专题研究》,被一些学校选做教材。我所从事的学科叫"现当代文学",名字有点别扭,现代和当代很难区分,应当打通。我主要研究现代,但也关注当代,写过不少当代的评论。比如贾平凹因为《废都》的出版正"遭难"受批判那时,我并不赞同对《废都》进行简单的否定,认为《废都》在揭示当代精神生活困窘方面是有独到眼光的,甚至提出二十年后再来看《废都》,可能就不至于那么苛求了。而当莫言获奖,大量评论蜂起赞扬,我也指出莫言的《蛙》在"艺术追求"上的"缺失"。我在一些文章中曾抱怨当代评论有两大毛病,一是圈子批评多,"真刀真枪"的批评少;二是空洞的"意义"评论多,能够深入到作品艺术肌理的研究少。我虽然没有"圈子",也想做一些切实的批评,可惜力所不逮。

我研究的第三个领域是文学思潮与文学批评。1981年留校任教,在现代文学教研室,鲁迅、小说、诗歌、戏剧等方面都有老师在做,那我就"填补空白"吧,选择做思潮与理论批评。一开始我并不打算以文学思潮为研究方向,还是想研究鲁迅,或者写点诗歌评论。但有些"因缘"很可能就决定一个人的生活轨迹,学术研究也是这样。1985年我参加全国首届比较文学会议,写了一篇关于五四现实主义与欧洲思潮关系的论文,在《中国社会科学》上发表了。王瑶先生认为还可以,适合我的理路,就建议我研究文学思潮与批评。这样我就开始用主要精力研究文学思潮了。收在集子中的《新文学现实主义总体特征论纲》,其实就是我博士论文《新文学现实主义的流变》的微缩版。我主要做了"清理地基"的工作,把现实主义思潮发生、发展与变化的基本事实呈现出来。现在看来这篇论文也写得平平,但那时关于思潮流派系统研究的专著还很少,我等于开了风气之先,"带出了"后面许多篇思潮研究的博士论文。

1990年前后,学界空前沉闷,我给学生开批评史的课,意在接续古代文学批评史,认为现代文论也已经形成新的传统,清理现代文学的理论批评也应当是重要的课题。批评史这门课带有草创的性质,讲授每一位批评家,都要从头做起,非常费工夫。收在集子中的那几篇有关文学批评的论文,大都是在讲稿基础上写成的,后来成就了《中国现代文学批评史》这本书。这本书下了"笨功夫",也提出一些新的看法,我自己也比较满意。

新世纪初年,我着手做"现代文学传统研究"的课题,这也有其现实的针对性。面对那些试图颠覆"五四"与新文学的言论,我强调的是在当代价值重建中"小传统"(相对古代的"大传统"而言)的意义。集子所收《现代文学的阐释链与"新传统"的生成》等文,特别注重考察新的文学传统如何在不断的阐释中被选择、沉淀、释放和延传,分析当代文坛中"现在"与"传统"的对话。这些观点在文学史观念与方法上都有一定的创新。而更实际的影响,是回应那些对"五四"与新文学的挑战。

2011年到山东大学后,我提出要做"文学生活"的研究,还和山大的团队一起申报了"当前社会'文学生活'调查研究"这个国家社科基金重大课题。收在集子中的《"文学生活"概念与文学史写作》大致体现我的主要观点和研究设想。我认为以往文学研究大都围绕作家—作品—批评家这个圈子进行,对于普通读者的接受很少关注。而"文学生活"这一概念的提出,是想更广泛地认识文学的生存环境和生产消费状况,关注不同领域、不同层次读者的"反应",分析文学作品和文学现象在社会精神生活中所起的作用,激活被"学院派"禁锢的研究思路和方法。这项研究得到了学界普遍的认可。

我研究的第四个领域,是学科史,收文12篇。这也多是由教学所引起的课题。我给研究生开设了"中国现当代文学学科概要"的课,目的是对现当代文学研究的历史做一番回顾与评说,了解这个学科发生发展的历史、现状、热点、难点以及前沿性问题。意图是给学生一幅"学术地图",领他们进门。收在集子中的多篇文章,都是当时讲课稿的整理,侧重的是学科史的梳理。值得欣慰的是,一些大学现在也开设学科史这类选修课了。2006年后,我担任现代文学研究会会长,更加关注学科建设问题,不时写一些学科评论,比如收在集子中的《思想史取替文学史?》《谈谈困扰现代文学研究的几个问题》和《文学研究中的"汉学心态"》,都曾经引起过学界的热议。而写于2011年的《现代文学研究的"边界"与价值尺度问题》,也是紧扣目前现代文学研究的状况和某些争议而发言。后来这篇论文获得"王瑶学术奖",大概也是因为涉及学科发展的描写议题,大家都比较关心。

虽说是自选集,也并非就是把自认为最好的论作拿出来,还得照顾到不同阶段几个领域的"代表性"。其中有些发表较早的"少作",现在看是有些青涩的,但也不失年轻时的天真,虽然惭愧,但也还是收到集子中了。

给自己编集子,一面是埋藏,一面是留恋。这些芜杂的篇什其实"意思"不大,但毕竟留下几十年问学的脚印,其中或有一孔之见，那就不揣浅陋，以表芹献吧。只是想到那些读者省览拙集，要花费时间和精力，我是既高兴而又有点不安，只能预先在此说一声谢谢了。

2019 年 6 月 1 日

编教材是我一生做过最难的事

——《用好语文统编教材》[1] 前记

前几年新冠疫情肆虐，蛰居简出，反而多写了几种书。其中包括《鲁迅作品精选及讲析》《温儒敏讲现代文学名篇》和《为精神界之战士者安在（自选集）》，还有《温儒敏论语文教育》（第四集）与《语文课改守正创新》两种。可能用力过猛，眼疾发作，毕竟年岁也大了，早该搁笔退休，多陪伴家人，疫情过去，就决心不再写书了。可是，近日又有出版社"动员"我把有关语文统编教材的讲座和文章，编成一本书。呆坐书房，旧习复发，我又有些心动了。

语文统编教材推广使用后，我为教师培训做过多次讲座，也写过多篇谈课标与教材的文章。这些材料网上大都可以找到，可是以讹传讹挺多的。如果整理一下，汇编成书，既可以纠正错讹，又方便读者，未尝不是好主意。于是，便动手翻检材料，冀图成集。

所收的讲座记录稿和一些文字，大都是即时漫谈随笔，不同

---

[1] 《用好语文统编教材》即将由商务印书馆出版。

于严谨的讲章法的学术论文,展读之余,愧学识荒陋;究有用心,亦同鸡肋,取舍难定。不过犹疑之间,又不时联想起这些文字生成之语境,不禁感慨当日教材编写的艰难。于是又心生一想:何不在收编有关"如何用好新教材"之文章的同时,也把教材编写过程的某些材料收集存留呢?

语文统编教材从2012年启动编写,小学到高中,编了七年,现在这事还未"消停"。我这几十年写过很多书,做过很多事,编这套教材,是最难的,简直用得上"煎熬"二字。教材编写现在提到"国家事权"的高度,要求很高。教材又是公共知识产品,尤其是语文,社会关注度极高,谁都可以批评,隔三岔五成为网上的热议,有时还莫名其妙就遭遇到网暴。从正面去理解,是群众监督,有则改之,无则加勉嘛。可是教材编写的学术性、专业性很强,需要安心和静心,浮躁的网络氛围是不利于学术探讨的,还会造成教材编写者的心理压力。编写组常感叹的一个说法就是:"如履薄冰"。

中央和国务院领导对教材统编工作很重视,教育部成立了专门负责教材工作的教材局。编写组的构成和主编、总主编人选,都由教育部来定。编写组之上,还有由各方面的官员和专家组成的"指导组"与"专委会",当时正着手修订高中语文课标的"课标组"部分成员,也参与"指导组"的指导审查工作。教材编写的组织管理越来越专业和严格。拿语文教材来说,从编写大纲与体例拟定,到选文、样章、初稿、通稿的形成,几乎每一环节都要分别经过专业的、政治的、综合的审查，牵涉敏感问题的稿子或选文，还要请相关部委把关。其间还要在部分学校试教，听取改进意见。初稿出来后，再呈送国务院召集的专门会议（现在是"国家教材委"）审查批准。

小学和初中语文编了四年多，还算比较顺利。2016年开始编高中语文，就麻烦得多。当时高中语文课程标准才酝酿修订，我们都知道要体现"语文核心素养"和"学习任务群"，可是如何体现，还不太清楚，对于教材要"以语文实践活动为主线"，也有分歧。我主张要稳一点，既要推进课程和教材的改革，又要考虑大面积使用的可行性，以前的教材教学也有很多经验积累，不能推倒重来，做颠覆式的改革。但也有不同的意见，急于采用新的教学理念，"下猛药"救治语文教学存在的弊病。因此争论就难免。光是体例和样章，就来来回回起草了七八遍。好在大家都是为了推进"课程改革、立德树人"这个目标，彼此妥协、平衡，努力寻求最大的共识，"高中语文"就成了现在大家看到的这个样子。应当说，高中语文教材改革的力度还是很大的，呈现了崭新的面貌，也有老师们可以发挥的空间，可是教学效果到底如何？还得看实践。

比较而言，小学、初中语文更受欢迎，几年的使用实践后，有数据说明，绝大多数一线老师对于新的义教语文教材，还是充分肯定的。义教语文统编教材还受到中央领导的批示表彰："此乃铸魂工程。统编教材是基础，成功编写，功不可没。" 2021

年,义教语文统编教材获得了国家首届教材建设特等奖。

统编教材编写的过程艰难而复杂,若能记录下来,对于后人研究教材或者教育史,将是有价值的资料。而让一线老师多少了解一下教材是怎样"炼"成的,对于理解教材编写的宗旨、理念,用好教材,也不无裨益。因此,就决定在本书添加一个部分,即有关语文统编教材编写的"叙录"内容,包括一些讲话、信件、批语、札记之类。

之前曾建议人教社为教材的编写做"起居注",记录每天发生的有关教材的事情,收集相关的资料,留档妥存,以备日后之需。而我个人这方面的材料则未留意保存,这次钩稽搜集,只得九牛一毛。其中以讲稿提纲之类较多,稿件的修改、讨论记录、旁批笔记之类较少。现将这些杂乱的文字收在书中,多少增加某些"历史氛围"吧。

本书分为上、中、下三辑。上辑是"如何用好语文统编教材",收文19篇,主要是笔者有关教材使用以及"课标"落实的一些讲座和文章,帮助一线老师理解和用好教材,有些建议还比较具体。

中辑是"名著导读与整本书阅读方法举隅",收文7篇。这是新的课型,主要目的是焕发读书兴趣,让语文课多读书,至于如何教学,仍然需要实践和总结。我只试图在导读中提示一些方法,供读者参考。

下辑是"教材是怎样'炼'成的",这个"炼"字,意味着教材编写的艰难，也可从中看到教材编写理念、框架、体例，以及选文等方面的"用心"。收文也是19篇，大都是教材编写过程中的讨论、争议、修改、研究、平衡等方面的文字，比较杂，但也约略呈现教材编写过程的某些原生态。有些材料考虑属于"内部参考，不宜公开"的，则没有收入。

此外，还有一个"附录"，是有关人教版"新课标高中语文"（2003年）的编写资料。这个老版本《语文》，是由人教社与北京大学中文系合作编写的，袁行霈教授领衔主编，顾之川和我担任执行主编。之所以附录于此，也是考虑到有助于了解"教材是怎样'炼'成的"。新版语文统编教材并非从天而降，它是多年来课程改革的沉淀，也是以往既有的教材编写经验的传承与发展。在新编教材中，总是能够看到旧版教材某些根须的连接和伸展的。

小学、初中语文统编教材是2016年批准推开使用的，有些地区才用了两三年，刚刚进入状态，尝到甜头，可是教材又要改动了——因为2022年义务教育语文课程标准已经颁布，教材必须往"课标"靠拢，重新修订。好在原来编小学、初中语文时，已经接触和了解新"课标"实施"语文核心素养"的趋势，教材编写基本上是体现了"课标"精神的，这次义教语文统编教材的修订，基本结构与选文都没有变动，应当是"小改"，不是"大动"。

从1999年到2003年，我关注和参与基础教育与语文教学已经二十多年。起初抱着知识分子"淑世"的想法,想走出"象牙塔",敲敲边鼓,用自己的学识与学术资源助力于语文课程改革,为国家社会做点实事。也确实做过一些实事。后来又受聘为中小学语文统编教材总主编,虽然也有某些成就感,可更多是遗憾。这实在是我一生做过的最难的事!无论成败荣辱,已经尽力了。尽管有些报道总是正面描写和褒扬我的奋斗,但细心的读者还是会在书中读到我的某些无奈与颓丧的。但愿这种情绪不至于传染给人。

书中有些篇章是不同场合的讲稿,涉及某些同类话题,部分内容难免重复。而许多文章都已经发表过,或者收在我之前出版的书中,此次复采录载,便于观览,也是要请读者谅解的。

写于 2023 年 6 月 28 日,8 月 24 日改定

我在山东大学的这些年

按照北大的人事制度规定，2009 年，我 63 岁，学校人事处通知我办了退休手续，但仍然返聘，如常上课。又因为我曾有幸获得教育部颁发的"国家级高校名师"奖，全校也就八九位"名师"，规定可以继续招收博士生。可是我不想再"挤占"中文系的资源，返聘两年，就想彻底退下来，写点东西好了。何况当时的系领导也并无挽留的意思。不料此时山东大学就"盯"上了我，托人来打听，说打算设立"人文社科一级教授"，问我是否可以考虑应聘。记得当时我参加国家社科基金评审，山大原党委书记曾繁仁先生和在任校长徐显明先生约我见面，他们的诚恳让我感动。2011 年 7 月，我到徐州开会，会后顺便去了趟济南。文学院院长郑春热情接待了我，还安排我做了一场学术讲座。回京后，我便和妻子商量，觉得身体还行，而山大又是很不错的大学，在那边图个安静，再干几年也未尝不可，便决定应承山大的邀请。2011 年 9 月初，我和妻子便来到山东大学。

我们打算就住在济南，把十多箱书也带去了。学校安排我们入住南院"院士楼"。房子是新装修的，家具一应俱全。办公室主任沈文细致入微地安排我们的生活。南院是山大教师的老宿舍区。这里还有当年专门给成仿吾先生建的"校长楼",可惜他没有住过,改为俱乐部了。虽然是老旧小区,生活却很方便,上课步行去学校也就过一条马路走十多分钟。

我的家还没有安下,就给本科生上课了。是讲"现代文学作家专题研究",属于选修课。这是我为山大做的第一个工作。

大概因为好奇,岁数不小了,还给本科生开课,来听课的学生很多,有一百多人。很快,这就成为新闻,当地报纸报道了温儒敏受聘山大,给本科生开课的消息。之后又有多家媒体跟进报道,一时间,学界都在传播这个消息。我甚至还被山大评为当年"十大新闻人物"之一。

回想起来,这件事本身没有什么值得报道的,之所以引起一些关注,一是借所谓"北大中文系主任受聘山大"吸引眼球,而并非我本人有什么"能耐";二是老教授给本科生上课可能比较少,借此说明山大还是重视本科教育的。

不过我的课也的确上得比较认真,也比较活。我一般不做满堂灌,而要求学生先看作品,然后在课上引出一些有趣又有料的问题,当场组织讨论。比如,为何文学史对郭沫若评价很高,而一般读者却不看好?《雷雨》的主角到底是谁?《边城》的情节很简单,靠什么吸引人?等等,几乎每次课都有一个问题,在讨论中引出阅读与评论的方法,学会观察文学现象。这样授课,是在传递方法性知识，授之以渔，学生感觉有些趣味，也就愿意多读些作品了。

山大的本科生都是高分考进的，比较聪明好学，也比较踏实，和我配合很好，我也比较悉心指导。给他们修改小论文，对每一篇都有针对性写上批语，提出进一步学习的建议。这个课我在山大上过四轮，后来我在商务出版的《温儒敏讲现代文学名篇》，就是在讲课基础上整理加工而成的。

我在山大还讲过另一门课，是"文论精读"，原来在北大也开过的。主要是博士生的讨论课。内容是选择十多篇在现当代文学研究界有影响，而在研究角度与方法上具有一定典范性的论文，加上若干篇可能有"典型"毛病的博士论文，让学生先阅读思考。然后分工，每位同学负责讲析其中一两篇论文之得失，大家讨论，我最后点拨分析。开这门课是为了打开思路，所谓"观千剑而识器"，学习论文写作的规范与变通。这门课也开设过三轮，学生反映说这门课很实用，对他们进入论文写作是有帮助的。

我把上课作为我在山大的主业，从 2011 年讲课，一直讲到 2017 年。记得最后一次上课是晚上，课后同学们簇拥着把我送回到宾馆学人大厦，很让我不舍。

在山大的第二项工作就是指导硕士生与博士生。从 2012 年到 2017 年 1 月，在北大和山大一共指导过 38 名硕士生，31 名博

与山大学生合影

士生。到2023年，我考虑年纪大了，向学院说明决定不再招生，现在（2024年）我名下还有两名博士生尚未答辩。硕士生一般都是招收进来后由教研室分配导师，博士生则是由考生认定导师后再报考。大概因为我的"名气"比较大，又传说比较严格，每年报考我门下的考生总是很少。我带的博士生多是从其他老师名下转过来的。多数博士生学业基础不是很好，但都比较努力，学风比较扎实，四五年内就有明显进步，最后完成学业，成功答辩。

我指导博士生一般不会带着他们做我的课题研究，而主要看博士生的长处、兴趣和发展的可能性，帮他们找到比较适合的论文题目。他们的题目五花八门，比如研究"五四"时期翻译

（尹辉）、研究畅销的通俗刊物（刘启涛）、研究20世纪50年代"人大文学研究班"（杨伟）、研究"语文方法性知识"（靳彤）、研究王瑶的文学史思想（刘世浩）、研究现代文学作品的封面设计（侯滢）、研究"胡风派"作家路翎（孙诗源），等等，几乎都是学界少有关注，而又有学术价值的论题。他们的论文写作都经历了非常艰苦的过程，有的简直是"煎熬"，甚至要放弃了。我说写论文本身就是非常难得的经历，可能终生受益，鼓励他们坚持下去，尽力做好。我也会帮助他们改文章。帮学生修改文章是很苦的事，要顺着他们的思路来改，考虑让学生能够接受，又得到提高。有的是几易其稿才定夺，这比自己写一篇文章要难得多。我指导的博士生毕业之后全都在大学任教职。

我在山大做过的第三件事，是申报"当代社会文学生活调查研究"项目，帮助山大现当代文学学科建设。一说到学科建设，很重要的指标就是科研项目。我对于"项目化"的学术生态是有些抵触的，认为人文学科和理科不同，不能过多预设，也不宜完全依靠定量管理，还是要让学者自由发挥各自的个性与创造性。我多年担任国家社科基金评议委员，对项目管理的得失还是有所体会的。但也不否认得当的项目研究，可以带动学科的发展。所以到了山大后，也就想到要帮助教研室（研究所）的老师申请项目。刚好2012年前后，国家社科基金拥有的款项增加了，启动所谓"重大项目"的申报。我就想到不妨试一试申请一个有关"文学生活"调查研究的大型项目,把现当代连接起来。我的动议得到教研室的一致赞成。我们便讨论了一个申报方案,题目定为"当前社会'文学生活'调查研究"。很快,这个重大项目就顺利通过了。

因为是刚开始实施"重大项目",有上百万的资助,审批过程很严格。记得"答辩"时,我和叶诚生教授去的,答辩委员七八人,都是文学理论界的著名人物,我都熟悉,但也要认真回答问题。有一位委员提出"文学生活"这个概念有什么学理根据?一时着急,我还真的回答不上,就说这还只是实践性的设想,希望能通过调查了解普通国民的文学阅读以及文学在他们日常生活中的存在状况。其实,我们也是在后来的调查实践中才逐步形成理论和概念的思考的。有惊无险,我们这个项目得到通过。当时,"重大项目"还很少,山大2012年也就申报成功这一个,我们教研室老师都非常兴奋。

之后,我们把项目的宗旨定为:"提倡文学生活研究,就是提倡文学研究关注民生——普通民众生活中的文学消费情况,让文学研究更完整、全面,也更有活力。"我们把这个重大项目分为五个子课题,分别由五位教授带领教研室一些成员(包括北大的)去调查研究:贺仲明主持"当前社会的文学阅读和接受调查",张颐武和邵燕君主持"网络文学和多媒体文学调查",郑春主持"当前社会文学生产的实证研究",张学军主持"文学经典在当前社会的传播、接受和影响研究",刘方政主持"非主流文学生态研究"。直接参与项目调查研究的有叶诚生、丛新强、谢锡文、史建国、马兵、国家玮、程鸿彬、唐锡光、王小舒，等等，有40多人。

到2015年10月，这个项目完成结项，举办了一次研讨会，出版了《当前社会"文学生活"调查研究》一书。《人民日报》《光明日报》等报刊还专门发布新闻，在学界产生较大的影响。

值得一提的是，山大还专门设立了"文学生活馆"（谢锡文和侯滢是主持人），为学校提供一个文学阅读交流的场所，还经常举办面向普通市民的文学讲座。如今山大北门一进去，就看到"文学生活馆"，那个牌子还是我题写的。

我在山大做过的第四件事，就是编写语文教材。我2011年9月到山大，2012年10月，教育部就聘任我为义务教育语文统编教材的总主编。教材编写比我想象要艰难，各方面都有要求，社会关注度还很高，动辄会引发网上热议，很多精力要做各种平衡、协调和"灭火"的工作。我经常要回北京开会，讨论修改稿子。2016年义教的语文教材编完，不想再干了，又经不住教育部再三动员，接着又要编高中语文统编教材。这一干就是十一年。一直到现在（2024年春），这项工作还没有完。而山大校方和文学院，对我这项工作始终是支持的。2018年某一天，山大樊丽明校长还特地到我办公室来看我。我汇报了教材编写的情况，说这也是属于山大的科研成果。

山大的现当代文学研究有深厚的历史积淀，闻一多、老舍、沈从文、梁实秋都曾在山大（或者前身青岛大学）任教，1950年代又有刘泮溪先生开设新文学课程，还专门讲授过"鲁迅研究"，那都是开风气之先的。后来又有孙昌熙、孔范今、黄万华等先生，在现代文学、鲁迅研究和海外华文文学方面都做出过重大贡献。邀请我去山大，最初也是黄万华与郑春老师他们提议的。

郑春教授的父亲是广东梅县客家人，可是不会说客家话。我总想在他魁梧的身上找到某些客家人的"因子"，结果很失望。不过我和他很说得来，他也给我很多帮助，包括生活上的帮助。他在现代作家作品研究，特别是留学生文化背景的考察方面，有专深的成果。长期担任教学行政工作，对他的专业是有些耽误的。我宽慰他说，学者做教学科研管理，也是一种贡献，应当有成就感。

和我交集较多的是黄万华教授，我和他都住南院。深夜，小区安静了，从我的窗口望去，还能见到黄老师住室的灯光。他总是那么辛劳钻研，说他是文学院的"劳动模范"，恰如其分。黄老师当过知青，经历过苦难，后来在泉州华侨大学当老师。也许因为侨乡的缘故，他把海外华文文学研究作为自己的主业。他做学问很扎实，尽可能靠第一手资料说话，就成年累月浸泡在史料查找中。甚至自费去国外查找资料。在海外华文文学研究这一块，黄万华教授掌握的资料最多，也最权威。20世纪80年代后期，黄老师还未来山大。山大有位老师到上海图书馆查找资料，有的未找到。工作人员对他说，你可以找黄万华，他的资料多。这位老师就联系了黄万华，得到帮助。后来山大现当代学科就决定联系调动黄万华来山大。孔范金教授退休后，黄万华就成为学科的带头人。

黄万华老师著作很多，包括"台湾文学史""香港文学史""海外华文文学史"，后来又汇集出版了《百年海外华文文学研究》。海外华文文学的时空，自然有各种政治变革带来的影响，这也是"三史"研究的难度和特殊意义。在这个领域，黄万华教授毫无疑问是全国领先的。我去山大不久，黄老师要退休了，我曾找过校长，希望像黄老师这样比较有影响的学者，退休能延缓几年。可惜未能获准。黄老师自己则无所谓，继续做他的学问，几乎每隔一两年就有一种新著出版。

杜泽逊教授也是给我较多帮助的。我认识他比较晚，2015年暑期，我把家搬回北京。山大那边还有课，每隔一两周就从北京去济南集中上课。而杜老师是2018年担任文学院院长的。他希望我能续聘，而且酬金比以前高出两倍。我考虑年纪大了，北京这边还要为教育部编中小学语文教材，精力照顾不过来，就婉拒了，答应改聘为"兼任讲席教授"，不再授课，只负责带博士生。杜泽逊教授也尊重我的决定。他出任文学院长，实施一些改革措施，主要是调动教师的主动性，活跃学术氛围，有时找我商量，我都是支持的。我还把著名学者龚鹏程先生推荐给山大。我在商务印书馆出版《温儒敏谈读书》，杜泽逊教授和办公室主任沈文老师还专程到北京参加该书的发布会，很让我感动的。记得我们还在王府井的一家饭店聚会，谈得很畅快。杜老师是非常有实力的古文献学家。对他这一行我不熟悉，但很景仰。他参加过《四库全书存目丛书》《百衲本二十四史校勘记》等大型古籍的编纂工作，主持过《清人著述总目》《清史·典籍志》《五经正义》等古籍的整理。最近又在主持《永乐大典》存卷的综合整理研究。这些都是功德无量的学术工程。杜泽逊教授真是那种把学术当作自己的志业的幸福的学人！他的科研任务如此繁重，还能出任文学院院长，双肩挑，真不容易。

山大文学院很多老师都给我留下很深的印象。曾繁仁先生担任过山大校长和党委书记，还曾经被教育部委派到北大督导过工作，我们又都参加国家社科基金评审，彼此很熟悉。我来山大，显然也是他支持的。曾先生从校长职务上退下来后，全力投入"生态美学"的研究，现在山大在这个领域已经成为全国文艺美学界的一个亮点。我和曾老师平时见面不多，也就是在一些学术活动上见到，会聊上几句。他对我在山大的工作生活是很关心的。当我说决定不再续聘时，他似乎有些感伤，说山大留不住人！

张学军、刘方政、贺仲明、叶诚生、丛新强、马兵、史建国、国家玮、程鸿彬、谢锡文、沈文，还有不在一个教研室的，等等，各有其学术专长与成就，这个学术共同体是很和谐、团结的，没有文人相轻和某些单位常见的"互卷"现象，没有傲气凌人的脾气。有时我们也会找个由头聚餐，主要是说说话。山东人很讲礼节，如何排座，如何敬酒，都有讲究。我刚去是不懂"酒过三巡"，一开始就举杯，还闹过笑话。在这个"大家庭"里，我常感到暖意。

我在山大任教，如果算到现今，已经十二年。2011年到2015年，我住在济南，在山大南院，也有五年。那时山大聘任的一级教授有13位，文学院有盛宁先生和我。可是大多数一级教授都不住在济南，只是有课或有活动时才来学校。而我是搬家到此地过日子的。课不多，也较少应酬，那是难得的安宁的日子。至今我还经常想起南院的居家生活，想起闵子骞路的菜摊，想起山大校园的小树林，想起我在知新楼的办公室，想起学人大厦，想起和老师同学一起的那些情景。

很庆幸，到晚年，我生命中还会有山大这一段难忘的经历。

2023年11月初稿
2024年2月22日修改